우연과 인연

우 연 과
인 연

권재욱 지음

한결미디어 HANGYEOL MEDIA

# 어떤 고백

(1)

나에게는 어려서부터 두 가지 소망이 있었다.

하나는 잘 사는 것이고 또 하나는 좋은 글을 쓰는 것이었다. 어떻게 사는 것이 잘 사는 것인지는 아직도 잘 모르겠다. 그저 부모님과 가족, 주위 친지와 동료들이 좋아할 만한 일을 하고 그들이 싫어하는 일은 안 하려고 애쓰며 살 수밖에 없지 싶다.

그러나 좋은 글이 어떤 것인지는 조금은 알 듯하여 틈틈이 노력해 보았으나 늘 부족하고 아쉬웠다. 그러던 중 건설경제신문에서 '시론'과 '오피니언'이란 이름으로 나의 글을 실어 준 것은 큰 기쁨이고 새로운 도전이었다. 8년 가까이 매달 한 편씩 게재할 수 있었던 것은 독자님들의 격려가 큰 힘이 되었기에 고마운 마음이 가득하다.

한 권의 책이 만들어지려면 많은 분들의 정성은 물론 여러 그루의 나무들이 베어져야 한다. 나의 책이 그 값을 할 수 있을까, 생각하면 모골이 송연해진다. 모자란 구석이 석류나무 마디처럼 굵고 많음에도 주변의 떠밀림에 마지못해 응하는 듯 책으로 출간하기로 했으니, 부끄러움은 전부 나의 몫이다.

지난 8년 동안 많은 도움과 격려를 주신 건설경제신문사와 기자 분들께 감사드린다. ㈜건원건축의 곽홍길 회상님은 나의 글에 대해 늘 과분한 칭찬을 마다하지 않으신 참 고마운 분이다. 양재현 회장님과 건원건축의 임직원 여러분의 성원에도 고마움을 전한다. 과거 내가 근무했던 한국토지공사(현 LH공사)와 경기도시공사는 글의 연원이라 할 수 있는 숱한 사연과 경험의 산실이었기에 영원히 잊을 수 없는 인연이다. 함께했던 선배님들과 동료, 후배님들께 그리움과 함께 안부를 여쭙는다.

내가 돈 버는 일보다 책 읽고 글 쓰는 일을 더 좋아하고 많은 시간을 보내는 것을 기꺼이 감수하며, 귀한 조언을 많이 해 준 아내와 나의 삶에 평생 든든한 의지처가 되어 준 누님 권지숙과 자형 노우종 사장님, 그리고 못난 오빠를 늘 자랑스럽게 생각하며 이모저모로 힘이 되어 준, 속 깊은 동생 영주와 매제 김창인 원장께 고마움을 전한다.

나에게 사는 보람과 기쁨을 주며, 마르지 않는 영감의 원천인 승현이와 수아, 그리고 똘망이와 함께 이 책의 첫 페이지를 열고 싶다. 우리 똘망이는 정신이 번쩍 들게 하는 지적으로 원고마다 마지막 감수를 해주었다. 혹여 글 중에 반짝하는 부분이 보인다면, 그건 똘망이의 공(功)이다.

지금까지 살아오면서 많은 분들과 인연이 있었고, 그분들의 사랑과 도움으로 오늘에 이르렀다. 일일이 존함을 올려 존경과 감사함을 표하지 못하는 것이 죄송하고 미안한 마음이다. 받은 고마움 가슴에 새기고 잊지 않고 살고자 한다.


(2)


내가 아직 학교에 다니기 전이다. 깜깜한 밤 어머니는 종종 등잔불 아래에서 작은 밥상 위에 두루마리 한지를 펼쳐두고 붓으로 글을 쓰고 계셨다. 하루 종일 논으로 밭으로, 부엌에서 장독간으로 쉴 새 없이 바쁘셨던 어머니가, 그것도 초등학교를 중퇴하신 어머니가 뭘 저렇게 쓰고 계실까, 조금은 의아하고 약간은 안됐다 싶었다.

어머니가 쓰고 계셨던 글에 대한 내막을 알게 된 것은 중학교 국어 교과서에서 유씨 부인(兪氏夫人)의 조침문(弔針文)을 읽고 나서였다. 글자를 알고 난 뒤부터 어머니의 어깨너머로 가끔씩 훔쳐 본 글귀가 조침문과 비슷하다는 것을 발견했던 것이다. 군데군데 "오, 통재라! 애통하고 원통하다!"라는 구절이 등장하고 단어와 문장이 고어 투인 것조차 많이 닮았던 것이다.

어머니가 밤새워 쓴 두루마리는 다음 날 아침 동네 아저씨들이 헛기침 하며 뒷짐지고 들어 와서 어머니께 두 번 세 번 머리를 조아리고는 공손히 받아가곤 했다. 그것은 제문(祭文)이었다. 당시 우리 동네와 인근에서 제문이 필요한 사람은 나의 어머니에게 부탁하는 일이 많았다. 재미있는 점은 그들 다수가 제법 배움이 있는 선비였거나 신사들이었다는 것이다. 한번은 당시 고성군수로 계시던 외삼촌까지 어머니에게 주뼛주뼛 제문을 부탁하면서 제문의 주인공인 고인에 대한 이런저런 행장(行狀)을 얘기하시던 장면이 아직도 눈에 선하다.

어머니께서 밤늦은 시각까지 붓으로 긴 두루마리를 한 자 한 자 정성껏 메워 가시던 모습, 이른 봄날 반만 벌어진 목련꽃보다 더 우아하시던 나의 어머니, 어머니의 그 모습은 영원히 잊을 수 없는, 귀하고 아름다운 그림처럼 가슴에 남아 있다.

나에겐 어머니를 쏙 빼닮은 누나가 한 분 있다. 어머니의 재능을 물려받은 것인지 어릴 때부터 유난히 책 읽기를 좋아했다. 누나는 책이 흔치 않던 그 시절에 온 동네를 다니며 책이란 책은 가리지 않고 빌려서 읽었다. 책이 아니라도 인쇄된 것은 무엇이든 다 읽었다. 어느 날 누나는 부엌에서 불을 때며 어머니를 돕고 있었는데, 그 순간에도 어른 손바닥만 한 종이 쪼가리를 들고 안쓰럽게 읽고 있었다. 그것은 어머니가 장날 사 오신 생선을 싼 비린내 나는 신문지였다.

당시 우리 동네에는 신문을 보는 집이 딱 한 집 있었는데, 누나는 학교에서 돌아오기가 바쁘게 그 집으로 달려갔다. 그러고는 전날 신문을 얻어서 열심히 읽었다. 특히 월탄 박종화 선생의 연재소설 〈자고 가는 저 구름아〉를 재미있어 했다. 나보다 겨우 세 살 많은 누나는 그 연재소설을 읽고는 나에게 자세히 들려주었다. 초등학교 2학년 때부터 듣기 시작한 누나의 연재소설 구연(口演)은, 물론 동화와 시, 소설도 중간중간 포함되었는데, 중학교 1학년 때까지 계속된 듯하다. 나의 누나는 나에게 책 읽는 재미와 스스로 글을 쓰는 꿈을 갖게 해 주었다. 아니나 다를까 나의 조숙했던 누나는 일찌감치 시인이 되어 힘들었던 시절, 주위를 아름답게 다독여주었다.

어릴 적 글을 지으시던 어머니의 맑고 고운 모습과 책 읽기를 유난히 즐겨하던 누나의 선한 영향은 나의 평생에 참으로 큰 기쁨과 함께 어려운 숙제 하나를 안겨주었다. 기쁨이란 책에서 얻는 감동만큼 더 큰 기쁨이 없다는 것이요, 숙제는 주위에 작은 감동이나마 줄 수 있는 좋은 글을 써 보는 것이었다. 나의 숙제는 오래도록 마음에 남아 오늘날까지 간절한 동경(憧憬)이 되고 있다.

이 책은 내가 숙제를 하는 과정에서 묶어 낸 작은 보람이다. 많이 부끄럽고 떨린다.


2019년 10월, 역삼동 건원건축 일터에서, 권재욱

차 례

# PART 1

## 완전히 이해할 수는 없어도
## 온전히 사랑할 수는 있습니다

영화 〈흐르는 강물처럼〉 중에서

# 3월의 강변에서

3월엔 강변으로 가자.
거기엔 먼저 온 봄과
이웃에 나눠 줄 사랑이 있다.
진정 놓치면 아쉬운 것이 이 봄과 사랑이다.

기억에 의하면 봄은 강가로 온다.

남쪽 섬진강변 마을에는 벌써 매화꽃이 화사한 첫 모습을 드러냈
다는 소식이다. 저녁 설거지 마친 어머니가 풀어놓은, 맑은 물색 허
리띠처럼 굽이굽이 정겨운 강줄기가 따스한 볕살에 안겨드는 섬진
강, 애써 몸을 사리며 살짝 속을 보여주는 홍매화, 백매화가 쌀가루
하얗게 덮어쓴 산자락 비탈에 붉은 팥 흩뿌려 놓은 듯, 눈을 어지럽
히는 황홀경이 어제 본 듯 눈앞에 그려졌다.

마음 같아선 냅다 남으로 차를 몰아가고 싶었지만 그게 어디 성질
대로 될 일이던가. 대신 생각해낸 곳이 섬진강변 못지않은 정취가 흐
르는 두물머리다. 남한강과 북한강, 넘실거리던 두 지체가 한 몸 되
어 흠칠흠칠 흐르는 두물머리는, 그립다 말하지 않아도 절로 그리움
이 샘솟는 미약(媚藥)이 흐르는 강변이다. 얕은 바람결 따라 이리저리

휘저으며 오르는 물안개는 그 어느 화선(畵仙)의 섬세한 필선(筆線)도 감히 흉내내지 못하는 자연의 신묘한 운치를 그려낸다. 거기엔 한 점 거친 것이 없고 한 가닥 꾸밈이 없고 어느 한 자락 뚜렷한 경계가 없다. 슬며시 스치듯 집적이며 어울리고 안아주는 아스라한 그리움이 있을 뿐이다.

도란도란 속삭이다 쉴 새 없이 끄적이고, 어느새 늠실늠실 흐르는 물결에 넉넉히 곁을 내주는 둔덕과, 그 어깨를 기품 있게 높여주는 듬직한 느티나무, 어디로 가야할지 망설이는 외로운 나룻배 하나, 물가의 갖가지 야생초들. 어릴 적 졸음을 불러오던 아낙네들의 빨래터 방망이질 소리가 다시 들리는 듯 귀가 밝아지고, 강 건너 산기슭에 피어오르는 아지랑이는 막 삶아낸 라면 가닥처럼 젓가락으로 잡힐 듯 눈에 든다.

광장은 분잡해도 세월은 3월이다. 드세다 못해 섬뜩함이 느껴지는 노한 함성이 휩쓴 광장에는 오는 봄도 돌려세울 듯 아직도 냉기가 배어 있지만, 무심한 일월(日月)은 어김이 없어 3월이다. 찰랑찰랑 단발머리 소녀의 머릿결 같은 예쁜 봄비도 다녀갔으니, 산길을 더듬어 온 바람에 냉이 내음 묻어나고, 강가엔 온화한 새 기운이 피어오른다.

매년 맞는 봄이지만 봄이 주는 생명과 기운은 같지 않다. 지나치는 마을마다 사연 담아 흐르는 강물이 예년 강물이 아니 듯, 강 언덕 버들가지의 뽀얀 움 트는 모양새가 작년과 다르다. 양지 쪽 산수유 노오란 꽃망울도 노상 보던 그 색깔이 아니다.

이 봄이 예전의 봄이 아닌 것은 지난겨울이 유난히 추웠던 탓이 아니다. 지친 일상이 전원의 취향을 잃게 한 까닭도 아니고, 이내 주름진 마음에 세월이 낀 까닭만도 아니다. 봄은 언제나 그 자체가 새롭고 신비롭다. 그렇지 않다면 어찌 봄이라 할 수 있겠는가? 매번, 수십 번 맞이하는 봄이건만 눈에 띄는 새순마다 난생 처음인 듯 경이롭고, 같은 나무, 같은 가지에 맺힌 꽃망울이 어찌 또다시 이토록 짜릿할 수 있을 것인가.

3월의 강변은 봄이 오는 길목이다. 3월의 강가에 서면 세상은 평화롭고, 삶은 마냥 한가해진다. 촉촉이 젖은 흙에서 풍겨오는 향내가 어린아이 적 어머니 젖가슴에서 맡던 내음으로 되새김된다. 온습한 기운으로 막 갈아입은 바람이 심심하다는 건지 외롭다는 건지, 아닐 것 같지만 그립다는 건지, 까닭 모를 살가운 몸짓으로 짐짓 기대오지만 그냥 모른 체한다. 그렇게 분주하던 날들이, 줄레줄레 끈질기게 따라붙던 잡념들이 갑자기 어디로 숨어버렸는지도 궁금하지 않다. 일렁이는 물결 따라 눈길이 흐르고 마음이 얹혀 내리고 생각이 이어 잠기면 나는 어느새 착한 사나이가 된다. 이게 3월의 강변이다.

3월의 강변이 이른 아침 이마에 떨어진 이슬 맞은 듯 이토록 신선한데 그동안 내 마음은 어느 탁한 언저리를 헤매고 있었던가. 겨우내 옹송그린 내 마음, 봄기운 내미는 들길에서 조심스레 열어본다. 부드러운 물살에 꾸덕꾸덕한 생각의 껍질 씻어 보낸다. 원망스럽던 이웃의 분노가, 편견이 연민으로 젖어 온다. 새순 틔울 생각에 내심 바쁜

느티나무의 우듬지 사이로 따스함이 묻어나는 봄 하늘 아래 나는 이렇게 좋은데, 그토록 힘겨워하는 그대가 있다니 참 슬픈 일이다. 너를 아프게 하려면 먼저 내가 아파야 하고, 너를 울게 하려면 내가 먼저 슬퍼져야 하는 것을….

봄이 오는 길목은 강변으로 이어진다. 두런두런 낮은 목소리로 주고받는 물소리 따라 강가로 내려가면 빛나는 햇살 아래 비늘 같은 물결이 눈부시게 밀이한다. 반사된 볕실이 몽롱한 물안개를 헤집어 놓으면 물푸레나무 가지마다 연녹색 움이 고개를 갸웃하고 내민다. 가슴에 아름다운 정경이 한 장 한 장 쌓이면 세상 누구라도 기꺼이 사랑할 준비가 된다. 흐르는 강물처럼 "우리의 손에서 미끄러지고 빠져나가는 그들, 바로 그들이 우리와 함께 살면서 우리가 잘 알고 있다고 믿는 사람들입니다. 그럼에도 불구하고 우리는 그들을 사랑할 수 있습니다. 완전히 이해할 수는 없지만 온전히 사랑할 수는 있습니다."

3월엔 강변으로 가자. 거기엔 먼저 온 봄과 이웃에 나눠 줄 사랑이 있다. 진정 놓치면 아쉬운 것이 이 봄과 사랑이다.

# 울 밑에 선 봉숭아

그 시절의 봉숭아는 봉선화였다.
울 밑에 선 봉선화는 일제하의 민초들이었고
같은 설움을 선한 어깨 서로 기대며 달래보던
우리들의 모습이었다.

사람의 멋은 교양에서 나고, 꽃의 아름다움은 사연에서 난다. 사람은 잘 잡힌 균형으로 아름답고, 꽃은 고운 색깔로 꽃인 건가? 아니면 만리(萬里)나 간다는 인품과 천리를 간다는 향기 때문인가? 아무려나 적어도 나에게 어떤 꽃은 아름답다 못해 가슴에 그리움으로 되살아나고, 때로는 눈을 젖게 하는 것은 문득문득 떠오르는 선연한 사연 때문이다.

봄 소풍 산길에 예사로 보이던 진달래가 서럽게 보이기 시작한 것은 소월의 〈진달래꽃〉을 읽은 다음부터이고, 유월의 핏빛 장미가 그 화려함 속에 배인 몸서리쳐지는 고독으로 비친 것은 장미가시에 찔려 죽은 릴케의 사연을 알고서였다. 서리 맞은 가을 국화를 좋아하게 된 것은 "이제는 돌아와 거울 앞에 선 내 누님같이 생긴 꽃이여…" 서정주 님의 시가 준 감동 덕이었다.

허전하게 비가 내리는 계절엔 봉숭아가 생각난다. 여름 밤비에 뒤척이다 일어난 아침, 흙담장 따라 빗물에 함초롬히 젖은 초록 잎새와 잎새 뒤에 살짝 숨어, 이마에 송골송골 맺힌 이슬방울을 채 닦지 못하고 이고 있는 연분홍 꽃잎은 그리움이다. 갓 시집 온 새댁 같고, 늘 양보만 하는 누이 같고, 실없이 고무줄 자르며 울리기만 한 첫사랑의 소녀 같은 꽃이 봉숭아다. 봉숭아는 제대로 가꿔진 화단보다는 담 자락이나 울타리, 밭 두덩, 장독간 등 쉬 눈에 드는 곳에서 스스럼없이 피어난다. 까만 씨앗들을 봄비 내린 다음 날 대충 흩뿌려놓으면 금세 싹이 트고, 여름비가 한 번씩 내릴 때마다 싱그럽게 자란다.

맑은 초록 잎 겨드랑이마다 두세 송이씩 수줍은 듯 피어 있는 꽃송이들, 연분홍에 붉은색, 흰색 등 갖은 색깔로 정겹게 어울려 피어나는 봉숭아는 소담하고 그윽한 기품이 늘 그리움을 불러낸다.

비 오자 장독간에 봉숭아 반만 벌어 / 해마다 피는 꽃을 나만 두고 볼 것인가 / 세세한 사연을 적어 누님께도 보내자 / 누님이 편지 보고 하마 울까 웃으실까 / 눈앞에 삼삼이는 고향집을 그리시고 / 손톱에 꽃물 들이던 그날 생각 하시리

초정(艸汀) 김상옥 님의 시조는 뼛속 깊이 물들여진 우리 서민들의 애틋한 서정이다.

나는 소년 시절 이 시조를 읽으며 채 소녀티를 벗지 않은 누이를, 일찍이 철이 들고, 유난히 책 읽기를 좋아하고, 읽은 책 이야기 들려

주기를 즐긴 누이를 생각하며 눈시울이 붉어졌다. 이맘때면 누이는 색깔 좋은 꽃잎이 시들기 전에 서둘러 손톱에 봉숭아 꽃물을 들이곤 했다. 싱싱하고 흠 없는, 진한 붉은 꽃잎을 골라 어른 손바닥만 한 돌판 위에 올려놓는다. 예쁜 몽돌로 조심조심 누른 다음 소금을 조금 넣고 다시 곱게 찧는다. 꽃물이 흥건히 배어나면 손톱마다 조금씩 올려놓고는 배추 잎으로 알뜰히 싸서 무명실로 친친 동여매는 것이다. 유난히 다정했던 누이는 싫다고 앙탈하는 나를 붙잡아 끝내 새끼손가락에 물을 들여 놓았다.

아직 사랑을 몰랐던 누이는 그렇게 물들인 봉숭아 꽃물이 첫눈이 올 때까지 남아 있으면 사랑이 이루어진다며 손톱이 너무 빨리 자라는 것을 안타까워했다.

시조를 읽고는, 이런 고운 누이도 언젠가는 시집을 가야 한다니…. 시집 간 누이에게 편지를 쓴다는 생각만 해도 서럽고 서러웠다. "누님이 편지 보고 하마 울까 웃으실까"라는 구절은 인정(人情)밖에는 넉넉한 게 없었던 어려운 시절의 애잔한 그리움을 저리도 절묘하게 드러냈는가 싶다. 그 누님은 손톱에 얼마 남지 않은 봉숭아 꽃물보다 더 애틋한 시인이 되었다.


봉숭아는 개인적인 사연도 그러하지만 우리 민족의 한이 서린 꽃이라서 더욱 살갑다. 일제 강점기의 핍박과 설움에 의지할 곳 없던 서민들은 홍난파의 '봉선화'를 부르며 망국의 설움을 달랬다.

울밑에 선 봉선화야 / 네 모양이 처량하다 / 길고 긴 날 여름 철에 / 아름답게 꽃 필 적에 / 어여쁘신 아가씨들 / 너를 반겨 놀았도다.

분칠한 작부 같이 화려하지는 않으나 초라하거나 비굴하지도 않은, 얄궂은 운명의 모진 비바람을 고스란히 견뎌내고 있는 몰락한 양 삿집 규수 같은 꽃이 아닌가.

그 시절의 봉숭아는 봉선화였다. 울 밑에 선 봉선화는 일제하의 민초들이었고 갖은 설움을 선한 어깨 서로 기대며 달래보던 우리들의 모습이었다.

"울 밑에 선 봉선화를 / 노래했습니다 / 울었습니다 / 울 밑에 선 봉선화가 / 울 밑에 선 봉숭아가 될 때까지 / 불렀습니다."

이흥우 님의 노래가 마음을 촉촉이 적신다. 독립이 되었고 먹고살만한 나라가 되었다지만, 여전히 강대국들 사이에서 눈치 보며 힘겨워하는 지도자들과 억울한 하소연으로 거리를 방황하는 민초들, 흔들리는 날개 위에서 불안한 눈빛으로 망연하기만 한 이웃들의 기댈 곳 없는 현실이, 속절없이 비 맞고 선 처량한 봉선화 같다.

오늘 따라 조수미의 '울 밑에 선 봉선화'가 빗속에서 더욱 서럽다. 그녀는 봉선화를 애써 봉숭아로 바꿔 불렀다.

# 아리스토텔레스의 과오

사람에게 있어 머리는 가슴을 이길 수 없다.
이성적 접근은 머리를 이해시키나
감성적 울림은 가슴을 변화시킨다.
사람을 행동으로 나아가게 하는 것은 가슴이지 머리가 아니다.


아리스토텔레스는 인류에게 작지 않은 잘못을 저질렀다. 인간은 이성적 동물이라는 흰소리를 한 것이다. 우리는 자타가 공인하는 현인, 아리스토텔레스가 내린 '인간은 이성적 동물이다'라는 정의에 의지하여 인간에 대해 지나친 기대와 낙관론을 가지게 되었다.

아리스토텔레스는 식물에는 생존에 필요한 욕구만 있고, 동물은 이에 더하여 감정을, 그리고 인간은 거기에다 이성이란 것을 더 지니고 있다고 했다. 이성에는 두 가지 기능이 있는데 대상을 인식하여 합리적으로 사고하고 지식을 정리하는 이론적 기능과 감정과 욕구를 통제하고 바람직한 길로 이끄는 실천적 기능인데, 이것이 인간을 인간답게 한다는 것이다.

이후 이성에 대한 찬가는 많은 철학자들의 애창곡이 되어왔고, 임마누엘 칸트의 '인간은 존엄한 존재이므로 인간은 그 자체로 목적으로 대해져야 하며, 결코 어떤 목적을 위한 수단으로 대해서는 안 된다'에 이르러 절창을 맞는다.

이성의 이론적 기능의 공로로 오늘날 인류가 이만큼 편리함과 물질적 풍요로움을 향유할 수 있게 된 것은 사실이다. 그러나 그 잘난 이성이 인간의 브레이크 없는 욕구와 어디로 튈지 모르는 망나니 같은 감정을 적절하게 통제해 왔는지 의심스럽다. 진정 이성은 인간을 어떤 목적을 위한 수단으로 삼는 것을 제대로 제어해 왔는가?

사람들이 하는 모양새를 가만히 보라, 일상의 선택이나 때론 중요한 결정에서 얼마나 이성적으로 생각하고 판단하고 행동했는지를.

우리는 말벌의 무모함을 비웃었다. 누군가 벌집 근처에만 다가가도 끝까지 따라가 침을 쏘고야 마는 말벌, 적에게 기껏 가벼운 통증밖에 주지 못하면서 자신의 목숨을 내던지는 그 무모함을 우리는 비웃었다. 우리는 닭의 어리석음을 비웃었다, 쫓기고 쫓기다 기껏 숨는다는 것이 짚단 속에 머리만 파묻고 안심하는 그 우둔함을.

사람은 벌이나 닭보다 얼마나 더 지혜롭고 합리적일까?

인간이 이성적이고 합리적이라면 천하보다 귀한 자신의 목숨을 내던져, 아무런 원한도 이해관계도 없는 수백의 천하와 맞먹는 수백의 생명을 앗아가는 테러가 자행될 수는 없다. 이로써 지키고자 하는 신념은 얼마만 한 가치가 있으며 그런 황당하고 잔혹한 방법이 효과 있을 것이라고 생각하는 논거는 어디에 있는가?

테러집단에 가담하고 있는 사람들이 수십만 명이나 되고 점차 증가할 기미까지 보인다니 참으로 끔찍한 일이다. 더욱이 그들과 종교적·민족적 연결 고리도 전혀 없는 자생적 테러조직이 생겨나고 있으며, 소위 '외로운 늑대'라는 순전히 개인적인 가담자까지 늘어나고 있다.

그들도 우리와 마찬가지로 부모형제가 있고, 사랑하는 사람을 만나 가족을 이루고 아들딸 낳아 행복하게 살고 싶은 인류 보편적 욕망이 있을 터인데 왜 그런 짓을 서슴없이 저지를까?

아리스토텔레스가 사람을 잘못 본 것이다. 사람이 이성적 동물이라면 그럴 수는 없다.

심리학자이면서 노벨 경제학상을 수상한 대니얼 커너먼은 인간은 결코 합리적이지 않다는 것을 증명하였다. 그는 사람들이 행동을 결정함에 있어 분위기나 사전 지식의 힘, 그리고 무의식적 사고의 힘에 크게 영향을 받는다는 것을 여러 실험을 통해 밝혀냈다.

요컨대 사람의 행동은 이성보다 감정에 좌우되며, 다분히 직관적이고, 논리적으로 이해되지 않는 어떤 느낌에 의해 얼핏 주먹구구식으로 결정된다는 것이다.

따라서 사람을 변화시키고자 함에 있어, 논리적으로 납득시키고자 해서는 효과를 보기 어렵다. 감정적으로 마음을 흔들어야 한다. 사람에게 있어 머리는 가슴을 이길 수 없다. 이성적 접근은 머리를 이해시키나 감성적 울림은 가슴을 변화시킨다. 사람을 근본적으로 변화시켜 행동으로 나아가게 하는 것은 가슴이지 머리가 아니다.

에리히 프롬이 '감정적 지식이 아닌 것은 참된 지식이 아니다'고

한 말도 같은 맥락이다. 따라서 시중에 넘쳐나는 자기 계발서를 애써 읽어도 별 효과가 없다. 그런 종류의 책 열 권을 읽느니 마음을 울리는 명작 한 권 보기를 권한다. 자기 계발서를 읽어 제대로 변화된 사람을 보지 못했고, 이는 감정의 깊은 울림을 통하지 않고는 사람이 변화될 수 없는 까닭이다.

옛 이야기 한 토막이 생각난다. 푸줏간을 하는 나이 지긋한 박상길한테 두 양반이 고기를 사러 왔다. 한 양반이 "어이 상길아, 쇠고기 한 근만 다오." 하고 고기를 샀다. 다른 양반은 "박 서방, 쇠고기 한 근만 주시게." 하며 고기를 받았는데 고기 양이 훨씬 많았다. 먼저 산 양반이 화를 내며 왜 같은 한 근인데 차이가 나냐고 따졌더니, 박상길이 하는 말이, "그건 상길이가 자른 것이고 저 어르신 것은 박 서방이 자른 겁니다." 했단다. 숫자상 같은 한 근이라도 자른 사람의 기분에 따라 그 양은 얼마든지 다를 수 있다.

바야흐로 '감성의 시대'다. 우리가 살아가면서 마주치는 적지 않은 비극과 아픔도 사람을 너무 계산적으로 생각한 데서 비롯된 것은 아닌지…, 사람을 움직이는 것은 이성이 아니라 감성인데 말이다. 사촌이 논을 사면 배가 아픈 것은 서양인도 똑같다.

아리스토텔레스는 안 그랬을까?

# 우리도 글러브를 끼고 싸우자

승자는 패자가 보여주는
항복의 작은 몸짓만으로도 만족하며
더 이상 물어뜯거나
회복불능 상태로 만들지 않는다.

삶이란 경쟁이고 싸움이다. 영역을 다투고 권력을 다투고 배우자를 차지하기 위해 다툰다.

지구상의 모든 생물은 살아남기 위해, 더 좋고 더 많은 것을 누리기 위해 끊임없이 모색하고 움직이며 남보다 먼저 가지려 애쓴다. 동물은 순조롭게 가질 수 없을 땐 남의 것을 훔치거나 빼앗아 나의 생존과 번성을 도모하기도 한다.

인간사회에서 '경쟁'이 어떤 정해진 법칙이 있어 이것에서 벗어나지 않으면서 겨루는 측면이 있다면, '싸움'은 목적 달성을 위해서는 수단을 가리지 않고 다투는 비윤리적 성격이 짙다. '선의의 경쟁'이란 말이 따로 많이 쓰이는 것을 보면 경쟁이 딱히 좋은 의미로만 여겨지는 것은 아니나, 싸움을 좋은 의미로 보지 않는 것은 확실하다. 싸움이 경쟁과 달리 물리력이나 폭력이 동원되기도 한다는 것이다.

싸움이 질적, 양적으로 확장되어 국가 또는 그에 비견되는 단체에 의해 수행되는 것을 전쟁이라 한다. 그 내용은 경쟁이거나 싸움이지만 다툼의 정도가 통상의 수준을 넘은 것을 강조하기 위해 '전쟁'이란 표현을 쓴다. '환율 전쟁' '판매 전쟁' '수주 전쟁' 같은 말들이다.

전쟁은 말할 것도 없고 경쟁이나 싸움에서는 반드시 승자와 패자가 있기 마련인데, 안타까운 것은 대부분의 경우 승자는 상처뿐인 영광을, 패자는 분노의 굴복을 안게 된다는 것이다. 그도 그럴 것이 인류 역사상 위대한 저작이라며 높게 평가하는 많은 전략전술 서적들을 보면 그 주된 내용은 대부분 남을 속이고 약점을 이용하고, 승기를 잡았을 땐 잔인하게 짓밟아 회생불능으로 만들어 버릴 것을 가르치고 있다.

동양의 고전 《손자병법》을 한마디로 요약한다면 '싸움은 속임수다(兵者詭道也)'라 할 것이고, 서양의 손자병법이라는 로버트 그린이 쓴 《전쟁의 기술》에 나오는 33가지 전략의 핵심 내용도 '아프고 약한 부위를 집중 공격하라' '허를 찔러 측면을 공격하라' '상대의 기대와 예상을 뒤엎어라' 심지어 '야금야금 갉아 먹어라'는 등 사술(詐術)과 잔인성의 효과를 강조한다. 청나라 말기 이종오의 《후흑학(厚黑學)》을 보면 유방과 조조 등 역사상 크게 성공한 인물들은 모두 얼굴 가죽이 철면피같이 두껍고 마음은 시꺼먼 흑심의 소유자들이었다며 정직함과 신실함은 패배자의 변명거리로 치부하고 있다.

만물의 영장이라는 인간이, 신의 모습으로 창조된 인간이, 칸트의 규정처럼 '세계 거주 주민'으로서 자신의 이성을 스스로 비판하고 준엄한 도덕 법칙을 가지고 있는 우리 인간이 딱히 이렇게 비겁한 싸움밖에 할 수 없을까? 인간의 품격에 어울리는 배려의 승자가 있고 아름다운 승복의 패자가 있는, 멋있는 경쟁을 할 수는 없을까?

아무래도 이것은 승자의 몫, 즉 강자의 미덕 위에 있지 싶다.

승자가 독식하지 않고 패자와 나눌 줄 안다면, 강자가 약자의 싹까지 자르지 않고 회생의 기회를 남겨 준다면 살벌한 싸움은 선의의 경쟁이 되고, 이기적 인간은 아름다운 연합의 주체로 변화할 것이다. 아니, 인간의 선한 본성을 되찾는 근사한 회복이 일어날 것이다. 맹자가 이야기한 "사람은 모두 남에게 차마 모질게 하지 못하는 마음을 가지고 있다(人皆有不忍人之心)"는 말을 믿고 싶기 때문이다.

전국시대 위나라 장수 악양(樂羊)이 중산국을 공격했을 때, 중산국 왕은 마침 그곳에 있던 악양의 아들을 인질로 삼아 공격을 멈출 것을 요구했다. 악양이 응하지 않으니, 중산국 왕은 그 아들을 죽으로 끓여 그에게 보냈다. 그러자 악양은 태연히 그 죽을 먹고 군사를 독려하여 크게 이겼다. 위왕은 악양에게 상을 내렸지만, "자식의 고기를 먹은 사람이 누구인들 먹지 못할까"라며 평생 그를 의심하고 경계했다. 한비자는 이 이야기 끝에 "교묘한 속임수는 졸렬한 진실만 못하다(巧詐不如拙誠)"고 단언했다.

20세기의 위대한 지성인, 동물 행동학자 콘라드 로렌츠는 《공격성에 대하여》에서, 동물들의 싸움에 '무분별한 공격성'을 억제할 줄 아는 신사적인 면이 있음을 밝히면서, 많은 경우 위협과 겁주기가 목숨을 건 결투를 대신한다고 했다. 그것은 흡사 복싱이나 펜싱처럼 글러브를 낀 주먹과 끝을 둥그렇게 만든 칼로 싸우는 것과 같다고 보았다. 그리고 승자는 패자가 보여주는 항복의 작은 몸짓만으로도 만족하며 더 이상 물어뜯거나 회복불능 상태로 만들지 않는다는 것이다.

우리도 이 세상에 나가 싸울 때 글러브를 끼고 싸울 수는 없을까?

# 인연(因緣)과 반연(攀緣)

지금까지 내가 만났고
지금 내 곁에 가까이 있는 사람들,
한 사람 한 사람을 존엄한 존재로
다시 우러러볼 일이다.

애초에 '클레오파트라의 코'는 잘못이 없었다. 그녀의 코가 1센티
만 낮았더라면 세계 역사가 바뀌었을 것이라는 파스칼의 말은 그 시
대를 부각시키기 위한 화려한 수사(修辭)일 뿐이다. 플루타르크의 《영
웅전》에 의하면 실제로 클레오파트라는 코가 오뚝한 절세미인은 아
니었고, 외모보다는 설득력 있는 화술과 주위를 향기롭게 감싸는 강
렬한 자극 같은 묘한 매력이 있는 여인이었다.

문제는 클레오파트라가 시저를 만난 것이었고, 다시 안토니우스
를 사랑한 것이었다. 역사에 가정법은 의미가 없다지만, 어차피 파스
칼이 썼으니 가정해 보자. 만일 시저가 클레오파트라를 만나지 않았
다면, 그래서 이집트를 평정하고 바로 로마로 돌아왔다면 역사는 어
떻게 변했을까? 내치에 힘쓰면서 시저 특유의 카리스마와 포용력으
로 원로원을 제압하였다면 암살당하지도 않았을 것이고, 안토니우

스와 옥타비아누스 간의 치열한 내전도 없었을 것이다. 그랬다면 얼마나 단조로운 로마사가 되었을까.

우리 역사에서도 여러 변혁의 시기에 사람들 입에 오르내리는 특별한 만남이 적지 않았다. 궁예와 왕건의 만남으로 고려가 건국됐고, 이성계와 정도전의 만남으로 조선이 세워졌다.

때로는 악연으로, 때로는 좋은 인연으로 역사는 만들어지고 이어져 왔다. 어찌 거창한 역사의 물줄기뿐이랴. 따지고 보면 우리네 삶 자체가 만남의 연속이고 인연의 축적이다. 한 가정의 행복이나 불행도, 한 사회의 평온이나 혼란도 그 구성원의 만남이 어떠하고 그 시대 지도자의 인품과 역량이 어떠한지에 달려 있지 아니한가.

한 어린이는 그 많은 선한 계모들을 다 제치고 하필이면 짐승보다 못한 계모를 만나 처참한 죽임을 당했다. 어느 부인은 불타는 집 안에서 속절없이 죽게 되었으나 때마침 달려온 용감한 소방관의 도움으로 목숨을 구했으며, 어떤 이는 자신이 어쩌다 만나 모시던 어른이 큰 권력을 갖게 되자 어느 날 갑자기 과분한 감투를 꿰차기도 한다. 오늘날 남북한의 경제 수준과 주민들의 삶의 질의 차이는 또 어떠한가. 그 차이는 전적으로 양측이 만난 지도자의 차이라 해도 과언이 아니다.

영원히 잊지 못하는 아름다운 추억도, 사무치고 사무쳐 한이 되고 노래가 된 애달픈 사연도 대개는 인연의 산물이다. 역시 인연하면 피

천득 선생님의 〈인연〉을 빼놓을 수 없다. 그야말로 '청자연적' 같은 선생님의 수필 중엔 생전에 만나고 헤어졌던 귀한 여러 인연들을 청초하게 풀어내고 있다.

특히 책 제목이 된 '인연'이란 글은 선생님의 구원(久遠)의 여인인 아사코와의 아름답고 애잔한 만남과 별리를 그리고 있어, 남녀 간 인연의 애틋함으로는 으뜸이다.

"그리워하는데도 한 번 만나고 못 만나게 되기도 하고, 일생을 못 잊으면서도 아니 만나고 살기도 한다. 아사코와 나는 세 번 만났다. 세 번째는 아니 만났어야 좋았을 것이다."

만나고 싶다고 원 없이 만날 수 있는 것이 아니요, 만나고 싶지 않다고 언제까지 피할 수 있는 것도 아닌 것이 인연이다. 우리가 할 수 있는 것은 나에게 다가온 인연을 소중히 여기고 아름다운 만남으로 가꾸어 가는 것이다. 때로는 만나고 싶지 않은, 피하고 싶은 인연도 있으리라. 그러나 그런 인연조차도 나의 정성과 사랑으로, 극진한 마음으로 다가간다면 좋은 인연으로 바꿀 수 있을 것이다.

진정 악한 인연이라면, 꼭 피해야만 할 만남이라면 어떻게 해야 할까?

불교에선 인(因)과 연(緣)을 구분한다. 사람이 인력으로 어떻게 할 수 없는 원인이나 조건이 인(因)이고 거기에서 비롯되어 발전하는 과정을 연(緣)이라 한다. 인은 사람이 어쩔 수 없으나 연은 물리칠 수 있다는 것이다. 붓다께선 "쓸데없는 반연(攀緣)을 짓지 말라"고 하셨다.

'반연'이란 '기대어 인연을 맺는다는 뜻'이다. 칡이나 호박, 나팔꽃처럼 다른 나무를 감아 타고 올라가는 식물을 반연식물이라고 하니 그 의미를 짐작할 수 있으리라.

나쁜 사람을 멀리하거나 배척하는 일도 '쓸데없는 반연'을 짓지 않는 일이다. 선거에 출마한 많은 후보자들은 인(因)이나, 그중에서 가장 적합한 인물을 골라내는 것은 연(緣)이다. 라일락 향기 흩날리는 4월의 어느 골목길, 그리운 이를 그리워하는 것은 인(因)이나, 차라리 만나지 않은 것만 못한 '세 번째 만남' 같은 기회는 피하는 것이 연(緣)이다.

그리고 지금까지 내가 만났고 지금 내 곁에 가까이 있는 사람들, 한 사람 한 사람을 존엄한 존재로 다시 우러러볼 일이다. 생각해보면, 우리가 매일 만나는 사람들, 맞이하는 매 순간들이 얼마나 아름답고 기막힌 인연으로 가득 차 있는지 정말 감사할 뿐이다. 우연히 만난 그대, 아름다운 인연으로 기억되길 빈다.

# 나폴레옹이 될 뻔한 아이

바람직하기는 승리의 길을 가되,
때로는 자제하고
한편으로는 주위의 뜻을 두루 들어,
그 앞에 다른 길도 있음을 아는 지혜가 아닐까?

아홉 살 때인가 아이들과 마을 언저리를 흐르는 개울 뛰어 건너기 놀이를 한 적이 있다. 좁은 곳에서 시작하여 점차 폭이 더 넓은 곳으로 옮겨가며 차례로 건너 뛰어 넘는, 일종의 치킨게임 같은 것이다. 몇 번은 여유롭게 뛰어 넘었다. 개울 폭이 점차 넓어져 내가 넘기엔 버거워 보이는 지점에 왔다. 맥박이 가파르게 올랐다. 이미 포기한 아이들도 있었지만, 또래들 사이에서 평판이 나쁘지 않은 나였기에 쪽 팔리게 그 속에 끼기는 싫었다. 서너 걸음 뒤로 물러섰다가 있는 힘을 다해 냅다 뛰었다. 아차! 가까스로 발끝이 건너편 끄트머리에 닿는가 싶더니 이마가 돌멩이에 야무지게 박혔다. 흘러내린 피가 눈앞을 가렸다. 아이들의 웅성거리는 소리가 귓가를 스치고, 나는 무섭고 창피한 마음에 쥐구멍에라도 숨고 싶었다.

나의 소심함에 가까운 지나친 조심성은 그때 형성된 듯하다. 그때

아슬하게나마 성공했더라면, 실패했어도 이마가 찢어져 열댓 바늘까지 꿰매지만 않았더라도 나는 훨씬 용기 있고 결단성 있는 사람으로 크지 않았을까 생각하니 지금 생각해도 참 아쉬운 도전이었다.

프랑스 혁명기의 풍운아 미라보는 자신의 용맹을 스스로 확인하기 위해 노상 강도짓을 저지른 적이 있다. 사회의 신성한 규범에 대적하는 일에 가담하기 위한 어느 정도의 결의가 스스로에게 있는지 자신할 수 없었던 그는, 혁명의 전면에 나서기 전에 시험해 보고 싶었던 것이다.

미라보가 혁명 초기, 대세를 가름하는 중요한 고비마다 보여 준 과단성 있는 행동은, 그에 대한 평가가 갈리는 것은 차치하고, 강도짓이 성공을 거둠으로써 가능했던 셈이다. 역사에 가정은 없다지만, 만약 미라보의 강도짓이 실패하여 감옥으로 이어졌다면 프랑스 혁명의 흐름이 조금은 달라졌을지도 모른다.

사람은 복잡하고 심오한 듯하여도 의외로 단순하고 순진하다. 한 번 맛보면 두 번 먹고 싶다. 한 번 성공하면 두 번 성공하고 싶고, 두 번 성공하면 세 번째도 성공할 것이라 확신하며 더 큰 것을 탐하게 된다. 그리고 무엇보다 쉽게 길들여진다. 그것이 비굴한 길일 수도 있고 때로는 영웅적인 길일 수도 있다. 어느 쪽이든 그것에 익숙하게 되면 더 이상 새로운 것은 모색하지 않게 되고 다른 길을 애써 도모하지 않으려 한다. 사람 속에서 그것은 확신으로 소나무 등걸에 박힌 옹이처럼 깊이깊이 자리 잡는다. 점차 굳어져가는 확신은 어느새 신앙이 된다.

이제 세상에는 다른 유익한 길이 또 있다는 것을 잊어버린 채 바로 그 앞이 늪인 줄도 모르고 슬몃슬몃 빠져든다, 가끔씩은 자신도 미처 생각하지 못했던 대담한 행위에 몸을 던져 위대한 업적을 이뤄내기도 하지만.

후자의 경우라면, 자신의 신념이 건져 올린 행운 같은 것이라면, 아무리 지나쳐도 박수쳐 환호할 일일까? 꼭 그렇지만은 않다. 수많은 몰락의 직전에는, 그 몰락이 처참할수록, 언제나 놀라운 성공이 이어졌으며 화려한 찬사와 눈부신 광휘가 있었다. 카이사르의 몰락은 그의 무서운 연승과 최고 존엄에 이른 영광 다음의 일이었으며, 나폴레옹의 좌절도 청년 장교의 연승에서 추동된 거침없는 진격과 끝 모를 야심이 거둔 초인적 성공이 쇠진한 그을음이었다.

안타까운 것은 그들의 몰락이 그들만의 실패로 끝나는 것이 아니라 역사의 수레바퀴를 돌려놓음으로써 민중의 삶을 어둠의 길로 되몰아 갔다는 것이다. 귀환 군인들을 중심으로 한 중산 서민층의 이익을 위해 혁명적인 정책들을 펴던 카이사르의 지칠 줄 모르는 열정이 귀족들의 내밀한 음모에 걸려 넘어지자, 로마는 일인 독재의 제정 시대를 서둘러 불러왔으며, 음탐과 부패의 상징 칼리굴라와 네로의 시대가 멀지 않은 곳에서 기다리고 있었던 것이다.

민중적 혁명정신을 전 유럽에 퍼뜨리며 괴테와 베토벤 등 세계적 지성들의 갈채를 받아가던 나폴레옹도 스스로 황제가 되고 오로지

한 독선이 초래한 파멸로 마감함으로써, 자유 평등 박애의 신성한 정신은 한참이나 외곽을 돌고 돌아서야 세간살이 제대로 갖춰진 집 안으로 찾아든다.

　나에겐 어린 시절의 실패가 더 나은 인물이 되지 못하게 된 아픈 기억의 하나로 오롯이 자리하고 있다. 한편으론 어떤 이들의 몰락을 보면서는 그때의 실패로 인한 조심성 덕분에 패가망신이라는 더 큰 실패는 면할 수 있지 않았을까 자위하기도 한다. 바람직하기는 승리의 길을 가되, 때로는 자제하고 한편으로는 주위의 뜻을 두루 들어, 그 앞에 다른 길도 있음을 아는 지혜가 아닐까? 사람의 확신도 뜻밖에 찾아온 인상적이었던 작은 우연의 산물일 수 있으니 확신에도 겸손이 필요하다.

　혹여 나폴레옹이 될 뻔한 어느 아이의 아쉬웠던 첫 번째 좌절의 푸념이다.

# 가을이다, 부디 아프지 마라

같은 가지의 잎들끼리
기껏 보잘 것 없는 바람에 흔들려
서로 부딪치고 짓이겨 상처나게 하는 일만큼
가슴 아픈 일도 없다.

가을이 소리 없이 깊어 간다.

어느 계절인들 야단법석 떨며 다가올까마는 유독 가을은 소리 없이 깊어 간다는 말이 와 닿는다. 가을이 깊어 간다, 소리 없이. 하늘은 이슬에 헹군 듯 맑고 푸르던 잎은 색색으로 아름다운 빛깔로 물드는데, 이 그윽한 작업에 소란스러움이 있어서야 되겠는가. 푸른 잎에 숨어 있던 초록 감이 소녀의 볼처럼 연붉게 드러나고, 윤동주 시집을 낀 소년의 눈빛이 괜스레 외로움에 젖으면 가을은 전설처럼 숙연해진다.

가을에는 좁다란 산길 우긋우긋 강아지풀의 곱슬한 머리가 어제보다 다소곳하고, 비탈에 늘어선 참나무 가지들도 겸손히 옷깃을 여민다. 텅 빈 들판에서부터 어스름이 장작불 연기처럼 스르르 기어오르면 속된 마음도 잠시 기도하는 자세가 된다. 먼 데서 종소리가 고

즈넉이 들려오는 듯 귀를 모으고 눈은 하늘 끝 붉게 타는 노을에 머문다.

　가을은 애타게 찾는 이 없어도 그리워지는 계절이다. 누군가를, 무엇인가를 그리워해야만 할 것 같은, 아스라이 높고 푸른 하늘이다. 지금 혼자인 사람은 지난날 떠나간 사람을 생각하고, 지금 삶이 고달픈 사람은 한때 잠시 부딪쳤던 행복했던 순간을 찾아 나선다. 비록 그 순간이 따뜻한 밥 한 끼, 명절날 얻어 입은 나일론 셔츠 한 장, 울긋불긋 숲 속에서 가진 동무들과의 소풍 정도의 소박한 것일지라도 그것은 가슴을 젖게 하는 아름다운 사연이 된다.

　상념의 계절, 가을은 외로운 사람의 몫이다. 외로운 사람은 생각할 시간이 많고 그리워할 대상이 많다. 그가 스쳐 지난 사람은, 이 가을에는 모두 애틋한 사람들이다. 못 이룬 꿈, 못다 한 사랑, 못 베푼 우정, 얼굴마다 미안하고 그립다. 그가 거들었던 사건들은, 이 가을에는 하나같이 영웅적이지만 그리다 만 자화상처럼 슬픈 여운이 남는다.

　슬픈 사연이 쌓이면 전설이 된다. 전설은 언제나 슬프다. 지금 행복한 사람은 가을을 제대로 모른다. 더 채울 게 없는 그에게 아름다운 단풍은 과학일 뿐이고, 높이 걸린 푸른 하늘은 고기압 전선일 뿐이다. 포만한 자에게 경이로움은 없다. 전설과 어울리는 가을은 외로움이 자아낸 눈물어린 눈으로 보아야 제대로 보인다. 젖은 눈으로 떨어진 낙엽은 아련한 추회(追懷), 가장 아름다웠던 날의 엽서가 된다.

사색의 가을은 고단한 삶에서 잠시 돌아와 뜰 앞에 떨어지는 오동 잎을 보고서야 제대로 느낀다. 세월도, 그것의 무상함도 간곡한 삶을 살아온 이에게 의미를 더한다. 언제나 같은 자리에 있는 별들도 어두워야 잘 보인다. 경이로움은 결핍이 주는 선물이다. 결핍을 모르는 사람은 선물의 기쁨도 모른다.

그러니 더 이상 서러워하지 않아도 된다, 이 가을에는. 이제 더 이상 미워하지 않아도 된다. 참으로 못할 짓이 남에게 상처 주는 일이다. 어차피 때가 되면 단풍 들고 낙엽 지는데, 애써 모진 말과 거친 행동으로 나뭇잎 같은 여린 마음에 멍들게 할 일이 아니다.

같은 가지의 잎들끼리 기껏 보잘 것 없는 바람에 흔들려 서로 부딪치고 짓이겨 상처 나게 하는 일만큼 가슴 아픈 일도 없다. 다정하던 형제가 곳간에 가득한 곡식은 내버려두고 나그네가 던져 준 빵 한 조각을 서로 갖겠다고 싸우는 형국이다. 바람결에 흔들리는 나뭇잎은 모른다, 곁에 붙어 있는 잎에 난 멍과 상처가 자기 때문인지를. 내가 날린 주먹과 휘두른 회초리가 보이지 않는 응큼한 바람 때문이었음을 모른다. 그러니 특히 가을엔 바람을 조심할 일이다. 상처 난 낙엽도 다시 볼 일이다, 때로는 상(傷)한 낙엽이 더욱 아름다운 것이기에.

운명이란 원하지 않는 우연에 붙여진 이름일 뿐이라 여기던 겁 없던 젊은 시절이 있었다. 그 시절엔 한 점 흠 없고 고르게 물든 단풍잎만 찾았다. 세월 따라 삶은 거부할 수 없는 외부의 힘과 자신의 작은 몸부림이 씨줄 날줄이 되어, 한 올 한 올 짜가는 피륙 한 필이라는 것을 알게 되면 어딘가 상한 구석이 있는 낙엽을 집어 든다. 상한 이파리가 건네는 야릇한 사연에 손길이 멈춘다. 아니 찬찬히 들여다보면 티 없는 낙엽은 아예 없다. 어느 잎새도 봄날의 훈풍만 쐰 건 아니다. 상한 흔적은 무더운 여름날의 따가운 열기와 폭풍우와 뭇 벌레들의 침략을 견뎌낸 고운 유적이다.

황금빛으로 눈부셨던 들판에는 어느새 을씨년스레 마른 볏짚이 뒹굴고, 탐스러운 열매들로 기분 좋게 늘어졌던 과수원 언덕배기엔 허허로운 바람만 스친다. 곧 찬바람이 불어올 것이다. 때마침 나태주 시인이 엽서 한 장을 보내왔다.

어딘가 내가 모르는 곳에 / 보이지 않는 꽃처럼 웃고 있는 / 너 한 사람으로 하여 세상은 / 다시 한 번 눈부신 아침이 되고 / 어딘가 네가 모르는 곳에 / 보이지 않는 풀잎처럼 숨 쉬고 있는 / 나 한 사람으로 하여 세상은 / 다시 한 번 고요한 저녁이 된다
가을이다, 부디 아프지 마라 / 멀리서 빈다

# 나의 언어가 나의 수준이다

적확한 단어의 사용을 능가하는

유일한 경우가

은유와 상징을 빌린 아름다운 표현이다.

아름다운 언어와 순화된 말은 우리의 수준이다.

어렸을 적 동네 사랑방에서 들은 이야기 한 토막이다. 보름날 밤 방앗간에서 영심이와 갑돌이가 남몰래 만났더랬다. 영심이가 갑돌이 어깨에 살짝 기대며 속삭였다. "달이 참 밝다, 그지?" 갑돌이가 대답했다. "보름달이거든…" 그때 우리는 뭐가 그리 우습다고 모두들 낄낄댔는지 알지 못했다.

일본 근대문학의 거인 나쓰메 소세키가 젊은 시절 잠시 영어교사로 있었는데, 어느 날 학생이 영어 문장을 하나 가져와서는 뜻을 물었다. 'I love you.' 소세키는 난감한 표정으로 잠시 생각에 잠기더니, "글쎄…, 이 정도면 어떨까. 달이 참 예쁘네요."

우리나라도 그랬지만, 일본에서도 아직 '사랑'이라는 단어가 일반적으로 사용되지 않았던 그 시절, 참으로 절묘한 번역이 아닌가. 이후 일본에서 아마 이 번역을 뛰어넘는 번역은 없었다지. 그런데 우리

영심이가 소세키의 번역문을 읽었다고 보기 힘드니, 소세키가 영심이의 표현을 참고했다고 보는 게 맞지 싶다. 그리고 한참 지나 등려군은 그녀의 대표곡 〈월량대표아적심(月亮代表我的心)〉에 가져다 썼다. "그대는 내게 당신을 얼마나 사랑하는지 물었죠. 생각해 보세요, 보라고요. 달빛이 내 마음을 대신하는 걸요…."

아름다운 표현은 사람을 감동시킨다.

사람에게 가장 여린 부위는 마음이라 상처도 잘 받고 감동도 잘한다. 흔히 감동은 공감에서 시작된다. 공감은 마음속에서 아름다움의 소용돌이를 한 차례 거쳐야 피어난다. 그 속에 진정성과 도덕적 감성을 곁들이면 그 맛은 깊어진다. 아름다운 언어는 딱 맞는 단어와 진솔한 표현, 그리고 윤리적으로 바른 입장을 유지하는 것이 기본이다. 여기에 더하여, 상대방의 생각이나 느낌, 때로는 그의 교양 수준까지 고려하여 가장 쉽고도 정확하게 이해될 수 있는 언어를 사용하면 감동은 배가된다. 비유와 은유가 이용되고 재치와 상징이 동원되며 기발한 인용이 빛을 발하는 순간이다. 그러므로 내가 사용하는 언어는 바로 나의 수준이 되며, 상대방에 대해 어떻게 생각하고 있는가를 보여준다. 나의 언어는 나의 품위와 함께 듣고 보는 이에 대한 예의를 나타내고 있는 것이다.

불교에는 팔만사천법문이라고 할 만큼 경전의 수가 무수히 많은데, 이렇게 많아진 경위가 특이하다. 석가모니가 해탈하여 맨 처음

중생들 앞에서 깨달은 진리를 설파했는데, 제대로 이해하는 이가 적었다. 이에 불타(佛陀)는 아무리 좋은 이야기라도 듣는 사람의 근기(根機), 즉 듣고 깨달을 만한 능력에 맞추지 않으면 소용이 없다고 생각하여, 때로는 비유로 때로는 상징으로 때로는 이야기에 실어 말하기 시작했다. 사실 불교에서 천당과 지옥은 일종의 사탕발림이다. 순박하고 배움이 얕은 이들을 선한 길로 인도함에 있어 천국과 지옥 개념만큼 효과적인 것은 없다. 불타의 어리석은 중생을 위한 자비심이다. 이것을 방편설(方便說)이라고 한다.

세상에는 어떤 사물, 상황, 느낌을 그려낼 수 있는, 가장 적합한 단어는 단 한 개밖에 없다. 하나뿐인 그 단어를 찾아 시인은 머리를 싸매고 밤을 지새운다. 시인만이 아니다. 정치 경제 사회 문화 모든 분야에서 이루어지는 행위의 태반은 언어행위이니 그 누구도 예외일 수 없다. 적확하지 않은 말의 대부분은, 어휘 부족을 제외하고는 감정의 과잉이거나 순수하지 못한 의도에서 기인한다. 나만이 옳다는 생각이 지나쳐 가증스러운 비난이 나오며, 상대에 대한 무시에서 비인격적인 욕설이 뱉어지고, 교양의 부족에서 순화되지 못한 언설이 춤춘다.

인간사(人間事)를 드러냄에 있어 거친 언어, 욕설, 그리고 왜곡이 어울리는 경우는 아주 드물다. 그런 단어밖에 생각나지 않는다면, 사전을 찾아보고 인터넷을 훑어보아도 그런 민망한 어휘밖에 생각나지 않는다면, 영심이의 재치나 부처님의 배려를 배워 볼 일이다. 적확한 단어의 사용을 능가하는 유일한 경우가 은유와 상징을 빌린 아름다운 표현이다.

선명성을 빙자한 격한 언어는 눈밭에 내린 까마귀처럼 눈에는 잘 띄지만 감동은 없다. 하물며 저속한 언어를 예사로 입에 올리는 정치인들의 말과 갈수록 늘어나는 SNS상의 그악한 글들은 이 겨울을 더욱 황량하게 한다. 황량한 겨울도 아름다운 시(詩) 한 구절이면 훈훈해진다.

… 처마 끝에 호롱불 야위어 가며 / 서글픈 옛 자취인 양 흰 눈이 내려 / … 내 홀로 밤 깊어 뜰에 내리면 / 머언 곳에 여인의 옷 벗는 소리…

호롱불은 구경하기 힘들어도, 김광균이 〈설야〉에서 노래한 눈 오는 겨울밤의 애틋한 서정이 그립다.

아름다운 언어와 순화된 말은 우리의 수준이다.

# 그대, 마음 설렐 준비는 되었는가

작은 것을 가지고 진지한 일에 도움 되게 하는 것보다
더 재치 있는 일은 없다 했으니,
그게 설렘이 아닌가.
이제부터 마음 설렐 준비를 하자.

인간에겐 닻 내릴 항구가 없고 / 시간에는 가 닿을 기슭이 없네

라마르틴의 시 〈호수〉의 한 구절이다. 올해의 마지막 날, 착잡한 나의 심사는 이 구절을 조금 바꿔본다.

"시간은 세모(歲暮)라는 가 닿을 기슭 있으나 / 안식 없는 나에겐 닻 내릴 항구 없네"

딱 이맘때의 감정이다. 아쉬움과 설렘은 어떤 일의 마지막 감정이고 새로운 시작의 느낌이다. 사람이 살아가면서 한 점 흠 없이 만족스럽게 끝내는 경우도 드물지만 새로운 출발을 두근대는 마음으로 맞이하지 않는 경우도 없기 때문이다.

한 해를 보내는 마음엔 늘 아쉬움이 감돈다. 실한 것이 꽉 찬 듯하던 가슴에, 바람 든 무처럼 숭숭 뚫린 구멍으로 횡하니 찬바람이 지

나가면, 어느새 또 한 해가 가고 있는 것이다. 이것도 못 했고 저것도 부족했다.

마저 갔어야 했던 길을 끝내 도달하지 못한 채 멈춰서야 했고, 능히 피할 수 있었던 수렁을 뻔히 보고도 빠져서는 허우적댔다. 왜 나에게는 늘 지나고 나서야 보일까? 다 끝난 뒤에야 확실해질까?

때로는 생활이 나를 속이는 사기꾼이고 어떤 약속은 밤새 걸어도 도달하지 못하는 신기루 같은 것이니, 한 해의 끝 무렵에 갖게 되는 아쉬움은 조금씩은 부족한 사람끼리 나누는 숙명이다. 어느 시인의 말처럼 우리에게 술이 있으면 술잔이 없고, 술잔이 있으면 술이 없는 게 인생이라 하지 않았던가. 구태여 둘 중 어느 쪽이냐고 묻는다면, 나는 조심스레 전자 쪽이라 말한다. 나는 나의 노력을 믿고 싶기 때문이다. 나의 일에 대한 열정과 아이디어와 그것을 성사시키기 위한 갖가지 방도를 신뢰하기 때문이다. 나름 꽤 괜찮은 술을 담가서 걸러 놓았으나 그것을 담을 술잔이 없었다고 외치고 싶기 때문이다. 술잔은 어차피 내 몫이 아니었다. 좋은 제도와 합리적인 정책, 그리고 현실적인 운용을 잘 버무려, 알맞은 온도로 구워내는 숙련된 도공의 몫이었던 것이다. 이게 아쉬움의 근원이다.

그러니 아쉬움을 너무 빨리 떠나서 조금은 서운하지만 곧 다시 오마고 다짐하는 님에게 하듯, 너무 매정하게 나무라지는 말자.

그래도 아쉬움은 기분 나쁜 것보다 낫고, 미워하는 것보다는 훨씬 낮다. 가장 나쁜 일은, 일이 끝나갈 무렵 기분이 안 좋은 것이다. 더욱

안 좋은 것은 그 일이, 그 모든 과정이 다시는 쳐다보고 싶지 않을 만큼 몹시 미워지는 것이다. 거기엔 더 이상 기대도 없고 희망도 내려놓은 곳이다. 사람이 그렇고 세상이 그렇다.

차라리 아쉬움은 애정이다. 다시 보고 싶은 그리움 같은 것이고 다음 기회가 주어진다면 더 잘 할 수 있다는 다짐이다. 삶이 그대를 속이듯, 이 다짐이 결국 나를 속일지라도 나는 또 한 번 나의 판단에 기꺼이 거금(?)을 걸 준비가 되어 있다. 나는 다시 한 번 마음을 정갈히 하고 새 술을 담가 볼 작정이다. 그리고 마음 설렐 준비를 한다. 나의 정성과 노력이 빚어 낼 새 술의 향기에 취할 이웃을 생각하며 마음 설렐 준비를 한다. 마음은 준비한 대로 그림을 그린다. 늘 웃을 준비가 되어 있는 소녀는 굴러가는 쇠똥만 봐도 까르르 웃는다. 슬픈 영화를 보면 울어 본 적이 까마득한 사람도 어쭙잖게 울고 있는 자신을 본다. 극장에 들어 갈 때 이미 울 준비가 되어 있기 때문이다.

이제부터 마음 설렐 준비를 하자. 새해에는 우리의 살림이나 사업이 대박 나는 거창한 꿈 대신에 나의 일에 아름다운 흔적을 남기기 위해 내가 조금만 힘들이고도 해낼 만한 작은 계획 같은 것, 온 가족이 오붓이 함께 저녁을 제대로 갖는 것, 그리고 오는 여름휴가 때는 어디로 누구와 함께 갈까와 같은 것들을 그려보면, 마음은 절로 설레리. 마음속 아쉬움과 염려는 겉모습만 무서운 프렌치 불독 쓰다듬듯, 치켜드는 머리를 살짝살짝 눌러 두고, 작은 보람에도 큰 환희로 응답할 준비를 하자. 아마 우리의 도공(陶工)도 새로운 각오와 개선된 도구로 향기로운 술에 어울리는 멋진 술잔을 만들 준비를 끝냈을 것이다. 설레는 마음으로 바라보는 숱한 눈길을 받게 될 우리의 도공은 더욱 분발하여 괄목할 만한 작품을 빚어낼 것이다.

에라스무스는 하찮은 일을 심각하게 다루는 일보다 어리석은 일은 없다 했다. 그게 후회이다. 또한 작은 것을 가지고 진지한 일에 도움 되게 하는 것보다 더 재치 있는 일은 없다 했으니, 그게 설렘이 아닌가. 섬뜩한 기운이 깃든 세모의 찬 공기가 코트 깃을 세우게 한다. 이 정나미 떨어지는 공기 속에도 언제 그랬냐는 듯, 축복처럼 아름답게 함박눈이 내리고, 한 줄기 따스한 햇살이 이른 봄을 불러 올 것이다.

그대, 마음 설렐 준비는 되었는가?

# PART 2

# 인생을 사느니보다
# 꿈꾸는 편이 낫다

---

이양하 〈푸르스트의 산문〉 중에서

# 그저 받은 봄에 대한 보답

봄, 옷을 바꿔 입고 생각을 바꿔 먹고
낯선 인식의 세계로 들어가 볼 일이다.
익숙한 습관처럼 그냥그냥 살아가면,
나태가 어깨동무하며 퇴보를 재촉한다.

미세먼지와 동행한 이 봄을 노래할 수 있을까?

가뿐하게 높이 들어 올려진 푸르른 하늘을 어느새 희뿌옇게 변색
시켜 버리는 미세먼지, 샛노란 산수유 꽃잎을 마주 보기 민망하게 하
는 황사, 그놈과 함께 찾아온 이 봄을 기뻐할 수 있을까? 살랑대는
바람조차 성가셔 옷깃을 여미고 투박한 마스크로 입을 감싸고서 도
대체 무슨 염치로 진달래 연한 입술을 탐하며, 들길에 노니는 봄기운
과 호흡할 수 있으랴.

이번 봄은 그냥 지나가 버릴까. 내년에 봄은 또 오리니 한 번쯤 그
냥 지나치는 봄인들…, 그 못된 버릇을 고치려면 한 번쯤 못 본 척 넘
어가도 좋을 것이다. 흘낏 보고 넘겨 버릴까, 단테가 베르길리우스의
안내로 줏대 없는 회색인(灰色人)들의 지옥을 한 번 슬쩍 보고 지나가

듯이.

꽃이 피어서 봄이 아니다. 봄이 반가운 것은 초록의 새싹이 돋아서가 아니다. 봄이 기쁜 것은 아지랑이 피어오르는 가마득한 하늘 때문만은 아니다.

종아리에 힘줄이 하나 더 생긴 듯 걸음이 산뜻해지고, 어깻죽지에 근육이 하나 더 생긴 듯 가슴에 새로운 기운을 느끼기 때문이다. 어제 같던 오늘에 의문을 갖게 하고, 밥 한 끼에 헤픈 웃음을 날리던 쉬운 사람 노릇에 어색함을 갖게 하며, 지나치게 평온한 일상이 오히려 불안하여 낯선 취미라도 찾아 나서게 하기 때문이다. 수상한 시절에 소요음영(逍遙吟詠)이 여의치 못하다면 한중진미(閑中眞味)는 즐길 수 있으리니, 이런 봄도 봄이다.

세상에 노력 없이 주어지는 소중한 두 가지가 젊음과 봄이다.

그저 주어지는 만큼 그들은 모나고 변덕스러우며 머무는 시간이 짧다. 젊음다움이 거칠고, 샘솟는 호기심에 기웃거리기 좋아하고, 질문이 많아 다루기 쉽지 않다는 데 있듯이, 봄의 그다움도 여린 가운데 종잡을 수 없고, 고요함 중에 혼란이 있고 달콤함 속에 불안이 굼틀거린다. 괜히 들떠서 치받고 싶어지고 가만히 한 군데 있지 못하는 건달처럼 속수무책이다. 솟구쳐 오르는 힘이 버거워, 몸 던져 경쟁하며 이리저리 어울리다가도, 설핏한 노을에 되새김질하는 암소처럼 고독을 씹는다. 시련이 청춘을 강하게 만들 듯 고독은, 사람이 그것에 패배하지만 않는다면 인간을 깊이 있게 만들어 준다. 봄이 그렇다.

> 복숭아꽃 살구꽃은 석양 속에 피어있고 / 푸른 버드나무와
> 향기로운 풀은 가는 비 속에 푸르른데 / 칼로 오려냈나, 붓으
> 로 그려냈나 / 조물주의 신비로운 능력이 사물마다 야단스
> 럽네…

〈상춘곡〉을 노래한 정극인의 봄 같은 봄이면, 그런 맑고 화사한 봄이야 아껴 두고 볼 일이다. 먼지 속에서 힘겹게 핀 한 떨기 목련꽃, 옆으로 고개 떨군 우윳빛 꽃잎처럼, 이 봄 들려오는 소식마다 온통 부끄러움뿐이지만, 그대 모습은 이미 아름답다. 한줌의 용기와 한 방울의 눈물로 함께한 우리는 이미 화사한 봄이다. 두꺼운 껍질 속에 겁먹은 표정으로 웅크리고 있던 시절, 그 겨울이 차라리 따뜻했노라 말하지 말라. 달팽이처럼 무력하게 들어 앉아 겨우 더듬이로 세상을 눈치보던 불우한 시절을 차라리 그립노라 자위하지 말라.

그리움은 현실이 아니다. 그리운 사람도 실체가 아니다. 봄이 산을 물들이고 치장하듯 우리의 생각은 마냥 꾸미기에 여념이 없다. 그리움이 내 마음 속에 있고, 아름다움은 잡을 수 없는 것, 그저 느끼며 상상하고 흥분할 뿐이다.

T. S. 엘리엇이 노래한 "4월은 가장 잔인한 달"이란 시구(詩句)는 문학사상 가장 절묘한 반어적 수사(修辭)이다.

"… 죽은 땅에서 라일락을 키워내고 / 기억과 욕정을 뒤섞으며 /

봄비는 잠든 뿌리를 뒤흔드나니 / 차라리 겨울은 따뜻했네…"

얼어붙었던 땅을 헤집고 솟아오르는 강인한 생명력, 망각의 껍질을 깨고 나오는 새파란 인식의 기지개, 그 아픔 속 쾌유의 간지럼을 시인은 시적 상상력을 동원하여 자극적으로 읊었다.

이 봄, 옷을 바꿔 입고 생각을 바꿔 먹고 낯설은 인식의 세계로 들어가 볼 일이다. 익숙한 습관처럼 그냥그냥 살아가면, 나태가 어깨동무하며 퇴보를 재촉한다.

"생각하는 대로 살아라. 그렇지 않으면 머지않아 사는 대로 생각하게 된다."

폴 브루제의 말은 협박이 아니다.

산길을 즐겨 찾는 이, 해변을 걸어 보라. 젊음의 특권이다. 그저 얻은 젊음에 대한 보답이다. 중년이 젊음을 되찾을 수 있는 유일한 길은 아직 가 보지 않은 길을 찾는 것이다. 꿈을 좇아 확실성을 불확실성과 바꿔보는 것이다.

'비둘기 발목만 붉히는 은실 같은 봄비'가 내리면, 먼지는 걷히고 초목은 싱그럽게 빛나리니, 일어나 나서라. 그저 받은 봄에 대한 보답이다. 사람은 살아가는 것이 아니다. 꿈을 좇는 것이다. 인생을 사느니보다 꿈꾸는 편이 낫다. 꿈꾸는 데는 시야가 좀 흐릿해도 괜찮다.

# 아플 때 잘생긴 의사를 찾을까

선한 사람들이 가만히 있으면
또 다시 악이 설쳐대고 나라가 어지러워진다.
선한 사람들이 움직일 때다.
선한 사람들의 지속적인 의사 표시와 참여가 필요하다.

우리는 몸이 아프면 잘생긴 의사나 말을 잘 하는 의사를 찾지 않는다. 그 방면에 관한 공부를 많이 하고, 체계적으로 훈련받은 의사를 찾는다. 간단한 옷을 맞추거나 차에서 이상한 소리만 나도 전문가를 찾아 맡긴다.

하물며 한 나라의 지도자를 뽑는 일에서는 왜 그러지 못하는가? 나라를 제대로 통치하는 법을 교육받고, 생각이 다른 많은 이들의 이해를 조정하여 화합시키며, 세련된 언어로 자신의 주장을 펼칠 줄 아는, 그런 훈련된 적임자를 선출하여야 하지 않을까.

어제의 불만이 아니고 오늘의 문제도 아니다. 2천 년도 더 거슬러 올라간 고대 그리스 시절에 플라톤이 품었던 심각한 고민이었다.

플라톤은 신발을 만드는 단순한 일에서는 오직 그 일을 위해 훈련받은 사람이 잘할 거라 생각하면서도, 정치에서는 표를 얻을 줄 아는 사람이 도시나 국가를 잘 다스릴 거라 생각한다며 안타까워했다. 그러면서 국가가 아플 때도 이 분야에 가장 지혜롭고 훌륭한 사람의 봉사와 안내를 받아야 한다며 제안한 것이 '철인정치'론이다.

"철학자가 왕이 되거나, 이 세상의 왕이나 군주가 철학의 정신과 힘을 가지기 전에는, 즉 지혜와 정치적 지도력이 한 인간 안에서 만나기 전에는 인류에게 결코 악이 그치지 않을 것이다."

플라톤의 철학이 오롯이 담겨있는 《국가》의 핵심 구절이다. 그가 말하는 철인은 그냥 철학 공부 좀 한 사람 정도가 아니다.

플라톤의 철인왕은 모든 국민에게 주어진 평등한 기회에서 출발하며, 공정한 경쟁을 거쳐 걸러지고 길러진다. 10살 때부터 시작되는 체육과 음악 교육, 20세부터 10년 동안의 마음 수련과 생활 지식 습득, 이런 과정을 잘 통과한, 이제 서른이 된 소수의 사람만이, 5년간의 철학 수업에 들어간다.

철학 공부는 두 가지를 포함한다. 하나는 형이상학, 즉 명료하게 생각하는 것이고, 또 하나는 나라를 지혜롭게 다스리는 것, 곧 정치학이다. 5년간의 교육을 마치면 그들이 통치자로 나서는 것인가. 아직 멀었다. 아직도 15년간의 수련이 더 기다리고 있다.

지금까지의 이론적인 교육을 넘어 인간과 사물의 세상이라는 동굴 안으로 내려가야 한다. 그들은 메마른 경쟁의 운동장에서 세상의 투박한 현실에 손을 다치고, 철학의 정강이를 긁힐 것이다. 이제 흉터 많은 쉰 살이 되어, 침착하고 자신감이 넘칠 것이고, 삶의 무자비한 마찰에 허영이 깎여 나갔을 것이다.

이 사람들이 통치자가 된다. 나아가 이들 철인 통치자는 꼭 필요한 재물만 가지게 되며, 그 이상의 재물은 갖지 못한다. 그들이 받는 유일한 보상은 명예와 집단에 봉사한다는 자긍심이다. 하지만 그들의 부인들이 가만히 있을까? 통치자의 아내로 명예의 낙숫물만 마시며 평생을 검소하게 살아갈 수 있을까? 인간에 대한 통찰력이 빼어난 플라톤은 이에 대한 대비책도 내 놓는다. 그들을 결혼하지 못하게 하는 것이다. 철인들끼리는 재물을 공유하고 여자도 공유한다. 아무리 심지가 굳은 사내라도 나만의 아내가 긁어대는 바가지를 무심히 견뎌낼 재간은 없기 때문이다.

이렇게 하여 그 나라는 완벽한 지도자를 갖게 되며, 이들의 통치에 의해 국민들은 '이상국가'에서 참으로 행복하게 살게 되는 것이다.

무릇 고전은 너무 고지식하게 읽을 필요는 없다. 행간의 뜻, 궁극적으로 도달하고자 하는 의미를 취하면 족하다.


'모든 나라는 그 수준에 맞는 정부를 가지며, 국민들은 그들의 수준에 맞는 지도자를 갖는다.' 정치가 우리를 낙담하게 하고 지도자들이 우리를 실망시킬 때, 으레 듣게 되는 말이다. 하지만 이 말 속에는 정권의 부패와 실패를 무지한 국민의 탓으로 돌리려는 불순한 음모가 배어 있다. 물론 우리가 새겨들어야 할 일면의 진실조차 부정하지는 않는다. 그러나 더 정확한 표현은 못된 정부가, 나쁜 지도자가 선한 국민을 속인 것이다. '수준 높은 정치가 수준 높은 국민을 만든다.'가 더 설득력 있는 말이다. 그렇지 않다면 플라톤은 그토록 오랜 세월 동안 칭송받지 못했을 것이다.

우리는 우리의 미래와 리더를 선택할 수 있는 훌륭한 제도를 가지고 있다. 비록 우리의 선택이 가장 현명하지 않았을 수도, 최선을 택하지 못했을 수도 있다. 그러나 이건 겨우 시작일 뿐이다. 이런 때를 위해 에드먼드 버크가 한 마디 멋진 말을 남겼다.

"악이 승리하기 위해 필요한 유일한 조건은 선한 사람들이 아무것도 하지 않는 것이다."

선한 사람들이 가만히 있으면 또 다시 악이 설쳐대고 나라가 어지러워진다. 선한 사람들이 움직일 때다. 선한 사람들의 지속적인 의사 표시와 참여가 필요하다.

몸이 아픈데, 얼굴 잘생긴 의사를 찾지는 말아야 하지 않겠는가?

# 오월엔 꿈을 꾸자

진리를 구하는 곳엔 갈등과 다툼이 있으나
아름다움을 찾는 곳엔 화합과 환호가 있다.
행복은 진리 속에 있지 않고
아름다움 속에 있다.

눈을 들어 산을 보라. 산이 들어오지 않으면 창밖에 가뿐히 서 있는 나무를, 그 연녹색 이파리를 보라. 여린 듯 싱그럽고 과하지 않은 사치스러움으로 치장한 이 맑은 녹색의 아름다움을 어느 계절에 다시 볼 수 있으랴.

청자(靑瓷)빛 하늘이 / 육모정[六角亭] 탑 위에 그린 듯이 곱고 / 연포 창포 잎에 / 여인네 맵시 위에 / 감미로운 첫여름이 흐른다 / 라일락 숲에 / 내 젊은 꿈이 나비처럼 앉는 정오(正午) / 계절의 여왕 오월의 푸른 여신 앞에 / 내가 웬일로 무색하고 외롭구나 / (하략)

노천명 시인이 〈푸른 오월〉을 노래한 이후 우리는 당연한 듯 오월을 계절의 여왕이라 불러왔다. 색이 더 진하면 눈이 지치고, 잎이 더 자라면 하늘을 가려 싫은, 고만고만한 연초록의 세계는 우리가 기분 좋게 안길 수 있는 더할 수 없는 정경이기에 '계절의 여왕'이란 표현 보다 더 나은 찬사를 찾지 못했다.

청량한 초록의 의상 위에 향기로운 화관을 쓴, 그리운 듯 아름다운 그대, 오월은 진정 계절의 여왕임에 틀림이 없다.

엘리엇(T. S. Eliot)이 "4월은 가장 잔인한 달(April is the cruelest month)"이란 시구(詩句)로 유명하다면, 우리에겐 5월을 가장 매력적으로 읊은 노천명 시인이 있다.


자주 지나다니던 골목길 언저리, 문득 스쳐오는 연보랏빛 라일락 향기가 내 젊은 날의 추억을 들춰내고, 공원 언덕배기에 흐드러지게 핀 연분홍 철쭉은 더 찬란하게 살아내지 못한 지난날의 회한인 듯 아려온다.

인생이 그렇게 만만했던가? 그 많은 젊은 날들을 마냥 하릴없이 날려 보내고 어느새 세월의 덧없음과 인정의 야속함을 탓하는가. 삶이 그렇게 가벼웠던가? 왜 하루하루의 소소한 성실함과 그것이 일구어낸 보잘 것 없는 성과나마 귀하게 여기지 못했던가. 사람이 그렇게 흔하게 보였던가? 만나고 헤어짐이 한 조각 구름이 생겨나고 흩어지듯 흔적이 없어도 어떻게 편안할 수 있었는가. 원하고 바라고 얻기만을 위해 그 좋은 시절을 다 써버린, 그러면서도 그 얻은 것이 정말로 자기가 원한 것이었는지를 가려낼 줄 모르는 어리석음은 어디에서 온 것인가?

그래도 선하고 무구한 신록의 오월이기에 추회(追懷)마저 기껍지 아니한가!

> "풀잎은 풀잎대로 / 바람은 바람대로 / 초록의 서정시를 쓰는 5월 / 하늘이 잘 보이는 숲으로 가서 / 어머니의 이름을 부르게 하십시오 / 피곤하고 산문적인 일상의 짐을 벗고 / 당신의 샘가에서 눈을 씻게 하십시오 / 물오른 수목처럼 싱싱한 사랑을 / 우리네 가슴속에 퍼 올리게 하십시오 / (하략)"

이해인 수녀의 〈오월의 시〉는 나의 일상의 부끄러운 짐을 벗겨주고 신성한 샘물로 때 묻은 눈을 씻기고 싱싱한 사랑까지 퍼 올릴 것을 간구한다.

그래, 나의 청춘이 그렇게 빨리도 흘러갔듯이 이 오월도 훌쩍 건너뛰듯 달아나겠지만 이 한 달 동안은 간구하며 사랑하며 시(詩)처럼 살아보자. 마음껏 상상하고 그리워하고 꿈꾸어 보자.

"인생을 사느니보다 꿈꾸는 편이 낫다. 설혹 인생을 산다는 것이 꿈꾸는 것이라 하여도 그것은 인생을 직접 꿈꾸는 것보다 훨씬 신비롭지도 명료하지도 못하다. 셰익스피어의 각본은 무대 위에서 연출되는 것보다 서재에서 읽는 편이 더 아름답다. 불후(不朽)의 연인을 그려낸 위대한 시인은 흔히 평범한 하숙집 하녀밖에 알지 못하였다."

이양하의 명수필 〈푸르스트의 산문〉도 이즈음에 읽어야 제맛이다.

회색빛 도시가 녹색의 화원에서 잠시 거닐고 있을 동안 우리는 아직은 돈을 세지 않아도 될 것이다. 법을 논하고 자리를 다투고 목소리 높이지 않아도 될 것이다. 부족한 자신에게 좀 더 관대해지고, 그런 나보다 못난 사람들이 더 잘나가는 이 세상을 원망하지 않아도 될 것이다. 무거운 것 어려운 것, 옳고 그른 시비들 다 내려놓고 홀가분한 마음으로 푸른 여신의 손을 잡아보자. 오월의 정결한 아름다움에 마음을 맡겨보자.

무릇 진리는 사람을 절망으로 이끄나 아름다움은 구원으로 인도한다. 진리를 구하는 곳엔 갈등과 다툼이 있으나 아름다움을 찾는 곳엔 화합과 환호가 넘친다. 우리의 행복은 진리 속에 있지 않고 아름다움 속에 있다. 진정 이 세상을 구원하는 것은 아름다움이다.

꿈을 꾸고 아름다움을 구하기에 오월만 한 계절은 없다.

# 어리석음을 위한 변명

똑똑함은 상대를 긴장하게 만들며
옷깃을 여미게 만들지만,
어리석음은 별러온 각오조차 해제하게 하고
여민 옷자락도 헤프게 풀어놓게 한다.

솔직히 고백하면 나는 지금까지 똑똑한 척하며 살아왔다. 누구에게나 인정받고 어디에서나 꼭 필요한 사람으로 보이기 위해 무던히도 애써왔다. 하나를 알면 열을 아는 척했고, 모르는 문제는 알면서도 구태여 나서지 않는 것처럼 겸손을 가장하기도 했다.

때로는 그게 제법 먹혀들어 나쁘지 않은 성과를 올리기도 했는데, 그때 나는 생각했다, 세상에는 생각보다 어리석은 사람들이 꽤 많다고. 그러고는 계속해서 똑똑한 사람 행세를 하며 아닌 척 으스대고 세상을 쉽게 재단하며 은근히 즐겨왔다.

내친김에 더욱 지혜로워져야겠다. 더 많이 알고 세련된 것처럼 보이기 위해 얇은 책도 더 읽고, 고전음악과 그림에도 관심을 가져보자. 사계 전문가들의 강의도 열심히 찾아 듣다 보면 어느새 강사의 지식이 오롯이 내 머리에 복사되는 느낌이 든다. 이 모든 일을 꾸준히 해낸다는 것은 결코 쉬운 일이 아니지만, 이 정도는 해내야 세상에서 행세라도 할 수 있지 않겠나.

그런데 철이 들어갈수록, 사회생활의 연수가 늘어갈수록, 사람들과의 만남 기회와 깊이가 더해갈수록 조금씩 알게 되었다, 세상에는 참으로 똑똑한 사람들이 많다는 것을. 아는 것도 많은 데다 만나면 절로 고개가 숙여지고 괜히 주눅 들게 하는, 그런 유능한 사람이 의외로 많다는 것을 알게 되었다.

간혹 그들이 보여준 어설픈 실수와 어처구니없는 황당함은 넘치는 지혜가 빚어내는 미진한 후렴이거나 겁먹은 상대에 대한 애교 있는 뒤끝일 뿐이었다. 똑똑함은 상대를 긴장하게 만들며 옷깃을 여미게 만들지만, 어리석음은 별러온 각오조차 해제하게 하고 여민 옷자락도 헤프게 풀어놓게 한다. 속이 가난하고 내세울 것 없는 약자가 절대로 해서는 안 되는 짓이 잘난 척 똑똑한 척하는 일이다.


참으로 지혜로운 사람은 오히려 어리석게 보이는 법(大智若愚)이라는 말이 뒤통수를 쳤다. 아, 나는 우물 안 개구리였다. 자신이 아는 게 많다고 생각하는 사람이 가장 무지한 사람이고, 아는 게 없다고 여기는 이가 정말 지혜로운 사람이라 했는데…, 나는 영락없는 무지렁이가 아닌가.

그 무렵 에라스무스 선생을 만나지 못했더라면 나는 자조(自嘲)와 자탄 속에서 인생을 헛되이 낭비해버리고 말 뻔했다. 그는 《우신예찬》에서 인류는 어리석음 덕분에 그 존재를 이어가고, 세상이 유지되고 있다며 한껏 어리석음을 치켜세웠다. 에라스무스 선생에 의하면 '바보'가 인간의 본성에 딱 맞는다. 사람이 끊임없이 태어나는 것도 남자가 바보라서 대단치 않은 여자를 죽자 사자 사랑하기 때문이다. 또한 '바보 신' 덕분에 결혼생활이 유지된다는 등 바보에게 큰 위로가 될 만한 기막힌 이야기를 해 주었다.

그러고 보니 문학작품이 그려낸, 세상에서 가장 순진한 인간도 대부분 바보이거나 그와 비슷한 인물이었다. 돈에 대한 나쁜 기억으로, 함께 잘살기 위해 어렵게 한 푼 두 푼 모아온 수룡이의 돈다발을 바닷물에 던져 버리는 백치 아다다가 그렇고, 상전 아씨에 대한 연모의 정이 쌓이고 쌓여 불타는 집 안에서 아씨를 안고 함께 산화한 벙어리 삼룡이가 그렇다. 문호 도스토옙스키의 《백치》에 나오는 미쉬킨 공작은 문학사상 가장 아름다운 영혼으로 기리는 데 이론이 없다.

"어린아이를 바라보세요. 신이 선물한 아름다운 노을을, 그리고 풀잎이 어떻게 자라고 있는지 바라보세요. 당신을 쳐다보며 사랑하고 있는 눈을 바라보세요."

정말이지 이런 바보들만 있다면 얼마나 좋은 세상일까. 아직 추위가 삼엄한 날, 걷다 보니 다다른 강가에서 춘정을 이기지 못해 강물에 뛰어들었다가 된통 감기에 걸렸다는 친구의 소식 같은 것. 봄비소식에 아내가 챙겨주는 우산을 슬며시 그냥 두고 외출했다가 줄줄이 비를 맞으며, '아직 봄비가 아닌가 봐…' 하며 젖은 머리를 휘휘돌리며 현관에서 떨고 서 있는 좀 모자란 사람의 얘기 같은 것. 구걸

나온 사람에게 호주머니 탈탈 털어 내주고, 자신은 차비가 없어 걸어오느라 늦은 바람에 아내에게 혼쭐나고도 허허하며 웃는 실없는 아재 웃음 같은 것….

그렇더라도 정말 보기 딱한 어리석음도 있기는 하다. 아홉이 아니라 하는데도 하나가 그렇다고 하는 말에 취해 세상을 어렵게 만드는 참 안타까운 소식. 호가호위하며 한 이름 덕에 잘 먹고 잘살던 이들의 생경한 변신, 부엌에서 나와 연신 물을 들이키면서도 결코 소금은 본 적도 없다고 발뺌하는 알 만한 사람들의 얘기 같은 것. 하긴 그들도 그런 어리석음 덕분에 지금까지 호의호식하며 살아왔을 테니 그들에겐 감사한 일이기도 하겠다.

요컨대 어리석음은 보기보다는 순기능이 훨씬 크다. 그러니 앞으로 이 어리석음에 대해 좀 더 활발한 연구가 필요하지 않을까 싶다. 다만 어리석음에 대해 연구하려는 사람은 로베르트 무질이 《어리석음에 대하여》에서 서술한 다음의 경고를 잘 새겨들을 필요가 있다.

어리석음에 대해 이야기하려는 사람이나 이런 유익한 대화에 참여하고자 하는 사람은 본인은 어리석지 않다고 전제해야 하고, 따라서 본인이 영리하다고 여긴다는 것을 내보여야만 하는데, 물론 이렇게 하는 건 보통 어리석음의 표시로 여겨진다.

오랜만에 문주란의 〈백치 아다다〉 노래나 한 곡 뽑아볼까 보다.

# 시(詩)가 당긴다

눈물 냄새가 나지 않는
아름다움은 참 아름다움이 아니다.
눈물 밴 아름다움에는
하나 되게 하는 오묘한 힘이 있다.


푸르른 하늘을 보면 시(詩)가 당긴다.

꼭 푸른 하늘과 시가 무슨 깊은 인연이라도 있어서인가. 그럴 리가 없다. 이맘때쯤, 솔솔 불어오는 산들바람이 가슴팍으로 설핏 기어들고, 보채는 듯 숨 가쁜 듯 울어 제치는 풀벌레 소리가 마음을 한껏 산란하게 하던 차에 가없이 푸르른 하늘이 문득 눈을 맑게 한 탓일 게다.

쪽빛 하늘은 그저 핑계일 뿐이다. 한 움큼의 바람과 귀뚜라미와 골목길 언저리에 홀연히 피어난 코스모스 몇 송이가, 찌든 생활에 탁해진 마음 깊은 곳, 그 어디쯤 숨어있던 순수(純粹)를 불러낸 것일 테다.


눈이 부시게 푸르른 날은 / 그리운 이를 그리워하자 / 저기 저기 저, 가을꽃 자리 / 초록이 지쳐 단풍 드는데 / …

그래, 푸른 하늘을 보면 시가 당기는 것은 순전히 서정주 님의 〈푸르른 날〉 때문이다. 전에는 푸른 하늘에 손을 올려 저으면 파랗게 물이 드는 줄만 알았지. 그러던 것이 시를 읽고부터 푸른 하늘을 보면 괜한 그리움이 생겨나고, 오랫동안 잊고 있던 이름이 떠오른다. 그리운 이름, 아름다운 사람. 그래서 이해인 님은 푸른 가을 하늘에 눈시울을 붉혔는가.

"아, 가슴의 현(絃)이란 현, 모두 열어 / 귀뚜라미의 선율로 울어도 좋을 / 가을이 진정 아름다운 건 / 눈물 가득 고여 오는 / 그대가 있기 때문이라 / …"

가을을 진정 아름답게 하고 이 가을날 눈물 가득 고이게 하는 그대는 누구인가? 시인이 일생을 걸어 사랑해온 성모 마리아인가, 그 모질고 거친 여름을 끝내 견뎌내고도 아직도 가야할 먼 길 앞에 의연히 선 그 사람인가? 무릎을 맞대고 함께 눈물 고일 그대는 누구인가?

안도현 님이 그대에게 〈가을엽서〉를 띄운다.

… 나도 그대에게 무엇을 좀 나눠주고 싶습니다 / 내가 가진
게 너무 없다 할지라도 / 그대여 / 가을 저녁 한 때 / 낙엽이
지거든 물어 보십시오 / 사랑은 왜 / 낮은 곳에 있는지를 /
…

이렇듯 가을엽서는 시가 된다. 시가 되다 못해 기도가 된다. 아스

라이 애연(哀然)한 하늘이 잦아들고, 하늘 끝자락을 잡고 소쇄(瀟灑)한 바람이 온몸을 감싸면 나도 몰래 두 손이 모아지고 고개는 다소곳이 숙여진다. 지금까지 나만을 위해, 내 것을 위해, 오로지 내 생각만으로 살아온 날들이 또렷해진다.

왜 그렇게 미운 사람이 많았던지, 왜 그렇게 같잖고 때려주고 싶은 사람이 많았던지, 어쩜 그렇게 거슬린 소리만 들려왔는지…. 아, 그 사람 모습이, 그들의 소리가 모두 나 자신의 것이었는데…. 그가 곁에 있음으로 내가 있고, 그가 그답기에 내가 나다울 수 있었음을 새삼 되새겨 본다. 너의 설움과 너의 아픔과 너의 외로움이 결국은 나의 것으로 돌아오는 것을.

> … 지금 집 없는 사람은 이제 집을 지을 수 없습니다 / 지금 홀로 있는 사람은 오래오래 그러할 것입니다 / 깨어서, 책을 읽고, 길고 긴 편지를 쓰고 / 나뭇잎이 굴러갈 때면, 불안스레 / 가로수 길을 이리저리 서성일 것입니다

〈가을날〉, 가을 들판에 바람을 풀어 놓아 주기를, 포도송이에 감미로운 단맛이 깃들기를 기도한 릴케의 시는 이제 나의 기도가 된다.

쓰디쓴 세상에 따사로운 햇살 한 줄기라도 되게 해달라고, 한 움큼의 시원한 바람이나마 되게 해달라고, 그리하여 가을날 나뭇잎처럼 홀로 서성일 그대와 함께 나눌 과실에 단맛이 들게 해 달라고 기도해 본다.

그의 남루한 옷차림이 이제야 보이다니, 이제야 그대의 쉰 목소리와 초췌한 얼굴이 보이다니. 이제라도 그의 옷을 빨아 널고 그의 얼굴을 두 손으로 감싸 안아 뺨이라도 비벼 볼까. 저문 들판에 바람 받으며 그의 쉰 목소리에 내 더운 입김을 보태 볼까.

… 풀이 돋아난 자리는 언제나 그만큼씩 푸르고 / 바람이 지나간 자리는 언제나 그만큼씩 닳아 있는 법 / 네 음성이 스쳐간 이 거리에도 / 붉은 입김은 남았구나 / …

권지숙 시인은 한때 힘겨운 시절, 이 땅의 불우한 〈아우를 위하여〉 서럽게 울었다. 너를 위해 울고 나를 위해 울고, 우리 모두를 위해 울었다. 그게 시인이고 시인의 감수성이다. 아름다운 영혼이다. 눈물 냄새가 나지 않는 아름다움은 참 아름다움이 아니다. 눈물 밴 아름다움에는 하나 되게 하는 오묘한 힘이 있다.

그래서인가, 무릇 많은 영웅들은 시인이었다. 시적 감수성으로 사람들을 따르게 하고 감동시켰다. 이순신 장군이 그랬고 나폴레옹이, 시저가, 조조가 거의 시인이었다.

"말 위에서 천하를 얻었다 말하지 마라. 자고로 영웅은 모두 시를 알았다네"

당나라 시인 임관(林寬)이 유방의 고향에서 읊은 시 구절이다. 영웅만이 시를 즐기랴. 비 오는 날 부침개가 당기듯, 하늘 푸르른 한 철이나마 시가 당기니, 얼마나 감사한 일인가!

# 윤슬 같은 지성으로

지성이 욕망에게
승리하는 경우가 많지는 않지만,
그래도 인간이 인간다울 수 있는 것은
새벽 강물 위에 반짝이는 윤슬 같은 지성뿐이다.

지리산 석간수(石澗水) 물빛인 양 옥빛 하늘은 맑고 고왔다. 휴일, 유난히 아름답다는 금년 가을을 그냥 보내선 안 되겠다는 마음으로 가볍게 나선 길이었다. 산길엔 벌써 낙엽이 수북이 쌓이고 작은 바람결에도 이리저리 구르는 모습이 지조 없는 사내의 하릴없는 심사 같아 을씨년스럽다. 심각한 척 머리를 숙이고 애써 상념에 젖어 본다.

시몬에게 낙엽 밟는 소리가 좋으냐고 묻기엔 나이가 들었고, '가을바람 쓸쓸히 시를 읊조리는데, 세상길에 참된 벗은 없구나(秋風唯苦吟 世路少知音)', 최치원의 추회(秋懷)에 동참하기에는 분에 넘친다. 그래 젖은 낙엽 같은 구차한 인생보다는 이리 구르고 저리 달려가는 가뿐한 낙엽 같은 삶이 차라리 나을지도 몰라. 꼭 낙엽 같은 인생이어야 하나, 찬 서리 모진 바람에도 끄떡없는 아름드리 소나무 같은 삶은 왜 안 되나. 갑자기 도토리 한 알이 정수리에 툭 떨어진다. 정신이 번

75

쩍 든다, 기껏 도토리 한 알에. 평소 수양깨나 되어 있었다면 부처님 제자 가섭처럼 미소라도 지어보였을 텐데 죄 없는 도토리만 차서 언덕 아래로 내친다.

아예 위를 보고 걸어 본다. 옥빛 하늘이 탁해진 시야를 맑게 씻어 주지만, 몇 걸음 못 가서 눈길은 다시 아래로 향한다. 하늘의 별만 헤며 걷다가 우물에 빠진 천문학자가 생각나서가 아니다. 돌부리에 채이지나 않을까 마주 오는 사람과 부딪치지나 않을까, 눕쓸 염려가 그냥 두질 않아서이다.

염려가 일상이 된 지 오래다. 염려는 습관이 되어 무난한 길에서도 긴장감을 놓지 않고 눈앞을 살핀다. 오던 길 자꾸 되돌아보고 눈앞의 작은 돌마다 일일이 가리며 가서야 어느 세월에 좋은 풍광 만날 수 있을까?

조금도 실수하지 않겠다는 욕심, 작은 원망도 듣지 않겠다는 욕심, 하나라도 더 갖겠다는 욕심, 무엇보다 더 완벽해야겠다는 욕심 때문이다. 욕심이 염려를 낳고, 염려가 불안을, 불안이 무모함과 고통을 낳는다. 늘 욕심이 화근이다.

이 세상이 고해(苦海)인 것도, 비극이 우세한 것도 욕심 때문이다. 비극은 어디서나 현실적이지만 희극은 실수이거나 꾸민 연극이다. 욕심은 인간에게는 또한 숙명이다. 언젠가는 죽게 마련인 인간에게 결핍과 질병과 고난은 필연이기에 그것으로부터 탈피하려는 몸부림이 욕심이다. 참으로 난감한 일이다. 인간에게 욕망은 숙명인데, 이 욕망이 모든 비극의 근본이라니 말이다.

인간은 어쩔 수 없이 고난과 더불어 살아가야 한다는 말 아닌가. 세상의 모든 종교와 철학이 우리의 삶을 고해로 상정하고 출발하는 이유이다. 우리의 삶이 살 만하거나 늘 행복한 낙원이라면 구태여 종교도 필요 없고, 돈 한 푼 안 나오는 일에 머리 싸매고 골몰할 이유가 없다. 한편, 먹고 살기에 급급한, 삶의 질곡 속에서 허덕이는 사람도 그런 일에 쏟을 정신적 여유가 없다. 그들은 오로지 하루하루 생명을 이어가는 일에 목숨을 걸고 있기 때문이다. 그들에게 종교니 철학이니 하는 것은 사치다.

고난을 안으며 열심히 노력해 여유가 생기고, 결핍이 인간에게 휴식을 허락하는 순간, 아! 또 다른 고난이 찾아든다. 바로 나태와 지루함이라는 징그러운 괴물이다. 지루함이 방치되면 권태로 발전하는데 이 수준에 이르면 심각해진다. 권태를 제대로 다스리지 못하면 광기에 가까운 갑질이나 동물적 추태로 일그러진다. 권태를 잊게 해주는, 손쉽게 구할 수 있는 프로포폴이 광기이기 때문이다.


"삶은 추처럼 고통과 권태 사이를 왔다 갔다 한다. 인간이 모든 고통과 괴로움을 지옥이라는 개념으로 바꾸어 놓은 뒤로, 천국에는 권태밖에 남지 않았다."

쇼펜하우어는 계속하여 인간들의 힘을 뺀다.

"결핍이 민중의 변치 않는 천벌이듯, 권태는 상류사회의 천벌이다. 중간계급의 삶에서 권태는 일요일로 상징되고, 결핍은 주중의 나날로 상징된다."

이러니 인생은 악이고 애써 노력하며 열심히 살 가치가 없다고, 삶은 결코 들인 비용을 뽑아낼 수 없는 밑지는 장사라고, 최후의 피난처는 자살뿐이라고 한다. 하지만 쇼펜하우어 자신은 자살하지 않았다. 오히려 면도를 남에게 맡기지 않았고 잘 때는 머리맡에 권총을 두고 잤다. 그는 인간의 생에 대한 맹목적인 의지를 어리석게 보았지만, 의지(욕망)라는 다루기 힘든 말(馬)을 묶는 고삐나 재갈이 있으니 그것은 지성이라고 했다. 비록 지성이 의지(욕망)에 승리하는 경우가 많지는 않지만 그래도 인간이 인간다울 수 있는 것은 새벽 강물 위에 반짝이는 윤슬 같은 지성뿐이다.

호러스 월폴의 말이 맞다.

"세상은 느끼는 자에게는 비극이지만, 생각(지성)하는 자에겐 희극이다."

길을 나서 경험하고, 책을 읽어 걸러내며, 조용한 사색 가운데서 지성을 사랑할 일이다, 이 가을에는.

# 아름다운 만남을 위하여

평소 찾아오는 만남의 기회에서
만나지 않음만 못하는 만남은 적극적으로 피하고
기쁨과 성숙을 주는 만남은 기꺼이 맞아들이는,
작은 만남에서부터의 사려 깊은 선택이 우리의 몫이다.

어느 시골 마을에 수줍음을 많이 타는 한 소년이 있었다. 동네 친구들끼리는 잘 어울려 놀았으나 사람들이 많은 곳에서는 괜히 주눅이 들어 주변을 겉도는 숫보기였다. 학교에서도 시험을 치면 꽤 좋은 성적이 나왔으나, 수업 시간에 발표를 하거나 아는 문제에도 손을 드는 법이 없었다.

4학년이 되고 한 달 남짓, 연둣빛 잎이 운동장 플라타너스 가지에 꽃잎처럼 매달리기 시작할 즈음, 국어 시간이었다. 선생님은 으레 "자, 읽어 볼 사람?" 하며 아이들을 쭉 훑어보았다. 잠시 후, 청천벽력 같은 소리가 들려왔다. "자, 오늘은 거기… 아무개가 함 읽어 봐!" 소년은 귀를 의심하며 고개를 들었다. 선생님의 눈빛이 어서 일어나라고 재촉하고 있었다.

소년은 후들거리는 다리를 겨우 지탱하며 떠듬떠듬 읽어 나갔다.

얼굴은 불을 끼얹은 듯했고 목소리는 기어들어 갔다. 소년의 평생(?)에 가장 긴 시간이 흘렀다. 어디 먼 곳에서인 듯 선생님의 다정한 목소리가 들려왔다. "잘 읽었다. 참 잘 읽었어!"

소년은 어른이 된 이날까지 그때 들은 그 한 마디를 일생에 가장 감격스러운 말로 기억하고 있다. 이후 소년은 수업 시간에 가끔씩 손을 들게 되었고 어른이 되어서는 사람들 앞에서 이야기할 때에 조금만 힘들어 해도 되었다. 이 못난 소년이 나이고, 소년의 인생에 결정적인 영향을 미친 분은 김호인 선생님이다. 나의 삶에서 그분을 만난 것은 한천작우(旱天作雨), 가뭄으로 말라 죽어가는 작물이 넉넉한 비를 만난 것 같은 행운이었다.


사람은 누구에게나 영원히 잊히지 않는 만남이 있다. 좋은 만남이었건 달갑지 않은 만남이었건, 기억에 남는 만남이 있기 마련이다. 인생은 만남과 헤어짐의 연속이며, 기쁨, 슬픔, 아픔, 실망, 분노, 그리고 성공과 실패까지 생의 페이지마다 영향을 주고받은 기록이 아니던가. 오늘의 나는 지금까지 내가 만나온 사람들의 흔적이며 그들과의 추억이며 함께 그린 그림이다.

우리는 많은 아름다운 만남들을 알고 있다. 그중에서도 인구(人口)에 많이 회자(膾炙)되는 만남은 역시 포숙과 관중의 우정이 아닐까? 제 나라 왕위를 놓고 관중과 포숙은 각각 규(糾)와 소백(小白)을 주군으로 모시고 건곤일척(乾坤一擲)의 싸움을 벌였다. 관중이 쏜 화살이 허리띠 쇠고리에 맞아 겨우 목숨을 건진 소백, 그러나 그는 승리하여 제환공(齊桓公)이 된다. 잡혀온 관중이 죽음을 기다리고 있을 때 포숙이 환공에게 아뢴다, 일개 제후로 만족한다면 관중을 죽여도 좋으나, 천하에 큰 뜻을 두고자 한다면 그를 중용하라고. 환공은 분을 삭이며 관중을 재상으로 기용하고, 일등공신 포숙은 기꺼이 친구 관중의 휘하가 된다. 관중은 각종 개혁 정책과 민심 안정을 도모하여 제환공을 춘추시대 최초의 패자에 오르게 한다.

후일 관중은 말했다. "포숙과 함께 장사를 하면서 내가 더 많은 몫을 가지곤 했으나, 포숙은 나를 탓하지 않았다. 내가 가난한 것을 알았기 때문이다. 나를 낳은 이는 부모지만, 나를 알아준 이는 포숙이다." 부러운 만남, 관포지교(管鮑之交)다.

만나지 않았어야 할 불행한 만남도 적지 않다. 트로이 왕자 파리스와 스파르타의 왕비 헬레네의 만남은 트로이의 멸망을 불러왔고, 고구려 왕자 호동과 낙랑공주의 만남은 낙랑을 멸망으로 이끌었다. 그들의 연애담이 아무리 애절해도 수많은 생명을 앗아간 전쟁과 한 나라의 멸망을 불러온 결과를 마냥 아름답게만 볼 수는 없다. 로미오와 줄리엣이 이들과 유사하면서도 더욱 감동적인 것은, 비극 끝에 두 원수 집안의 극적인 화해와 도시의 평화를 가져왔기 때문이 아닐까?

이렇듯 만남에는 사람과 나라를 살리는 만남도 있고 타락과 쇠퇴의 길로 이끄는 만남도 있다. 세상에 물의를 일으키고 나라를 혼란 속에 빠뜨린 많은 사실(史實)에서 우리는 그릇된 만남의 안타까운 비극을 본다. 상호 선한 영향으로 몸과 마음이 건강해지고 영적으로 고양되는 만남을 많이 가진 사람은 축복받은 사람이다.

사람이 사는 일이란 누군가를 만나는 일이다. 만나서 사랑하고 일하며 무언가를 만들고 남긴다. 만남에는 부모 자식 관계처럼 피할 수 없는 만남이 있는가 하면, 누군가의 운명을 바꾸게 한, 우연히 집어든 시집 한 권처럼 뜻밖에 찾아오는 만남도 있다. 내가 훌륭한 선생님을 만난 것과 관중이 포숙을 만난 것은 가려서 그리된 것이 아니지만, 드물게는 우리가 가려서 그리할 수 있는 만남도 있다. 평생을 함께할 배우자를 선택하는 일이나 주변의 사람들 중에서 깊이 사귈 친구를 고르는 일, 그리고 이념이나 이상을 좇는 일과 선거 때 정치적 선택을 하는 일 등이다.

하지만 엄밀히 말해 전적으로 내가 선택할 수 있는 만남은 얼마 되지 않는다. 배우자를 만나는 일도 친구나 정치적 선택을 하는 일도, 그 훨씬 오래전부터 내가 쌓아 온 숱한 만남의 궤적에서 형성된 나의 취향과 지혜와 인격의 산물이기에 그러하다.

그러니 평소 찾아오는 만남의 기회에서 만나지 않음만 못하는 만남은 적극적으로 피하고 기쁨과 성숙을 주는 만남은 기꺼이 맞아들이는, 작은 만남에서부터의 사려 깊은 선택이 우리의 몫이다.

내 인생에 그런 수고로움 없이 찾아왔던 김호인 선생님과의 만남 같은 아름다운 만남을 다시 한 번 기대한다.

# 그대가 살아낸 세월에 건배

어디 선인장이 삭막한 사막이 좋아서
그곳에서 살겠는가?
사는 곳이 메마르고 황량하니
가시라도 뻗치며 살아내는 것 아니겠나.


바람이 불고 한 해가 저문다.

바람 속 젖은 냉기가 홀쭉해진 얼굴을 스쳐 가면 빌딩 숲 너머로 비낀 노을에, 물속에서 본 소변 뒤끝처럼 부르르 몸이 떨린다. 평범한 하루가 저무는 듯 그런 무난한 세월의 삶을 기원했건만 금년 한 해도 어김없이 비범한 나날이었다.

역사에 원칙이 없듯이 역사가 정해진 법칙대로 움직인다는 말은 사실이 아님이 판명되었다.

우리네 삶도 그저 물처럼 바람처럼 흘러갈 뿐 애초에 기대한 대로 흘러가는 게 아님을 안다. 그렇더라도 물이 거꾸로 흐르거나 논두렁 위로 흘러들지 않듯이, 바람이 산도 골짜기도 나 몰라라 하고 불지 않듯이, 우리네 삶도 최소한의 살아내는 길이 있고 결이 있다. 그

길이 바르고 넉넉한 수풀로 이어지고, 그 결이 고운 색깔로 조화롭게 무늬져 있으면 흡족한 삶이리라.

하지만 내가 선택한 길이 내가 예상했던 정경만 보여주지 않듯, 내가 땀 흘려 수놓은 결이 늘 욕심대로 예쁘게만 드러나지 않기에 삶은 종종 불만스럽다. 인생의 절반은 불만의 계절이다. 그 불만이 삶을 이끄는 원동력이다. 그렇기에 우리는 다시 시작하고 노력한다. 기대에 못 미치는 노력과 미흡한 나날들은 그것대로 새로운 희망과 호기심의 안개가 되어 삶에 대한 모색을 지속하게 한다.

물의 흐름이 거세다 한들 바닥에 누워 있는 바위를 어쩌지는 못한다. 거센 바람이 여린 나무는 넘어뜨려도 작은 언덕 굽이 하나 어쩌지 못한다. 우리네 삶에도 어쩔 수 없는 그루터기가 있다. 그루터기가 나의 앞길에 만만치 않은 장애물이 되기도 하지만, 그것이 훌륭한 발판이 되어 힘차게 솟아오르게 하는 구름판이 되기도 한다. 이 모양 저 모양으로 불쑥불쑥 나타나 나의 삶을 거뜬히 올려주는가 하면, 때론 심술궂게 행짜를 부리기도 한다. 어느 때는 사물이나 상황이 그루터기가 되고, 또 어느 곳에서는 사람이 나의 그루터기가 된다.

역시 사람이다. 어떤 일도 어떤 상황도 결국은 사람의 일이고 사람의 흔적이다. 선한 그루터기 같은 사람을 만나면 삶은 순풍에 돛을 단다. 우악한 그루터기 같은 사람을 만나면 미루나무 가지에 걸린 연 신세가 된다.

빛나는 설경의 산길에서는 흥겨운 노래가 절로 나오나, 울퉁불퉁 자갈길에선 긴장된 발목에 핏줄이 선다. 우리가 걸어가는 길에 노상 아름다운 설경만 있지는 않다. 소담스러운 눈이 녹으면 금세 뾰족한 돌들이 드러난다. 같은 길을 어느 때는 상쾌한 기분으로, 또 다른 때는 짜증스러운 얼굴로 힘겨워 하며 내딛는다.

사람도 길과 같다. 더 없이 정결하던 바로 그 사람이 어느 날 마주하기 역겨운 밉상으로 나타난다. 진솔하고 부끄럼 많던 바로 그 사람이, 물경(勿驚)! 뻔뻔하기 짝이 없는 면후심흑(面厚心黑)의 괴짜로 등장한다. 이래서 누구는 사람에 대한 기대만큼 허무한 것은 없다고 했나.

아니다. 그래도 오늘의 나를 이만큼이라도 세상에 어울리게 하고 행세하게 한 것은 나와 함께한 많은 사람들 덕분이다. 부모님, 아내와 자식들, 친구와 연인들은 차치하고라도 학교에서 사회에서 만나고 스쳐지나온 숱한 사람들, 그들 한 사람 한 사람은 때와 장소에 따라 얼마나 고마운 님들인가. 간혹 마음 한구석을 어지럽히고 있는 사람이 왜 없을까마는 곰곰 생각해보면 그도 처음에는 신선한 느낌으로 다가온 곰살궂은 사람이었다. 선했던 사람이 갑자기 악인으로 변한 게 아니라, 원래 착했던 사람이 어쩌다 낭패를 보게 된 것이다. 그가 살아온 내력을 알고, 처한 상황을 들여다보면 어느새 그도 어여쁜 사람으로 다가선다. 어디 선인장이 삭막한 사막이 좋아서 그곳에서 살겠는가. 사는 곳이 메마르고 황량하니 가시라도 뻗치며 살아내는 것 아니겠나.

세상에 오래 껴온 장갑처럼 내게 꼭 맞는 사람이 어디 있으랴. 긴 시간 어깨를 빌려주며 추운 시절을 함께 지내온 아름다운 기억이 사랑으로 따뜻한 공동체가 된 것이다. 생각해 보면 모나고 허술한 나를 무던히도 견뎌준 이가 한두 사람이 아니다. 어려운 일 앞에서, 몸서리쳐지는 외로움 속에서 힘이 되고 위로가 되어준, 내가 의지하고 사랑한 사람이 한두 사람이 아니다.

로저 핀치스의 다감한 속삭임이 붉은 노을 위에 고마운 얼굴들을 차례로 그려 보인다.

웃음은 사라지고 마음이 아플 때 / 날개를 펼쳐도 날아오를 수 없을 때 / 그때는 기억하라 / 사랑하는 사람이 있다는 것을 / 사람들은 멀리 떠나고 홀로 남겨졌을 때 / 해야 할 말조차 떠오르지 않을 때 / 혼자 있다는 것이 마냥 두려울 때 / 그때는 기억하라 / 사랑하는 사람이 있다는 것을

사랑하는 그대여 지난 한 해 감사했습니다. 그대 덕분에 꿈을 꿀 수 있었습니다. 그리고 그대와 그대가 살아낸 신산한 세월에 건배!

# PART 3

## 그는 세상을 우습게 알았으나
## 마음만은 어린아이처럼 맑았도다

세르반테스 《돈키호테》 중에서

# 기적을 믿는 사람과 믿지 않는 사람

별에 닿을 수 없는 것이
불행이 아니라,
닿을 수 없는 별을 갖고 있지 않는 것이
불행이라고.

새해가 좋은 것은 새로 시작할 수 있기 때문이다.

지난 한 해 동안 어쩔 수 없이 끌어온 나쁜 습관도, 차일피일하다
보니 틀어져버린 불편한 관계도 언제 그랬냐는 듯 버젓이 내던지고
새로 시작할 수 있기 때문이다. 아무리 오래 묵고 고치기 힘든 고질
이라도 새해에는 다시 시작할 기분이 나기 때문이다.

많은 이들은 한탄한다. 몇 년만 젊었더라면…, 그때로 돌아갈 수
만 있다면…. 아예《그때 알았더라면 좋았을 것들》이란 책은 베스트
셀러가 되었다. 많은 사람들이 지난날의 잘못을, 아쉬움을 지우고 다
시 한 번 해보고 싶어 한다. 이런 간절한 바람이 엇비슷 실현되는 때
가 새해다. 새로이 살아볼 맛깔이 나는 새해가 밝았다.

너도나도 새로 맞는 한 해는 특별하다. 내일의 청사진을 다시 그

리고 결심을 다듬고 계획을 뜯어 고친다. 자신과 가족에게 좀 더 충실하리라, 몸담고 있는 조직에 더욱 보탬이 되고, 아침저녁 모른 척 스쳐 지내온 동네 사람에게 먼저 따뜻한 미소를 보내리라. 외로운 어르신과 불우한 이웃이 일정 부분 내 책임임을 인정하고 그들의 마음을 보듬는 일에도 동참하리라.

그러나 이 정도의 다짐으로는 '엄친아'의 설날 일기 같아 뭔가 심심하다. 적어도 헬렌 켈러의 "삶은 하나의 모험이거나 그렇지 않으면 아무것도 아니다." 정도의 각오와 도전이 있어야 하지 않을까.

우리 모두는 삶과 일, 사랑에 대한 꿈을 가지고 있다. 그리고 그것은 모험을 통해 이루어진다. 배는 항구에 있으면 안전하지만, 항구에 있기 위해 만들어진 것은 아니다. 아직 살지 않은 삶은 미답(未踏)의 정글과도 같고, 세상은 온통 금기와 율법으로 가득 차 있기에 제대로 산다는 것은 결국 모험을 감행하는 일이다.

라만차의 기사 돈키호테가 400년을 이어 사랑받는 것은 계속되는 실패와 비웃음 속에서도 꿈과 이상을 향한 모험의 길을 포기하지 않은 천진함 때문이다. 풍차를 거인으로 착각하여 돌진하다 풍차 날개에 몸이 찢기고 내동댕이쳐진 돈키호테가 외친다.

"입 다물어라, 산초야. 전쟁터에선 모든 것이 끊임없이 변화하기 마련이다. 내가 단언컨대, 아니 이건 사실이다만 내 서재와 장서들을 훔쳐간 현자 프레스톤이 나의 영광을 앗아가고자 거인들을 풍차로 둔갑시켜 버린 것이다."

긴 방랑 끝에 고향으로 돌아온 돈키호테는 제정신을 차린 후 비석에 자신의 이름을 적지 마라는 유언을 남겼지만, 학자 '카라스코'는 돈키호테의 묘비에 합당한 글귀를 남겼다.

"그는 세상을 우습게 알았으나 마음만은 어린아이처럼 맑았도다."

세르반테스는 스페인의 무적함대가 영국에 패한 이후 정치 군사적 몰락과 경제적 위기 속에 궁핍과 부패가 만연한 환멸의 시기에 패배의식에 젖은 국민들에게 꿈과 모험심을 불러일으키기 위해 이 소설을 썼다.

원래 사람은 어지간해서는 포기하지 않는다. 어둠 속에서 끝내 빛을 보고, 절망 가운데서 희망을 읽는다. 진정 아름다운 나무는 열매를 맺지 못하며, 좋은 과수들은 그렇게 못생길 수가 없다. 폭풍이 지나간 뒤 바다는 더욱 생동하고, 지진이 그친 땅에서 솟는 샘이 더욱 맑은 법이다.

진실한 사람, 아름다운 사람으로 존경받고 사랑받는 사람은 하나같이 고통과 실패, 상실과 좌절 가운데 섰던 적이 있는 이들이다. 죽음의 전문가 '엘리자베스 퀴블러 로스'는 살아가는 데는 두 가지 방법이 있다고 했다. 하나는 기적이 존재하지 않는다고 생각하며 사는 것이고, 다른 하나는 주위의 모든 것이 기적이라고 생각하며 사는 것이다. 따라서 별에 닿을 수 없는 것이 불행이 아니라, 닿을 수 없는 별을 갖고 있지 않는 것이 불행이라고.

우리가 아무리 애쓰고 간절해도 얻을 수 없는 것이 있는가 하면, 뜻하지 않은 순간에 찾아오는 행운(serendipity)도 있다. 나의 좌절과 곤궁함이 전적으로 나의 탓만은 아니듯 앞으로 찾아올지도 모를, 아직 오지 않았다면 반드시 한 번은 찾아올 멋들어진 순간도 나의 권능 내에 있지 않다. 다만 한 가지, 엉덩이를 따뜻한 구들장에 마냥 붙이고 있지는 않아야 한다.

벤 버냉키 전 미국 연방준비제도이사회 의장도 2013년 프린스턴 대 졸업식에서 멋진 말을 했다.

"입고 있는 유니폼이 더럽혀지지 않았다면 그대들은 아직 '인생이란 경기'에 참여한 것이 아니다."

새해가 좋은 것은, 새해 아침 여느 때와는 다른(?) 기적 같은 찬란한 일출을 볼 수 있기 때문이다. 혹시 아는가, 아직 오지 않은 우리 생애 최고의 날이 금년 중에 다가올지, 신은 늘 고난 가운데 더 큰 행운을 예비해왔으니까. 주위의 모든 것이 기적이다. 기적을 믿고 다시 시작해 보자, 새해다!

# 비, 그리움 그리고 연민의 마음으로

내리는 비가 그리움을 안아 들이듯,
죄 많은 세상에 연민이
촉촉이 젖어들길 소원한다.
비는 그리움이고 연민이다.


비가 오면 가만히 흔들린다. 우울해진다고 느끼는 사람도 있고 괜히 슬퍼진다는 사람도 있다. 오랜 가뭄 끝에 내리는 단비가 아니고서는 흥겨워하는 사람은 드물다. 비가 내리면 가슴 속에 흡사 나비 한 마리 날개 치듯 간지럽다. 조용히 나풀나풀 이쪽저쪽으로 나는 날갯짓에 마음엔 작은 바람이 일고, 젖어오는 공기 속에 생각은 아래로 가라앉는다.

가마솥 폭염으로 인한 비지땀의 고역과 태풍의 두려움일랑 잘 빗질한 머리카락처럼 우아하게 내리붓는 이 빗물에, 무던했던 우기의 기억으로 씻기길 바라본다. 홍수만 아니라면, 태풍과 손잡은 폭우만 아니라면 이맘때에 내리는 비는 산과 들의 농작물과 초목을 생기롭게 살찌우는 감로수가 아닌가.

늘 아쉬운 것은 지나치거나 부족한 것이다. 간절히 기다려도 오지 않아 애만 태우던 님처럼, 비는 그렇게 무정하다가도, 절제 못 하는 설익은 애인처럼 분간 없이 내리퍼부어 대기도 하니 말이다.

때 맞춰 내리는 적당한 양의 비, 급시우(及時雨)는 그야말로 귀하고 드문 일이다. 양산박의 108두령 중 첫째 영웅, 남이 어려움에 처했을 때마다 적절한 도움을 주는 송강(宋江)의 별명처럼, 그런 비를 만나기는 참으로 어렵다. 108두령이 108번뇌를 상징하듯 번뇌의 정점에서나 만날 수 있는 희귀한 기회이다. 그러니 모자라거나 넘치는 비를 고이 모아 아끼며 베풀고, 적절히 에두르고 돌려 세워, 아우르며 가는 길밖에 없다.


비처럼 약속 없이 찾아드는 손님처럼 곧잘 낯설게 맞이하는 게 우리네 삶이다. 비처럼 어떤 손님은 반갑다. 비처럼 또 어떤 손님은 아주 반갑다. 비처럼 어떤 손님은 귀찮다. 비처럼 또 어떤 손님은 귀찮고 싫다. 어떤 비든 어떤 손님이든 사람에게 와야 한다. 비가 내리지 않는 곳이 사막이듯, 손님 한 사람 오지 않는 집이 사람 사는 곳일까. 손님맞이하는 소리 담 넘어 들리지 않는 집이 감옥 외에 어디 있을까. 손님의 여수(旅愁)는 그리움의 또 다른 이름이다. 비는 늘 그리움을 동반한다.

그리움은 사랑보다 순수하다. 사랑은 가지려는 욕망을 잉태하고 있지만 그리움은 더 주지 못한 것을 아쉬워한다. 사랑은 뜨겁거나 혼란스럽지만 그리움은 알맞게 따뜻하고 차분하다. 그리움은 사랑이

막 시작되는 꾸밈없는 첫 마음이거나, 사랑의 소나기가 지나간 뒤의 동쪽 하늘에 걸린 무지개 같은 감정이다.

비 오는 날은, 하늘이 푸르른 날과 함께 그리움을 두고 다툰다. 푸르른 하늘에 그려진 그리움은 눈부신 그리움이지만 비 오는 날의 그리움은 눈물겨운 그리움이다. 그리움은 떠나 왔거나 떠나보낸 것을 전제로 한다. 푸르른 날의 그리움은 내가 떠나 온 그리움이라면, 비 오는 날의 그리움은 떠나보낸 그리움에 가깝다. 청운의 꿈을 안고 내 발로 걸어 나온 고향에 대한 그리움이 더 절실할까, 뒤설레며 사랑했던, 제 발로 떠나간 님에 대한 그리움이 더 애틋할까?

그리움의 본질이 기억 속으로의 회귀라면 차마 돌이킬 수 없는 것이 더 간절하지 않을까. 부질없는 시비다. 꽃을 두고 그 모양과 색깔이 아름다울까, 향기가 아름다울까를 다투는 어리석음이지 않은가.

그리움은 빗속에서 빗소리를 들을수록 깊어진다. "그립다 말을 할까 / 하니 그리워…" 사람은 하고 싶은 걸 하고 나면 당분간은 잠잠한 법인데, 그리움은 그렇다고 말을 하니, 더욱 그리워지는 얄궂은 심술. 얄궂다 싶으면 그만두면 될 것을 굳이 끄집어내어 스스로 잠겨 들고 마는, 알다가도 모를 심사. 그리움은 빗물처럼 안쓰럽다.

그리움은 젖은 가슴에서 자란다. 부족함이 없는 사람에게 진정한 사랑을 기대하기 어렵듯, 지금 아주 행복한 사람은 굳이 그리워하지 않는다. 모자란 것이 없고 보고 싶은 것도 없으며, 특별히 머리나 가슴에 맺혀 있는 이야기가 없는 사람은 그리움을 모른다. 그는 바보처럼 마냥 웃으며 오래오래 살아갈 것이다.

비는 손님이고 그리움이다. 비처럼, 손님처럼 그렇게 그리움이 내리면 세상은 빗물 흐르는 유리창처럼 슬픈 모습으로 다가선다. 그것은 연민이다. 연민은 어리석은 사람을 슬픈 낯빛으로 바라보는 것이다. 서글픈 빗줄기 너머로 어리석은 사람들이 줄을 잇고 있다. 과오는 무겁고 그 값은 엄정하다. 그러나 연민을 섞지 않은 죗값은 참회를 바랄 수 없다.

"사람은 모두 남에게 차마 모질게 하지 못하는 마음이 있다. 이런 마음으로 정치를 하면 천하 다스리기가 손바닥 위 물건 움직이는 것처럼 쉽다."

맹자님의 말씀이다.


내리는 비가 그리움을 안아 들이듯, 죄 많은 세상에 연민이 촉촉이 젖어들길 소원한다. 비는 그리움이고 연민이다.

# 성묘 가는 길

생색내는 적선보다 서러움을 같이 하는,
동정이 아닌 연민의 마음이 귀하기 때문이다.
베푼다는 마음보다
함께한다는 마음 씀씀이가 아름답기 때문이다.

　맑고 깊은 가을 하늘은 축복이다. 어느 누가 지리산 뱀사골 계곡 물로 헹궈낸 듯 이처럼 푸르른 장막을 머리 위 저만치 높다랗게 펼쳐놓았는가. 우리는 그 아래서 눈 찡그림 없이 이 찬란한 빛을 그윽이 음미하고 설레며 찬탄하지 않는가.

　추석날의 정체를 피해 나선, 때 이른 성묘길, 지리산 언저리 야트막한 자락에 누워 계신 어머님 뵈러 가는 길, 울타리 삼아 늘어선 코스모스가 정겨운 초등학교를 돌아들자 우러러 뵈는 하늘, 그 아스라한 연파랑 빛에 몸도 마음도 씻기어가고 있었다. 뭇 벌레들은 짧은 가을날을 배우자 얼굴도 못 본 채 보내버릴까 쉬 없이 울어대고, 한 무리의 잠자리들은 비행 솜씨를 경쟁이라도 하듯 벼가 여물기 시작하는 들녘에서 막 고개를 숙인 나락 머리까지 아슬아슬 내려왔다 올라간다.

논에는 옹골차게 알이 밴 벼가 따끈따끈한 가을 햇볕을 받으며 마지막 알갱이를 여물게 하고 있었다. 며칠 남지 않은 추석까지 태풍 같은 불청객만 없으면 올해도 풍년이다 싶어 한결 마음이 푸근해진다. 유난히 무더웠던 여름을 땀으로 인내한 농부님들께 절로 고개가 숙여진다.

구름 한 꺼풀 걸치지 않은 햇살에 이마가 따갑다 싶을 때, 불현듯 한동안 잊고 있던 소년 시절 어머니와의 나들이가 생각났다.

늦여름이거나 이른 가을로 생각된다, 논에 물을 빼기 전으로 간혹 마지막 피를 뽑는 농부들이 보이곤 했으니까. 그날 나는 내리쬐는 햇볕 아래 양산을 쓰고 어머니와 함께 친척집에 다니러 가는 길이었다. 동구 밖을 벗어나 논두렁길로 접어들었을 때 갑자기 어머니가 양산을 밀치시며 나지막이 말씀하셨다, 양산을 접으라고. 의아해하는 아들에게 웃으시며 반복하셨다. "어서 양산을 접으래두." 여전히 햇볕은 강렬했고 근처에 그늘 한 자락 드리워줄 나무 한 그루 없었다. 그런데도 어머니는 논길이 끝날 때까지 빳빳이 풀 먹인 하얀 모시 적삼이 후줄근해지도록 땀조차 몇 번 훔치지 않으셨다.

논길을 다 벗어나자 그제야 어머니는 연방 땀을 닦으시며 말씀하셨다.

"아까 논에서 땀 흘리며 일하시는 아저씨, 아줌마들 봤지? 그분들이 한가하게 빛깔 고운 양산 쓰고 마실가는 우리를 보면 기분이 어떻겠니?"

이 장면은 성인이 될 때까지 오랫동안 뇌리에 박혀 있었는데, 그동안 까맣게 잊어버리고 지내온 것이 오히려 이상하다.

몇 년 전 신영복 교수의 《감옥으로부터의 사색》을 읽으며, 비 오는 날 비 맞는 사람을 보면 그에게 우산을 씌워주는 것보다 같이 비를 맞아주는 것이 더 위로가 될 것이란 구절에 깊이 감동하고 몇 번인가 인용까지 했으면서도, 정작 어머니가 몸소 실천해 보여준 이 교훈을 기억해내지 못하다니 아둔하기 짝이 없다.

무더위에 햇볕을 같이 쐬는 것이 같이 비를 맞는 것보다는 덜 고통스럽기 때문이었을까. 그보다는 시골 아낙의 별난 행동과 교수님의 권위의 차이가 아닐까. 어느 쪽이든 중요하지 않다. 중요한 것은 오늘도 저 거리엔 쨍쨍 내리쬐는 햇볕 아래 힘겨워하는 이웃들이 한숨 쉬고 있고, 예측 못 한 비바람에 젖은 몸을 떨고 선 청춘이 휘청거리고 있다는 것이다. 따가운 햇볕보다 차가운 비바람보다 그들이 못 견뎌하는 것은 서러움이다. 인심 쓰듯 던져주는 한 조각 빵에 감지덕지 웃음으로 화답해야 하는 비굴함이다.


우리 할머니 시절까지만 해도 '새벽 마당 쓸기'란 것이 있었다. 가난한 김 서방, 집에 양식이 떨어지면 이른 새벽에 동네 부잣집으로 가서는 깨끗이 마당을 쓸어놓고 온다. 주인이 일어나 머슴에게 누가 쓸었는지 묻고는, 곡식을 몇 됫박 넉넉히 퍼서는 그 댁 마루 끝에 슬쩍 갖다놓고 오게 한다. 나중에 서로 만나도 피차 아닌 척, 모른 척한다지, 아마.

마을에 흉년이라도 들면 부자들도 고깃국을 먹지 않았다. 끼니 때 우기도 힘든 이웃에 담장 넘어 고깃국 냄새를 풍기는 것은 차마 못 할 짓이라는 것이다. 제삿날이나 영감님 생일날 음식을 좀 낫게 할라 치면 온 동네에 돌리는 것은 으레 그러려니 한다.

사람은 신세진 것은 쉽게 잊어버리나, 함께 고생한 것은 오래 기억한다. 생색내는 적선보다 서러움을 같이 하는, 동정이 아닌 연민의 마음이 귀하기 때문이다. 베푼다는 마음보다 함께한다는 마음 씀씀이가 아름답기 때문이다.

우리네 삶은 담쟁이덩굴이 아닌가. 내 덕에 네가 사는 것이 아니다. 네 덕에 내가 사는 것이요, 내 덕에 또한 네가 사는 것이다.

"… 저것은 절망의 벽이라고 말할 때 / 담쟁이는 서두르지 않고 앞으로 나아간다 / 한 뼘이라도 꼭 여럿이 함께 손을 잡고 올라간다 / 푸르게 절망을 다 덮을 때까지…"

도종환 시인의 〈담쟁이〉이다.
올 추석은 이랬으면 좋겠다. 오늘따라 청잣빛 하늘 아래 어머님의 묘소가 더욱 우람해 보인다.

# 성화(聖畫)와 포르노

사람은 양심에 따라 진실을 외면하지 않고,
참되게 살아갈 때 진정한 행복을 느낄 수 있기 때문이다.
같은 그림에서 한 사람 눈에는 창녀가 보이고,
다른 사람에겐 성녀가 보인다.

분명 한쪽은 지각(知覺)이 심히 부족하거나 거짓이다. 진실은 하나일 텐데 두 가지 전혀 상반된 견해가 공공연히 거론된다. 어느 한쪽은 거짓이다.

굴뚝에 연기가 나면 누군가는 아궁이에 불을 땐 것이다. 그림자가 있으면 해가 구름에 비껴 있다는 말이고, 강물이 흐르는 것은 눈에 보이지는 않지만 높고 낮음이 있기 때문이다. 사람들이 모여들면 먹을 게 있거나 좋은 구경거리가 있다는 뜻이고, 떠나가면서 뒤돌아보는 것은 차마 뿌리치지 못하는 미련이 남아 있기 때문이다.

이렇듯 있는 사실 그대로 보고 느끼면 그 내면의 진실을 찾는 것이 그렇게 어려운 일은 아닌 듯한데, 세상은 왜 진실 타령으로 곧잘 소란스러운가?

우리가 지각을 조금만 벼린다면 단 하나의 사실만으로도 여러 진실을 찾아낼 수 있으련만 지천으로 널린 사실들로써도 한 가지 진실조차 밝혀내지 못하는, 또는 애써 외면하는 무심함은 어디서 연유하는가? 한날한시에 같은 사실을 경험하고도 전혀 다른 내용을 진실이라 강변하는 사람들의 인식 차이, 그 실체는 분명 한쪽은 지각이 부족하거나 거짓이다.

네덜란드 암스테르담 국립미술관 입구에는 아주 외설적으로 보이는 그림 한 폭이 걸려 있어 고상한 기대를 안고 들어서는 관람객들을 일순 당혹스럽게 한다. 루벤스의 그 유명한 〈키몬과 페로〉라는 작품이다. 젊은 여인이 부끄러움도 없이 젖가슴을 드러내고 있고, 거의 벗다시피 한 노인이 그 젖을 물고 있는 그림이다. 처음 맞닥뜨리는 사람들은 대부분 늙은이와 젊은 여인의 낯 뜨거운 스킨십에 눈살을 찌푸린다, 애정 행각을 벌이기엔 유난히 쇠잔한 노인의 모습과 포르노엔 어울리지 않는 어딘가 정숙해 보이는 여인의 면모에는 둥한히 한 채.

이 그림은 왕의 폭정에 항거하다 붙잡혀 굶어죽게 된 아버지를 위해, 출산한 지 얼마 되지 않은 딸이 감옥으로 찾아가, 죽어가는 늙은 아비에게 젖을 물려 생명을 구했다는 로마의 옛 이야기를 모티브로 한 것이다.

그림 〈Cimon and Pero〉의 진실은 당연하다. 그림의 배경이 된 이야기를 아는 사람이면 토를 달기는커녕 눈시울을 붉히며 감동에 젖는다.

사실은 진실을 밝히기 위한 재료일 뿐이다. 무심한 듯 보이는 단순한 '사실' 속에 뜻밖의 심오한 '진실'이 내포되어 있는가 하면, 복잡다단한 '사실들'이 얽혀 있으나 산만한 곁가지 몇 개를 쳐내고 나면 아주 명징한 '진실' 하나가 오뚝하니 보이기도 한다.

사실에서 진실을 찾기 위한 방법으로 흔히들 세 가지 착안점을 이야기 한다. 첫 번째로 '사실'은 과거형임에 비해 '진실'은 과거는 물론이고 현재와 미래까지 아우르는 경우가 있다. 굴뚝에서 연기가 난 것은 단순한 과거 사실이지만 그것의 진실은 누군가가 아궁이에 불을 지펴(과거)서 다른 누군가를 위해 밥을 짓는(현재 또는 미래) 아름다운 사랑을 담고 있다.

두 번째로 '사실'은 부분에 치중하지만 '진실'은 전체적 맥락 속에서 찾아야 보이는 경우다. 루벤스의 명화를 보고도 그림의 배경이 된 이야기를 알지 못하면 성스러운 그림이 한갓 포르노로 둔갑하는 까막눈 신세가 된다.

마지막으로 '사실'은 그 자체가 가치중립적이나, '진실'은 윤리적 가치관이란 프리즘을 거쳐야 적확하게 잡힌다. 조직을 배반한 것처럼 보이는 행위가 더 큰 국익을 위한 것인 경우가 있는가 하면, 조직을 위한 것처럼 보이는 행위가 그 조직조차 제대로 지켜내지 못할 수도 있다. 또는 아예 선한 행위와 악한 행위가 거의 같은 비중으로 나란히 나타나기도 한다. 일제 강점기 시절 존경받던 독립투사가 돌연 친일 행위자가 되는 경우가 있는가 하면, 일제 앞잡이로 독립투사를 괴롭히던 자가 어느 순간 숭고한 애국자로 거듭나기도 한다. 인간은 그 자체가 모순 덩어리이기 때문이다. 따라서 바깥으로 드러난 언행만이 아니라 그 이면의 상황까지 이해해야 올바로 진실을 찾을 수 있다.

결국은 마음의 문제다. 진실의 가치를 알고 진실의 힘을 인정하는 사람의 눈에는 진실이 보인다. 하지만 진실은 '지각된 사실'에 지나지 않으며 인간의 지각이란 어차피 불완전하므로 애초에 의심의 여지없는 진실이란 없다고 생각하는 사람에게 진실은 없다. 이런 사람은 참 무서운 사람이다. 그들은 진실을 외면함에 그치지 않고 사실을 조작하여 진실을 호도함에 아무런 거리낌이 없다. 더욱이 그들에게 힘이 쏠려 있거나 수적으로 우세한 경우 뻔뻔하게 왜곡에 앞장서고도 큰일이라도 한 양 공공연히 으스대기까지 한다.

이런 사람은 참 불쌍하다. 사람은 양심에 따라 진실을 외면하지 않고, 참되게 살아갈 때 진정한 행복을 느낄 수 있기 때문이다. 같은 그림에서 한 사람 눈에는 창녀가 보이고, 다른 사람에겐 성녀가 보인다. 나의 눈에는 누가 보일까?

# 어지간하면 우리는 행복하다

최소한의 기대를 저버리지 않는,

그저 약속을 지키고 내일이 불안하지 않으며,

함께 사는 우리들의 살림살이가 너무 벌어지지 않게

지켜주기만 해도 우리는 행복하다.


우리는 모두 행복한 삶을 원한다. 열심히 일하는 것도, 결혼하여 아이를 낳고 가정을 이루는 것도 행복하기 위해서다. 집을 짓고 길을 내고 사무실과 공장을 세우는 일도 행복한 삶을 꾸리기 위함이다. 더 많은 돈을 벌기 위해 애쓰고, 직장에서 승진에 매달리고, 공직 진출을 위해 애걸복걸하는 것도 따지고 보면 돈과 권력, 또는 명예가 행복을 줄 것이라 믿기 때문이다.

좀 특별한 사람들은 '행복'이란 마음의 조율(調律) 또는 인식의 문제로 보아 정신적 내지는 형이상학적 주장을 펴기도 하나, 그들조차도 물질이나 세속적 가치를 도외시하는 경우는 보지 못했다. 따라서 보통의 대부분 사람들은 먹고 즐길 만한 경제적 여유나 다른 사람들에게 영향력을 행사할 만한 힘, 아니면 많은 사람들로부터 존경 받을 업적을 남기거나 지위에 오르면 행복하다고 생각한다. 그럴 것이라 생각한다.

하지만 세상일이란 뜻대로 되는 일보다 안 되는 경우가 더 많다. 성공의 사다리는 오를수록 좁아지고, 정말 좋은 기회는 지나간 뒤에 알게 된다.

그렇다면 세상에는 불행한 사람들로 넘쳐나야 한다. 나름대로 제법 큰 포부를 지녔으나 이루지 못한 자신부터 불행해야 한다. 한때는 잘 나가다가 좌절한 몇몇 친구들도 불행해야 하고, 사업이 어려워져 규모를 줄일 수밖에 없는 기업인들, 구조조정으로 조기에 퇴직하여 새로운 직장을 구하고 있는 많은 샐러리맨들도 죄다 불행할 수밖에 없다.

물론 이들 중 적지 않은 이들은 여전히 불행하다고 느낄 것이다. 개중에는 극심한 불행에 빠져 삶을 포기하고 싶은 유혹과 싸우고 있는 안타까운 이웃도 있을 것이다. 그러나 뜻밖에도 그보다 많은 사람들은, 그럼에도 불구하고 그렇게 불행해하지 않는다. 한때 불행을 느끼다가도 오래지 않아 어떻게든 위안을 찾고 자신을 추슬러 다시 일어난다.

세상이 험하고 삶이 고달픔에도 불구하고 살 만한 인생이라고, 그보다 자주 행복하기도 하다고 생각하는 사람들이 적지 않다는 것은 얼마나 다행한 일인가.

그게 사람들의 속성이란다. 사람들은 살아가면서 온갖 문제와 고통에 부딪히면서도 자신의 삶을 행복한 것으로 묘사하는 성향이 강하다. 전문가들의 축적된 조사 연구 결과에 의하면 생존에 대한 위협만 없다면, 가급적 스스로를 존중하고 자족하고자 하는 정서적인 편향(bias)이 있다는 것이다.

다른 한편에서는 설문조사에서 행복하다고 응답한 많은 사람들이 사실은 연구자를 속이거나 허세를 부리는 것이라고 보는 시각도 있기는 하다. 그런 주관적인 행복감을 칼 마르크스는 자기기만이라고 보는가 하면, 장 폴 사르트르는 '허위의식', 즉 자기가 살고 있는 세상이 가장 좋은 세상이라는 가식 속에서 살아간다고 꼬집기도 했다. 유식한 사람들이 뭐라고 하건 우리들 대다수 사람들이 행복하다는데, 그래도 살 만하다고 생각하는데 구태여 토를 달 이유가 없지 않은가.

빈곤의 문턱만 넘어서면 물질적 풍요와 행복의 관계, 한 나라 안에서 경제력과 삶에서 느끼는 만족감 사이에는 아주 미미한 상관관계밖에 없다는 것은 정설이 된 지 오래다.

문제는 이러한 사람들의 성향이 지도자들을 교만하게 하고 착각 속에 빠뜨려 사람들을 더욱 불안하게 할 수 있다는 것이다. 여론조사의 함정이 그것인데, 같은 조건이라면 보수주의가 지향하는 가치 쪽으로 기울기 쉽다는 이야기다. 보통사람들은 이런저런 실패가 사회나 정부의 문제라기보다 오로지 자신의 책임이라 생각하며, 대부분의 가난한 사람들은 자신의 처지를 잊고 싶어 부유함이나 '럭셔리

(luxury)' 같은 부자의 가치를 좋아한다.

자연히 사람들은 그것과 함께 연상되는 보수적 언어를 '옳은 것'으로 인식하게 된다. 실제로 특별히 나아진 것이 없는데도, 아니 삶이 더욱 팍팍해지고 실망감은 더욱 커지는데도 여론은 웬만하면 좋게 나타나는 원인이 여기에 있었던 것이다. 거울 앞에 선 남녀 중에서 스스로를 못났다고 생각하는 사람이 드문 이유와 같다. 그들은 자신의 모습 어느 구석을 샅샅이 뒤져서라도 매력적인 부분을 찾아낸다. 그들은 어지간하면 만족하고 싶은 것이다.

사람들이 어려운 가운데서도 그렇게 불행하다고 느끼지 않는 것은, 어떻게든 행복거리를 찾는 것은, 그럼에도 살아가야 한다는 준엄한 생명유지의 기제(機制)이지 어느 누구의 덕이 아니다. 그런 줄도 모르고 지도자들은 흔히 자신들이 잘 이끌어서 그런 줄 오해한다. 세상이 빨리 좋아지지 않는 이유이다.


우리는 딱히 무슨 대단한 정책이나 기절초풍할 아이디어로 시화연풍(時和年豊)을 구가하길 바라지 않는다. 최소한의 기대를 저버리지 않는, 그저 약속을 지키고 내일이 불안하지 않으며, 함께 사는 우리들의 살림살이가 너무 벌어지지 않게 지켜주기만 해도 행복해할 우리다.

어지간하면 우리는 행복하다. 이런 우리를 행복하게 해주지 못하는 것은 순전히 그들 책임이다.

# 다 함께 부를 노래는 없는가

모두의 가슴을 촉촉이 적셔줄
다 함께 부를 노래.
돌아가신 어머니가 생각날 때면
나도 모르게 읊조려지는 노래.


우리 집은 월요일 저녁만 되면 분위기가 영 별로다. 내가 좋아하
는, 그래서 유일하게 시간 맞춰 챙겨보는 TV 프로그램인 〈가요무대〉
가 원인이다. TV 채널 선택권이 아내와 딸에게 있어 잠깐잠깐 뉴스
보는 것 외에는 거의 힘을 쓰지 못하지만, 월요일 저녁의 〈가요무대〉
만큼은 내가 꼭 보겠다고 고집하기 때문이다. 아내와 딸은 하필이
면 축 늘어지는 흘러간 노래를 청승스럽게 듣느냐며 야단이지만 나
는 우리 옛 가요의 애절한 사연과 구성지게 넘어가는 곡조가 참 좋
다. 어려웠던 시절의 애환과 방황하던 젊은 시절의 추억이 새삼 되살
아나 혼자서 따라 부르기도 하고 설핏 아려드는 옛 그림에 눈시울이
젖기도 한다.

평소에는 서로 양보도 잘 하고, 작은 일에 격려도 하며 무난하게
지내던 가족이 노래 때문에 분위기가 급전직하(急轉直下) 냉랭하게 바

꿔니 참 딱한 일이다. 대화도 많고 별다른 갈등은 없는데 단지 좋아하는 노래가 다른 것이 화목한 가정에 큰 걸림돌이 되고 있다. 우리가 살아가는 데 정작 힘든 것은 산 같은 장애물이 아니라 신발 속의 작은 돌멩이 하나라는 말이 딱 맞다.

말과 노래는 중요한 표현 방식이다. 언어는 생각의 집이고 그것은 말로 표현되어 타인에게 전달된다. 말이 연결되고 쌓여서 사상이 되고, 철학이 되고, 시대정신이 된다. 말로써 표현되고 전달되는 방법은 딱딱하고 평면적이다. 말로는 그것이 아무리 번듯해도 가끔씩 사람을 이해시킬 수는 있어도 감동을 불러일으키기는 쉽지 않다.

사람에겐, 흔히 자연이 그러하듯, 물결이나 바람 또는 풀벌레의 울음소리가 그러하듯 리듬(rhythm)의 속성이 있다. 자연의 결에 리듬이 있어 생동감이 살아나듯이 사람의 속내도 곡조를 타고 힘을 얻는다. 까칠한 사설이라도 곡조에 실어 보내면 모래밭에 스며드는 물기처럼 금세 촉촉해진다. 가슴에는 거친 꼬챙이마저 살가운 솜덩이로 안아줄 이불이 마련된다.

"부모형제 이별하고 낯설은 타관에서 / 어머님의 자장가를 노래하던 그 시절이 / 슬픔 속에 눈물 속에 흘러갑니다…"

가수 박재홍이 불렀던 〈향수〉는 들을 때마다 돌아가신 어머니와 오래전 떠나 온 고향이 눈앞에 삼삼하게 그려진다. 한껏 감상에 젖어 따라 부르는 나를 아내와 딸내미는 궁상맞아서 못 듣겠다며 구박이다. 그네들은 이 노래 대신 정지용 시인의 〈향수〉를 부르면 훨씬 좋지 않겠느냐고 한다.

살다보면 주위에서 비슷한 현상이 벌어지곤 한다. 고향을 그리워하는 정서는 같은데, 부르는 노래는 전혀 딴판인 격이다. 누구는 오기택의 〈고향무정〉을 부르는데, 저쪽에서는 베르디의 〈플로렌자 내고향으로〉를 목청 높여 부른다. 살기 좋은 세상을 만들어 보자는 목적은 같은데 구사하는 논리와 주장은 흥부 생각, 놀부 생각처럼 제각각이다. 논리는 싸움을 부르기 일쑤지만 노래는 마음으로 하나 되게 하는 힘이 있다.


노래를 부르면 흥이 일어나고, 함께 부르면 같은 노래를 부르는 사람끼리 정서적으로 합일에 이른다. 그들은 뜨거운 소용돌이 속에 하나가 되고 무슨 일이든 함께 할 각오가 선다. 공자님도 "시로 감흥을 얻고, 바르게 어울려 일어서며, 함께 노래함으로 완성된다(興於詩 立於禮 成於樂)"고 했다.

큰 울림을 불러온 혁명이나 변혁기에는 다수 시민들의 의지가 있었고, 그 힘을 한곳으로 모으는 데는 늘 노래가 중요한 역할을 했다. 프랑스 혁명에 〈라 마르세예즈〉가 있었고, 러시아 혁명에는 비장미 흠씬 풍기는 〈러시아 혁명가〉가 앞장섰다. 우리에게도 낯설지 않다. 동학혁명 때는 〈동학 농민가〉가 농민들의 가슴에 불을 지폈고, 반독재 민주화 운동에서부터 최근의 촛불집회에 이르기까지 〈임을 위한 행진곡〉〈늙은 군인의 노래〉〈아침이슬〉 등의 노래를 함께 부를 때 불안한 마음은 사라지고 강철 같은 신념은 하나로 뭉쳤다.

비단 혁명에만 노래가 주효할까. 우리의 흘러간 옛 노래는 일제
강점기와 6·25전쟁, 1960년대, 1970년대, 1980년대를 힘겹게 살아낸
민초들에게 큰 위로와 친구가 되었다. 소소한 일상의 진한 감상(感傷)
을 담은 알기 쉬운 가사에, 누구라도 따라 부를 수 있는, 다소 청승맞
아도 좋을 무난한 곡조의 노래, 함께 부르다 보면 흥에 겨워 덩실덩
실 어깨춤이 절로 나는 그런 노래 말이다.

주위가 온통 잡음으로 요란할 때, 아집과 독선으로 꽉 찬 주의, 주
장에 신물이 날 때, 그들 대신 모두의 가슴을 촉촉이 적셔줄 다 함께
부를 노래는 없을까?

불러도 대답 없는 님의 모습 찾아서 / 외로이 가는 길에 낙
엽이 날립니다 / 들국화 송이송이 그리운 마음 / 바람은 말
없구나 어드메 계시온지 / …

돌아가신 어머니가 생각날 때면 나도 모르게 읊조려지는 〈여옥의
노래〉. 송민도의 노래도 애달프지만 조영남이 리바이벌한 것도 젖은
내의 입은 듯 가슴을 흥건히 적신다.

어디, 또 한 번 아내와 딸내미한테 혼날 일인가?

# '가오'를 찾아서

주관을 잃지 않는 사람들의
깨어 있는 의식이 바로 그것이다.
엄동설한에 푸르름을 내미는 보리 싹 같은 사람.
그런 사람이 진짜 '가오' 있는 사람이다.

파도가 넘실대는 바닷가, 안개가 흐르는 철 지난 한적한 해변을 거니는 두 남녀, 남자가 여자에게 묻는다.

"조각가 자코메티를 알지요?" "그럼요, 미남이죠." "그래요, 그가 언젠가 이런 말을 했대요. '불난 집에서 렘브란트 그림과 고양이 중 하나를 구해야 한다면 고양이를 택하겠다고'요." 여자가 미소를 지으며 "아름다운 얘기네요."

추억의 영화 〈남과 여〉, 프란시스 레이의 낮게 젖어드는 선율 속에 흔들리는 아누크 에메의 깊고 신비로운 동굴 같은 눈빛을 잊을 수 없다.

이럴 때 공자님 생각이 나는 것은 아무래도 뜬금없다. 그러나 떠오르는 생각이니 어쩌랴. 공자님이 하루는 퇴근하여 집에 들어가니 마구간에 불이 났다는 게 아닌가. 공자님 왈(曰), "다친 사람이 있느냐?" 묻고는 더 이상 아무 말씀이 없었다. 참 싱거운 분이 아닌가.

　돈이 인격이고 물질이 조상인 듯 살아가는 세상에서 수억을 호가하는 세계적 명화를 내버려두고 고양이를 우선 꺼내겠다는 사람이 있으니 이야기가 됐을 것이고, 밤낮 없는 전쟁으로 사람 목숨이 파리보다 못하던 춘추전국 시대에 탱크나 진배없는 말(馬)을 무시하고 사람 다친 것만 염려했기에 이야기가 2000년 이상 전해내려 왔을 것이다.

　오늘날 우리를 가장 안타깝게 하는 것은 사람을 너무 업신여기는 것이고, 생명을 너무 하찮게 대하는 것이다. 신의 영역을 넘보는 과학기술의 발달과 일찍이 누려본 적 없었던 경제적 풍요로움 속에서도, 얼굴에는 수심이 깊어가고 목숨은 한 푼어치의 체면 값에도 못 미치니 참으로 딱한 일이다.

　무엇보다 돈이 문제다. 돈이 모든 가치 판단의 기준이 된 것이 문제다. 돈이면 무엇이든 가질 수 있고 못 갈 데가 없으며, 직위도 사람도 사랑까지 살 수 있다. 더 큰 문제는 그 돈이 한 군데에 모여 있다는 것이다. 큰돈을 가진 자는 나에게 공짜로 해준 것이 없을 때조차 내 앞에서 거들먹거리며 으스댄다. 그리고 그런 가당찮음을 이의 없이 받아들인다. 한 술 더 떠서 그 앞에서 알랑댄다. 우습지 않은가?

　다음으로 권력자가 문제다. 세상에는 두 종류의 사람이 있는데, 지배자와 피지배자가 그들이다. 권력자는 그들만이 상황을 결정할 수 있고 만들 수 있고 변경할 수 있다고 믿는다. 심지어 피지배자의 생각까지 마음대로 재단하고 규정한다. 그들이 국민의 뜻이라거나 시민을 위해서라고 힘주어 이야기할 때는 대부분 자신의 생각이 외롭게 느껴질 때이다. 그들에게 사람은 자신의 욕망을 충족시키기 위한 재료일 뿐이다. 그런데 결국은 그들 뜻대로 된다. 참 이상한 일이다.

세 번째로 언론이 문제다. 세상을 제압하는 삼각편대의 또 한 축이 언론이다. 여론에 의해 정치가, 경제가, 심지어 문화조차 가늠되는 시기에 언론은 그야말로 '빅브라더'다. 어느 날 아침 사무실 티타임에서 나온 의견은 전날 저녁에 본 TV나 당일 조간신문의 논조와 거의 같다는 것을 언론이 꿰뚫어 보고 있다. 나는 내가 보는 TV와 내가 읽는 신문의 충실한 구연자(口演者)가 된 지 오래다. 그런데도 나는 나의 의견이 매우 보편타당하다고 장담한다. 이 또한 이상한 일이다.

얼마 전 크게 히트를 친 영화 〈베테랑〉과 〈내부자들〉에서 돈과 권력과 언론이 손잡고 벌인 한 판 푸닥거리를 많은 관객들이 재미있게 구경했다. 각자의 놀음도 가관인데 둘 또는 셋이 의기투합하여 일을 꾸몄으니 오죽할까. 사람들은 별 잘난 데 없는 한 사나이가 그들을 멋지게 깨부수는 것을 보고 통쾌함을 느꼈을 것이다. 그런데 그것뿐이다. 달라진 것은 아무것도 없다. 현실 속에서는 영화보다 더 해괴망측한 일들이 여전히 벌어지고 있다.

"우리에게 돈이 없지 '가오'가 없냐"라는 대사에 많은 사람들이 감동했다. 하지만 실제로 돈이 없는데 '가오'가 어디 있나. 돈 앞에서는 '가오'도 꼬리를 내린다. 영화 한 편 보고 이 땅에 불의가 싹 제거되었다는 말랑말랑한 착각에 잠시 빠지는 게 가진 것 없는 민초들의 위안이다.

이런 우리 모습을 한탄하지 않는 것이 그나마 겸손한 일이다. 이런 난감한 모습은 우리가 원한 것이다. 우리는 우리가 진정으로 원하는 것이 무엇인지 채 알아차리기도 전에, 생각보다 빨리 굳어버린 잘못 빚은 석고상을 마주하고 있는 것이다. 삐뚤어진 석고상은 깨버리고 새로 틀을 짜고 다시 묽은 석고 물을 부어야 한다.

무모한 권력도 겁내는 사람이 있고, 고단수의 언론도 범접치 못하는 영역이 있다. 생명과 인격의 가치를 아는 사람이고, 주관을 잃지 않는 사람들의 깨어 있는 의식이 바로 그것이다. 엄동설한에 푸르름을 내미는 보리 싹 같은 사람, 그런 사람이 진짜 '가오' 있는 사람이다.


렘브란트를 내버려두고 고양이를 안고 나오는 그대를 그려본다. 의아해하는 군중을 향해 싱긋 웃음 짓는 그대가 '가오' 있는 멋쟁이다. 날이 저물어 가는 저 어지러운 거리에서 집 나간 '가오'를 찾아보자. 한 줄기 온화한 바람이 거리를 지난다.

# 신호와 소음의 구별

목마른 자에게 오아시스 신기루가 보이듯
사랑을 갈구하는 자에게는
웃으며 다가오는 모든 여인이
자신에게 반한 여인이 된다.

지금 생각해도 정말 낯 뜨거운 일이었다. 오래전, 스무 살 새내기 시절 이야기인데도 문득 기억이 되살아나면 방금 눈앞에서 벌어진 일인 양, 얼굴에 화롯불을 뒤집어쓴 듯 화끈거린다.

동아리 신입 회원 환영회는 불과 한두 살 차이인데도 원숙하고 세련된 선배들과 병아리를 막 벗어난 아직 어미닭은 못 된 어중간한 중닭을 영락없이 빼닮은 새내기들로 금세 표가 났다. 나 역시 어색한 한 마리의 중닭으로 안절부절못하고 있었다. 그때 기막히게 예쁜 여학생이 내게로 와서 상큼한 미소를 섞어 말을 붙인다. "안녕하세요, 반갑습니다. 그렇게 서 있지 말고 이리 와서 앉으세요." 나는 "아… 예… 예…" 하며 그녀가 이끄는 대로 마치 자석에 딸려가는 쇳가루마냥 속절없이 끌려갔다.

그때 나는 예쁜 여자를 일대일로 처음 만났고, 처음 고운 미소를

117

받았으며, 처음으로 아무개 씨라는 호칭을 들었다. 게다가 그녀는 내게 달콤새콤한 오렌지 주스와 그 맛난 삼미빵과 과자류를 챙겨주기까지 했다. 앞으로 학교생활에 궁금한 게 있으면 언제라도 연락하라고, 함께 멋진 학창시절을 만들어 가자고 했다. 그녀는 나의 베아트리체였던 것이다.

한동안 나는 그녀 생각에 학교 가는 게 즐거웠다. 그녀를 보기 위해 열심히 학교에 갔다고 하는 편이 정확하다. 하지만 얼마 시나지 않아 설렘은 슬픔으로 변했고 곧 아픔이 되었다. 내가 제정신을 차린 것은 어느 시인의 고백처럼 '그녀를 못 보면 못 봐서 울고, 보면 또 봐서 울었다'에 버금가는 속앓이를 꽤나 오랫동안 하고 난 뒤였다. 그녀는 나의 베아트리체가 아니었다. 단지 불안한 표정의 후배를 따뜻하게 맞아준 마음씨 착한 선배였을 뿐이었다. 이제 얘기지만 사실 그녀는 그렇게 기막히게 예쁘지는 않았다. 웃는 모습이 괜찮은, 주위에서 흔히 볼 수 있는 평범한 여자일 뿐이었다. 그 일 이후, 나는 다시는 그런 어처구니없는 착오는, 아니 착각을 하지 않으리라 맹세했다.


나는 그녀가 나에게 준 신호를 잘못 읽었다. 그녀의 신호를 바로 읽으려면 무엇보다 내가 원하는 것과 그녀가 얻고자 하는 것을 먼저 알아차려야 했다. 나아가 서로의 위치와 입장, 장소와 시간이 갖는 의미, 향후 전개될 상황, 그리고 그녀와 내가 살아온 과거 경력까지 소상한 정보를 객관적으로 분석해야 했다. 이때 중요한 것은 의미 있는 정보(신호)와 쓸데없는 정보(소음)를 구별해내는 일이다. 두 가지를 혼동하지 않아야 한다.

나는 신입생으로 선배의 친절한 안내를 원하고 있었고, 그녀는 동아리의 간부로서 신입 회원에게 동아리에 대한 인상을 좋게 심어주고 싶었을 것이다. 학기 초인만큼 겨우 데려온 신입생을 자칫 타 동아리에 빼앗길 수도 있기 때문이다. 충성 회원을 한 명이라도 더 확보해야 동아리가 발전하고 자신은 그룹 내에서 보다 중요한 인물로 부각될 것이다.

나의 어리석음은 나의 과거 이력을 전혀 감안하지 않은 탓도 크다. 그날까지 어머니와 누나와 여동생 외에 그 어떤 여성으로부터도 그렇게 다정한 미소와 곰살궂은 배려를 받은 적이 없었다는 것을 깜박한 것이다. 그런 나에게, 내가 무슨 장동건이나 김수현이라고 갑자기 미모의 여인이 나타나 진심 깃든 호감을 표시하겠는가.

사막의 목마른 자에게 오아시스 신기루가 보이듯 사랑을 갈구하는 자에게는 웃으며 다가오는 모든 여인이 자신에게 반한 여인이 된다. 더욱 가관인 것은 나에게 호감을 갖기 시작했다고 생각하는 순간, 그녀는 서서히 전지현이나 송혜교가 되어간다. 첫사랑의 여인치고 미인 아닌 이 없고, 자신을 좋아했던 남자치고 찌질한 이는 없다.

선거철에 후보자가 자신의 신념이나 정책을 설명함이 없이 그저 시장과 길거리를 헤매며 사람들에게 연신 악수를 청하는 이유도 여기에 있다. 정치인이 명예와 권력에 궁한 사람에게 손을 내밀고 알은체를 하는 것은 그의 욕망을 충족시켜주는 대신 자신을 이유 없이 훌륭한 인물로 각인시키는 효과를 얻는다.

사람의 심리는 아차 하는 순간 소음을 신호로 착각하기 쉽게 되어 있다. 우리는 누구나 가슴 속에 무엇인가 소망하는 게 있다. 그 소망을 이루기 위해 부단히 노력하고 애쓰지만 모든 일이 그렇게 만만한 것은 아니다. 해도 해도 안 되면 억지로라도 그렇게 믿고 싶어진다. 갈망이 클수록 소음을 신호로 보기 싫다. 그저 의미 없는 잡음일 뿐인데, 오랜 목마름이 시원한 청신호로 착각하게 하는 것이다.

사람과 사람의 관계만이 아니라, 사람과 사물, 사람과 경제, 사람과 정치와의 관계에서도 똑같다. 바른 정책에 배고픈 사람에게 헛된 정책이, 인물에 목마른 우리 앞에 불량 인간들이 득시글하다. 넘쳐나는 정보 속에서 신호와 소음을 구별하는 냉정함이 소중한 지금이다.

버락 오바마 전 미국 대통령의 당선을 정확하게 알아맞혀 유명해진 통계학자 네이트 실버의 예측성도 그가 최초로 정립한 '신호'와 '소음'이라는 개념에서 출발했기에 가능했다.

내가 신호와 소음을 대학 신입생 환영회 때 알았더라면, 그때 혼자 속앓이는 하지 않았을 텐데.

# PART 4

## 얼마나 많이 걸어야
## 사람이라고 불릴 수 있을까

밥 딜런 〈Blowing in the Wind〉 중에서

# 얼마나 걸어야 사람이라 불릴 수 있을까

거짓과 차별과 칼자루가 춤추는 세상은
돌려 세워두고 훌훌 길을 나설 일이다.
길을 걷고 걷다 보면 사람이 되고,
사람이라 불릴 수 있는 사람도 만나게 되리라.

이 가을, 길을 나선다. 알맞게 젖은 바람이 있고 양탄자보다 곱고 향기로운 낙엽이 구르는 길은 언제나 오래 입은 옷처럼 정겹다. 딱히 오색 단풍이 은빛 햇살에 현란한 무늬를 누비고, 맑은 개울물 소리가 탁해진 귀를 명랑하게 하는 상쾌한 오솔길이 아니라도, 길에는 이런 저런 풍경이 있고 두런두런 사연이 있다.

걸음마다 상념은 빨간 고추잠자리처럼 창공으로 솟아오르고, 굽이를 돌 때마다 맞이하는 낯선 정경에 설렘은 단풍보다 붉게 물든다. 낯선 만남은 낯선 생각을 불러내 새로운 삶의 길로, 이제와는 다른 향로(向路)로 이끄는 것이 은근하다. 곪고 곪은 생각은 청정한 계곡물에 씻어낸 듯 상큼하게 새살로 돋아나고 가을 하늘을 나는 기러기들처럼 보기 좋게 정렬한다. 조붓한 산길 언저리에서 문득 환히 펼쳐지는 파아란 하늘, 성자의 계시인 양 꿍꿍 앓아온 고민이 바람 좋은 날

연줄 풀리듯 풀린다. 부끄러운 듯 외면하고 서 있는 한 떨기 이름 없는 들꽃이 작은 깨달음의 미소를 던진다.

도시의 화려한 불빛도, 잘 조율된 웅장한 음향도 수천 년에 걸쳐 햇빛과 물과 공기가 우연히 만나 빚어낸 자연의 신비로움에 비길 수 있을까. 행복한 전율과 가뿐한 비상(飛翔)이 몸 구석구석을 간지럽힌다.


길을 나서면 어느새 우리는 돈키호테가 된다. 이룰 수 없는 꿈을 꾸고, 이루어질 수 없는 사랑을 하고, 이길 수 없는 적과 싸우고, 견딜 수 없는 고통을 견디며, 잡을 수 없는 저 하늘의 별을 잡으려 길을 떠나는 낭만의 기사가 된다.

임마누엘 칸트가 매일 오후 네 시에 정확하게 산책을 한 것은 자신의 건강과 고통스러운 연구에서 잠시 벗어나기 위함이었지만, 그의 사상은 전적으로 길 위에서 잉태되었음에 틀림없다. 때마다, 철마다 어김없이 바뀌고 순환하는 자연의 이치는 '순수이성'의 더할 나위 없는 교재요, 규칙적인 산책에서 몸과 마음으로 느끼는 고양(高揚)은 '실천이성'의 거칠지만 순박한 증거가 아닌가. 칸트의 철학은 길의 철학이었던 것이다.

힘든 산티아고 순례 길에 자진하여 많은 사람들이 모여드는 까닭도 분명 매력이 있기 때문이다. 인생의 갈림길에 선 사람, 사업이나 사랑에 실패하여 낙담에 빠진 사람, 새로운 도전을 앞두고 있는 사람, 이도 저도 아니고 그냥 삶이 무료해진 사람 등 각양각색의 사람들이 순례 길에 나선다. 다녀온 사람들은 하나같이 상기된 얼굴에 불끈불끈 굳센 의지가 훈장처럼 빛난다. 그냥 나서면 된다, 걷기 좋은 이 화창한 계절에.

얼마 전 SNS에서 '드라이빙 미스 노마'로 유명했던 아흔한 살의 노마 바우어 슈미트 할머니는 사람에게 길이란 어떤 의미인가를 감동적으로 전해 주었다. 아흔 살에 남편을 저세상으로 떠나보내고 자신조차 암에 걸린 것을 알게 된 노마 할머니는 병상에서 죽음을 맞기 싫다며 항암치료를 거부하고 무작정 여행에 나섰다. 일 년여 기간 동안 32개 주 75개 도시를 누빈 할머니는 그녀의 소원대로 여행 중 아들 내외가 지켜보는 가운데 소풍가듯이 세상과 하직했다.


"다른 사람에게 기쁨을 나눠주면 멋있지 않을까요. 만일 당신이 꽃을 보내고 싶다면 누군가에게 꽃을 보내 놀라게 해 주세요. … 당신의 공동체와 가족을 위해 돈을 쓰세요. 당신의 할머니를 모시고 외식을 하고 맥주를 대접해 드리세요!"

노마 할머니가 길 위에서 우리에게 전하는 따뜻한 메시지다.

인생은, 우리네 삶은 길 위에 있지 골방이나 사무실 속에 있지 않다.


많은 철인과 시인이 인생을 길에 비유하며 노래한 것도, 그들의 노래가 나의 노래인 양 감동을 주는 것도 길이 곧 삶이기 때문이다. 곧은 길은 곧은 대로 구부러진 길은 구부러진 대로 제각각 기품과

속사정이 특별하다. 이준관 시인은 하찮은 굽은 길에서 예쁜 시를 주웠다.

… 구부러진 하천에 물고기가 많이 모여 살듯이 / 들꽃도 많이 피고 별도 많이 뜨는 구부러진 길 / … 그 구부러진 길처럼 살아온 사람이 나는 좋다 …

몇 년 전 대중가수 밥 딜런이 노벨 문학상 수상자로 선정되었을 때 세계가 놀랐다. 한국의 탁월한 시인들을 비롯하여 평생 글만 오로지 써 온 세계 문인들의 실망이 여간 아니었겠지만, '노래하는 시인'이라는 별명답게 그의 노래는 나름 깊이가 남다르다.

사람은 얼마나 많은 길을 걸어야 / 사람이라고 불릴 수 있을까 / 흰 비둘기는 얼마나 많은 바다를 건너야 / 모래밭에서 편안히 잠들 수 있을까 / 얼마나 많은 포탄이 날아가야 / 영원히 포탄 사용이 금지될 수 있을까 / 친구여, 그 대답은 바람결에 흩날리고 있다네 / 그 답은 불어오는 바람 속에 있다네

그래, 거짓과 차별과 칼자루가 춤추는 세상은 돌려 세워두고 훌훌 길을 나설 일이다. 길을 걷고 걷다 보면 사람이 되고, 사람이라 불릴 수 있는 사람도 만나게 되리라. 얼마나 반가울까, 모처럼 보는 사람다운 사람을 만나게 되면.

# 말 같은 말, 글다운 글

나의 생각을 뛰어넘는
기발한 언어를 찾아냄으로써
그 언어가 가진 함의나 상징에 힘입어
생각에 빛나는 날개를 달기도 한다.

언어는 생각의 집이라 했다. 사람의 생각은 언어로 구체화되고 정리되고 표현된다. 아무리 훌륭한 생각도 그것이 적확한 언어를 얻지 못하면 환상일 뿐이다. 반면에 때로는 나의 생각을 뛰어넘는 기발한 언어를 찾아냄으로써 그 언어가 가지고 있는 함의나 상징에 힘입어 생각에 빛나는 날개를 달기도 한다. 언어가 단순히 사람의 생각을 드러내는 도구에 머무는 것이 아니라 우리의 사고를 더 깊게, 더 넓게 확장시키는 역할을 하는 것이다.

그래서 시인과 철인들은 가장 만족스러운 낱말을 찾기 위해 언어의 창고를 뒤진다. 이 정경에, 이 상황에, 이 느낌에 가장 알맞은 단어를 찾기 위해 퇴고(推敲)에 퇴고를 거듭한다. 세상 구석구석을 샅샅이 뒤져서 한 치의 어긋남도 없고 가장 아름다운 그 단어를 찾아 밤낮 없는 순례에 나서는 이가 그들이다.

하긴 퇴고라는 말의 유례부터 감동이다. 당나라 시인 가도(賈島)가 어느 날 산길을 거닐다 갑자기 시상이 떠올랐다.

이웃 드문 곳에 한가롭게 머무네(閑居隣竝少) / 풀 덮은 샛길 가꾼 이 없는 뜰로 이어져(草徑入荒園) / 새는 연못가 나무 위에 깃들고(鳥宿池邊樹) / 중 하나 달빛 아래 쪽문을 미네(僧推月下門) …

가도가 시를 지어놓고 보니 달빛 아래 문을 민다는 뜻의 '퇴(推)'보다 문을 두드린다는 뜻의 '고(敲)'가 더 나을 것 같았다. 아니 다시 생각하니 처음대로 '퇴(推)'가 좋은 것 같았다. 한참 동안 고민했으나 결정을 못하고 장안 거리로 들어섰는데 갑자기 앞이 부산해졌다. 당대 제일의 문장가 한유(韓愈)의 행차였다. 가도는 염치불구하고 길을 막고 그에게 물었다. 한유는 잠시 생각에 잠긴 후 빙긋이 웃으며 던졌다, '고(敲)'가 좋겠다고. 이렇게 하여 가도의 시는 완성되었다. "중 하나 달빛 아래 쪽문을 두드리네(僧敲月下門)"

하드보일드 문체에서 헤밍웨이에 비길 만한 소설가 김훈은 그에게 문명(文名)을 얻게 해 준 《칼의 노래》를 쓰면서 토씨 하나를 두고 속을 태웠다. 이순신 장군의 이야기를 냉혹할 정도로 사실적으로 묘사한 이 작품의 처음은 이렇게 시작한다.

버려진 섬마다 꽃이 피었다. 꽃 피는 숲에 저녁노을이 비치어, 구름처럼 부풀어 오른 섬들은 바다에 결박된 사슬을 풀고 어두워지는 수평선 너머로 흘러가는 듯싶었다.

이 비장한 아름다움, 그 첫 문장은 원래 "버려진 섬마다 꽃은 피었다"였다. 작가는 며칠 뒤 다시 읽어 보고는 뭔가 미흡하다는 것을 알았다. 담배 한 갑을 다 태우며 고민고민한 다음에 결국 "꽃이 피었다"로 고쳤다. 작가의 주관적 의견과 정서적 표현 대신에 사실의 세계를 그대로 드러내는 언어를 선택한 것이다. 김훈은 이 어법을 이순신 장군의 〈난중일기〉에서 배웠다고 밝혔다.

자신의 생각과 뜻을 전함에 있어 적확한 단어와 어휘를 골라 쓰는 것 못지않게 중요한 것이 논리에 맞게 표현하는 것이다. 얽히고설킨 사회 현상이나 심오한 사상, 주의 주장을 펼치려면 긴 문장이나 설명이 필요하다. 이때 추론의 근거와 결론이 명징하게 상호 지지 관계에 있어야 말 같은 말이 된다.

얼핏 그럴듯해 보이나 진실이 아니거나 앞뒤가 맞지 않은 주장이나 글을 궤변이나 오류에 빠졌다고 한다. 특히 요즘 우리 사회에서 횡행하는 말 같지 않은 말, 글답지 못한 글이 문제인데, 대개 언어의 유희 또는 자극적인 수사로 치장하고 있어 자신도 모르는 사이에 중심을 잃게 만든다. 동정심이나 연민을 불러 일으켜 자신에게 동조하게 하거나, 공포심이나 위협을 가하여 옭아매기도 한다. 불필요하게 사람의 약점을 들추어내고 숨겨진 역린(逆鱗)을 건드림으로써 감정의 회오리에 사로잡혀 이성을 잃게 만드는 수법도 저급한 선동으로 곧잘 동원된다. "넌 뭘 잘했다고" "넌 더 하더라" "내로남불" 식의 피장파장 전술은 궁지에 몰린 정치꾼들이 즐겨 애용하는 메뉴다.

"프롤레타리아가 혁명에서 잃을 것이라고는 쇠사슬뿐이요, 얻을 것은 세계 전체이다. 전 세계 프롤레타리아여, 단결하라!" 〈공산당 선언〉의 마지막 구절, 한때 정의감에 부푼 젊은 감성을 이만큼 뜨겁게 덥혀준 구절이 또 있을까? 증오심을 부추긴 대표적인 예다. 오래전 미국에서 사형제도 폐지 논란이 한창이던 때 한 유력 정치인은 이렇게 말했다. "사형제도는 반드시 필요합니다. 만약에 사형제도가 없어서 예수님이 사형 대신 10년이나 15년 형을 선고받고 모범수 생활을 잘 해냈다면 지금의 기독교는 없었을 것입니다."

조금 과장을 보태면, 이 말에 힘입어 기독교인이 대다수인 미국의 여러 주에서 사형제도가 몇 년 더 유지되었다. 논점을 엉뚱한 곳으로 돌려버린 오류다.

아차 하는 순간에 감정에 빠지고 군중 심리에 휩쓸려 판단을 그르치게 된다. 그렇다면 우리가 예사로 입에 담는 이 말은 어떤가? "포도주가 오래될수록 맛이 깊어지듯, 친구도 오래될수록 정이 깊어진다." 포도주와 친구 사이에 무슨 깊은 연관이라도 있다는 말인가? 옛 친구를 찾아 포도주라도 한 잔 나누며 곰곰 생각해 보면 궁금증이 풀릴까.

"태초에 말씀이 계시니라"고 한 성경의 첫 기록은 의미심장하다.

# 목장 집 아이는 소를 잘 그린다

장교보다 장군이
쉽게 공격 명령을 내리고,
장군보다 통치자가
더 쉽게 전쟁을 결행한다.

첫가을 하늘이 눈물겹도록 푸르다.

한여름 내내 그토록 바람과 비가 번갈아 바다를 휘감아 쓸어 올리더니, 저 높이 눈부신 파란 휘장을 아름답게 걸쳐놓으려 그랬나 보다. 푸른 휘장 한 곁으론, 이른 아침 부지런한 이웃이 쓸어놓은 골목길의 신선한 비질 흔적 같은 하얀 새털구름이 작품을 완성한다. 어제 본 하늘이고 지난해 가을이 보여준 그림이다. 자연이 주는 감동은 반복되어도 늘 경이롭다.

우리네 삶도 자연처럼 그렇게 아름답게 반복될 수는 없을까? 찌는 더위와 폭풍우의 반복이 아니라 한 자락 삽상한 바람과 깊은 하늘, 그 아래 배롱나무의 선분홍 꽃 무더기와 어린아이들 까부는 소리, 그런 경쾌한 날들의 반복일 수는 없을까?

나의 기억 속에 가장 그리운 장면은 직장에서 승진했던 순간도 아니고 수십 대 일의 경쟁을 뚫고 거머쥔 아파트 당첨 소식도 아니다. 요즘엔 보기 드문 풍경이지만, 동네 사람들 다 함께 누렇게 익은 벼를 베면서, 논바닥에 빙 둘러앉아 새참 먹던 일들이나 직장생활 중 과중한 업무로 힘겨워하면서도 서로 웃고 격려하며 진정을 나누던 동료들과의 한때, 모처럼 온 가족이 모여 앉은 어느 늦은 저녁 식탁의 정경 같은 것이다. 자주 있는 일상이고 철마다 반복되던 모습인데 푸른 하늘만 보면 생각나고 그립다. 아련함과 감동으로 오래 남는 순간은 뜻밖에도 일생에 몇 번 있기 힘든 화려한 경험이 아니다. 마음속 깊이 잔잔한 기쁨을 불러오는 기억은 자연 속의 소박한 체험과 진솔한 사람과 함께 나눈 순간들이었다. 변주되지 않은 자연스러움과 솔직함이 감동의 원천이었던 셈이다.

자연스러움과 진솔함, 예를 들면 물 같은 것이다. "가장 좋은 것은 물과 같다(上善若水). 물은 온갖 것을 이롭게 하면서도 다투지 않고, 모든 사람이 싫어하는 낮은 곳에 머문다. 그러므로 물은 도에 가깝다." 다투지 않고, 사람이 싫어하는 낮은 곳에 머물 줄 아는 마음, 노자의 가르침이다.


인류 역사에서 가장 많이 반복된 불행은 전쟁이다. 수만 수십만 사람의 귀한 목숨을 먼지처럼 앗아가고 인류의 삶의 터전을 송두리째 날려버리는 그 처참한 만행을 가장 많이 반복했다니 참으로 이상한 일이 아닌가. 이유는 가까운 곳에 있다. 직접 전쟁에 나가지 않는 사람이 전쟁을 결정하기 때문이다.

장교보다 장군이 쉽게 공격을 명령하고, 장군보다 통치자가 더 쉽게 전쟁을 결행한다. 전쟁을 결정한 사람부터 전쟁에 나가게 된다면 전쟁은 아주 보기 어려운 사건이 되었을 것이다.

자본주의를 신봉하는 민주국가가 청렴한 독재자가 통치하는 국가보다 부패와 비리가 더 횡행하는 것은 돈과 권력을 가진 자가 더 큰 죄를 짓고도 훨씬 덜한 처벌을 받는 까닭이다. 그들은 소수에 불과하므로 그들끼리 그들만의 탐심을 채워도 세상 전체에 큰 피해는 주지 않는다고 믿고 있다. 대중은 어리석고 무지하므로 눈치챌 일도 없을 것이라 생각한다. 그나마 지구상에 민주국가가 더 많이 유지되고 있는 것은 청렴한 독재자가 아주 드물게 나타난 덕분이다. 뜻밖에 탐욕스러운 독재자가 민주주의의 숨은 공로자였던 셈이다.


경험과 기억은 우리를 이끌고 조절한다. 경험이 정돈되어 인식이 되고, 각종 기억들이 걸러져서 신념이 된다. 우리의 상상력조차 우리가 보고 겪고 느낀 장면에서 그리 멀리 떨어져 있지 못하다. 여러 종교와 문학 작품 등 많은 곳에서 지옥의 그림과 묘사를 실감나게 본다. 불지옥, 굶주림 지옥, 물어뜯기는 지옥, 허구한 날 바퀴 돌리는 지옥 등등, 흡사 방금 다녀온 것처럼 자세하고 다양하다. 그러나 천국에 대한 묘사는 대충이다. 그저 좋은 경치에 어른 아이 몇이서 주렁주렁 매달려 있는 과일들을 보며 웃고 있는 정도다. 우리가 그토록 간절히 소망하는 천국을 고작 이 정도밖에 못 그려 내다니 이 또한 이상한 일이 아닌가? 그 이유는 우리가 주위에서 천국 같은 삶보다 지옥 같은 생활을 더 많이 보아왔기 때문이다. 목장 집 아이는 소를 잘 그리고 과수원 집 아이는 사과를 잘 그린다.

좋은 것을 보여주면 좋은 행동이 나온다. 좋은 것은, 예를 들면 전쟁을 결정한 자가 먼저 전장에 나가는 것이다. 민중들로 하여금 청렴한 독재정치가 민주정치보다 낫다는 생각이 들지 않게 하는 것이다. 그건 어른들의 몫이 크다. 저렇게 하늘은 눈부시게 푸른데 그 아래 슬픈 사연이 끊이지 않고 있다는 건, 참 우울한 일이다.

# 배반은 약자의 굴레인가

배신자들에겐 공통점이 있다.
배신의 주인공들이
하나같이 신하이거나 부하이거나
약자라는 사실이다.

존경하는 선배 한 분이 있다. 그는 상당한 지위에 올라 큰 조직을 통할했던 경력이 있으며 이후에도 자리를 옮겨 새 조직을 이끌었다. 그에게 다시 더 큰 일을 할 기회가 가까웠는데, 뜻밖에 그는 새로운 큰 자리를 마다하고 그전에 몸담았던 조직을 관장하는 자리로 컴백하기를 원했다. 도저히 이해할 수 없어 이유를 물었더니, 돌아가서 꼭 손봐줘야 할 친구들이 있다는 것이다.

같이 근무할 때 입 안의 혀처럼 충성을 다하던 사람들이 자리를 떠나자 언제 그랬냐는 듯이 등을 돌린 배신자들을 용서할 수 없다는 것이었다.

사람에게 '배신'이란 단어만큼 자극적인 것도 없다.

사람이 험한 세상을 살아가다 보면 어쩔 수 없이 저지르게 되는 적지 않은 악덕들이 있다. 거짓말, 위선, 위약, 아부, 무례, 잔혹성, 폭언 등등 다 나열할 수 없을 정도로 많지만 그중에서 사람들이 가장 꺼려하는 대상이 배신이 아닐까. 배신은 인간관계의 기본인 신뢰를 저버리는 일이기에 인간으로서 지녀야 할 최소한의 도리를 어긴 것으로 간주되기 때문이다. 신의와 충절을 높이 기리는 유교문화가 몸에 밴 한국 사람들에게는 더욱 그러하다.

배신자는 피배신자의 도덕성을 떠나 몹쓸 인간으로 매도되고, 의리를 지킨 사람은 그 상대가 무도한 자라도 그럴듯하게 미화되기도 한다. '배신'은 사람의 처신과 관련되는 말임에도 얼핏 정의나 윤리와 무관한 가치중립적인 특이한 위치에 있다. 배신하는 사람도 쉽지 않은 일이나, 배신당하는 입장은 그럴 줄 모르고 그를 철석같이 믿어온 자신에 대한 후회막급과 피를 토할 것 같은 분함에 치를 떤다.


하지만 배신하는 사람에겐 나름 이유나 핑계가 있으며 때로는 자신은 전혀 의식하지 못하거나 아예 배신이 아니라고 생각하고 있는 경우도 있다. 처음부터 작정을 하고 배신하는 경우는 드물며, 경쟁에서 살아남기 위해, 자신의 안전을 위해, 또는 공동체의 이익을 위해 최선을 다해 살아 온 측면이 없지 않기 때문이다.

그러나 배신을 당한 사람에게 상대방의 배신은 청천벽력이다. 그동안 그에게 쏟아온 정성과 배려와 신뢰를 생각할 때 아무리 생각해도 그가 그럴 수는 없는 것이다. 기회만 주어진다면 배신자를 손봐주고 싶은 마음이 왜 없겠는가.

우리는 역사상 또는 문학작품 속에서 다양한 배신의 이야기를 알고 있다.

우리에게 세종과 문종의 극진한 사랑과 당부를 저버리고 수양대군의 왕위찬탈에 동조한 신숙주가 있다면, 서양에는 자기 목숨을 살려주고 아들처럼 중용해준 줄리어스 시저를 배신한 브루투스가 있다. 거짓 효도 맹세로 왕국을 차지한 후 늙은 아버지 '리어왕'을 내팽개친 두 딸의 패륜 이야기가 있는가 하면, 대동강변에서 이수일과 맺은 사랑의 맹세를 김중배의 다이아몬드 반지에 팔아버린 심순애의 배신도 있다.

그 외에도 많은 사례들이 있지만 여기에는 공통점이 있다. 그것은 배신의 주인공들이, 사랑의 배신자를 제외하고는, 하나같이 신하이거나 부하이거나 약자라는 사실이다. 냉정하게 보면 사랑의 배신자도 가난하거나 성격상 흠이 있는 약자인 경우가 많은 것을 보면 구태여 예외라고 할 것도 없다. 배신은 아랫사람에게만 해당되는 말이고 윗사람의 배신은 없는 것이나 진배없다.

한고조 유방이 천하통일의 일등공신 한신을 죽인 것을 배신이라고 하지 않으며, 암담한 국가를 개혁의 길로 이끌기 위해 의기투합하던 고종과 김옥균, 갑신정변 후 김옥균을 기어이 죽이고자 절치부심한 고종을 배신자라 부르는 이는 아무도 없다.

참 이상하지 않은가? 똑같이 믿음을 저버렸어도 아랫사람의 변심은 배신인데, 윗사람의 그것은 '신임을 거두었다' '내쳤다' 정도로 그치니 말이다.

사실, 약자의 배신에는 피치 못할 사유가 있는 경우가 많다.

힘겨운 세상살이에서 살아남기 위한 눈물겨운 선택이거나, 윗사람의 숨겨진 실상을 보고 실망했거나, 그도 아니면 상대가 표변하여 자신의 생각과 다른 길로 가는 것을 더 이상 참을 수 없을 때에 하는 경우다.

신숙주는 여린 심성의 학자로서 목숨을 건 투사는 될 수 없었던 반면, 수양대군과의 교류에서 그의 웅지와 카리스마를 느낄 수 있었던 만큼 쉽게 변신할 수 있었다. 그리고 세조에 이어 예종, 성종 조에 이르기까지 삼정승을 거치며 훈민정음의 보급과 학예의 발전, 야인정벌과 왜구와의 교빙(交聘) 등 괄목할 만한 업적을 남겼다. 변절자 신숙주는 개인적으로나 역사적 대의에 있어 충분한 실리와 명분을 얻은 셈이다.

이렇듯 주위의 손가락질을 받는 배신자 가운데는 알고 보면 충분히 감싸줄 만한 이유가 있거나 진실로 바르고 옳은 길을 가기 위한 용기 있는 결단의, 의연한 모습인 경우가 많다. 윗사람이나 강자에게도 배신자의 낙인을 찍을 수 있는 공평한 그날까지, 지금 약자에게만 씌워진 배신의 굴레를 좀 느슨하게 풀어 줄 수는 없을까.

진정 배신은 약자만의 굴레인가!

세상에 기어코 손봐주어야 할 배신자는 의외로 많지 않다.

# 두려움을 이기는 방법

장군에게 돌아오지 못한
병사들에 대해 물었다.
"그들은 낙관주의자들이었어요."
뜻밖의 대답이었다.

한때 영화 〈명량〉이 울돌목 회오리 물결처럼 선풍적 인기를 끌면서 영화 속 대사 한 구절이 함께 회자된 적이 있다.

"두려움을 용기로 바꿀 수 있다면…."

이순신 장군이 겁에 질려 있는 군사들을 데리고 어떻게 싸워 이길 수 있겠느냐며 염려하는 아들에게 혼잣말처럼 하는 대사다. 12척밖에 남지 않은 배로 330여 척의 적선, 그것도 조총이라는 신식 무기로 무장한 왜군과 싸운다는 것은 누가 보아도 무모한 싸움이었다. 더욱이 칠천량해전에서 거북선을 포함 100여 척의 전선과 군사 대부분을 잃은 지 얼마 되지 않은 마당에, 패잔병이나 다름없는 군사들에게 제대로 싸워보겠다는 의지를 기대한다는 것은 어불성설이었다.

"두려움을 용기로 바꿀 수 있다면…"

사람은 두려움과 함께 산다. 아기가 태어나자마자 우는 것도 험난한 세상을 살아갈 일이 두려워서라고 한 우스갯소리도 있지만, 사람 사는 일이 매 순간 두려움의 연속이 아니던가. 어느 한 생각, 어떤 한 행위마다 선택하고 결단하며 살아가는 인생이란, 언제나 실패와 위험이 도사리고 있기에 두렵다, 겁난다. 배 타고 가다 사고 날까 두렵고, 캄캄한 굴속 같은 경제가 두렵고, 페널티킥을 앞두고 실축할까 두렵다. 폭우에 아까운 농사 망칠까 두렵고, 군대 간 아들 매 맞을까 특히 두렵다.

이 두려움은 어디서 오는 것이며 그 실체는 무엇인가?

티베트 불교 성인 촉니 린포체는 어느 날 고층빌딩 사이를 연결하는 유리다리를 지나다 엄청난 두려움에 휩싸였다. 그러다 문득 다른 사람들은 편안히 건너는데 왜 자신은 무서움에 떨고 있는지 자신의 내면을 들여다보게 되었다. 그러자 오래된 기억 한 자락이 잡혀 올라왔다. 어린 시절 나무에 오르다 크게 다친 기억이었다. 그 두려움은 나무에서 떨어졌던 경험으로 생긴 일종의 '사유 패턴'에서 비롯된 것이었다.

우리를 옴짝달싹 못 하게 하는 많은 두려움들이 알고 보면 이미 시효가 지난 과거 경험에서 우러난 기억의 허상인 경우가 많다.

이런 두려움도 있다. 어느 가을날 토끼가 낮잠을 자고 있는데, 알밤 하나가 툭 옆에 떨어졌다. 잠결에 놀란 토끼는 냅다 도망치기 시작했다. 그것을 본 숲 속의 노루도 살쾡이도 멧돼지도 덩달아 내달렸다. 급기야는 동물의 왕인 호랑이까지 뛰기 시작했다. 한참을 달리던 동물들이 지쳐서 서로에게 물었다, 왜 도망치지? 아무도 대답하지 못했다. 이런 두려움은 황금 들판에서 허수아비가 무서워 종일 배를 굶주리는 참새 떼의 두려움이다.

베트남 전쟁 포로수용소에서 8여 년 동안 모진 고문을 견뎌내고 생환한 몇 사람 중 한 명인 짐 스톡데일 장군, 그에게 함께 돌아오지 못한 적지 않은 병사들에 대해 물었다. "그들은 낙관주의자들이었어요." 뜻밖의 대답이었다. "그러니까 그들은 '오는 크리스마스까지는 나갈 거야' 하며 기대했지요. 크리스마스가 그냥 지나가자 '부활절까지는 틀림없이 나갈 거야' 하며 부풀어 있었고, 추수 감사절까지는, 다시 크리스마스까지는 가족 곁으로 돌아갈 수 있겠지 하고 생각할 수록 실망감과 낙심은 커갔지요. 그러면서 점차 살 의욕을 잃어갔습니다."

그렇다면 당신은 어떻게 그 긴 고통과 암흑의 시간을 이겨냈느냐고 물었다. 스톡데일 장군은 말했다. "나 역시 언젠가는 풀려날 거라는 걸 믿었고, 추호도 의심하지 않았어요. 그렇기에 당시 눈앞의 냉혹한 현실과 엄습하는 두려움을 직시했고 마음을 다스렸으며, 체력을 꾸준히 길렀지요." '스톡데일 패러독스'라는 심리학 용어가 생겨난 경위다.

두려움을 이기는 가장 좋은 방법은 그것에 맞서는 것이다. 두려움의 대상을 밝혀, 그것이 과거 기억의 허상인지, 참새의 어리석음인지, 아니면 준엄하게 받아들여야 할 현실인지부터 가려낸다. 그것이 피할 수 없는 현실이라면 그 이유, 즉 두려워하는 까닭을 냉정하게 파고들어갈 일이다. 원인을 실질적이고 세세하게 분석하여 약점은 보완하고 강점은 강화하여 효과적인 대책을 마련한다. 이때 경계해야 할 것이 '앞으로는 잘 될 것이다' '다시는 이런 일이 일어나지 않을 것이다'는 식의 대책 없는 낙관주의다. 이것은 무모함이거나 오만함이다. 책임자들의 장담과 다짐에도 불구하고 연이어 터지는 사고와 실패 사례들은 대부분 여기에서 비롯된다.

〈명량〉에서 이순신 장군은 달랐다. 부하 장수에게 시켜도 될 것을 장군이 직접 나서서 적과 싸워야 할 무대인 바다를 면밀히 탐색하고 물 흐름이 시간대별로 바뀌는 것을 찾아냈다. 그리고도 '어떻게 극한의 두려움에 빠진 병사들에게 용기를 줄 수 있겠습니까?' 하며 낙심하는 아들에게 장군은 비장하게 던진다.

"죽어야겠지, 내가."

# 출세의 추억

결국 공직과 권력을 이용하여
자신이 원하는 것을
얻고자 하는 사심이 강한 사람일수록
더욱 열심히 노력하고 출세하게 된다는 이야기인데…

군더더기는 빼고 솔직하게 말해보자. 궁둥이 땀띠 나도록 고시 공부해서 출세하려는 목적이 어디에 있나? 힘없는 약자들 편에서 그들의 억울함을 풀어주고 사회 정의를 구현하려고? 국가발전에 기여하고 국민의 안전과 풍요로운 삶을 위해 헌신하려고? 섶천의 소가 웃을 일이다. 돈과 시간을 들이고, 때로는 험한 꼴까지 봐가며 공천을 받고, 목이 쉬고 손발이 부르트도록 뛰어서 국회의원이 되려는 목적은 무엇인가? 국민들의 가려운 곳을 긁어주고 필요한 법을 만들어 국민들을 편안히 살게 하려고? 솔직히 그게 아니지 않습니까?

노벨 경제학상을 받은 뷰캐넌(J. Buchanan)은 오랜 기간 고위 공직자와 성공한 정치인의 도덕의식을 연구한 결과, 그들이 출세를 위해 많은 노력을 기울이는 이유는 그들이 쥐게 될 권력의 '예상 수익률'이 높다고 생각하기 때문이란다. 고위 공직이나 권력으로 얻을 수 있는 것은 자신의 이상을 실현할 기회나 권력 그 자체, 또는 이권이라는 것이다. 결국 공직과 권력을 이용하여 자신이 원하는 것을 얻고자 하는 사심이 강한 사람일수록 더욱 열심히 노력해 출세하게 된다는 말인데, 그만큼 도덕적으로 타락할 가능성이 크다는 점을 밝히고 있다.

애당초 출세한 사람들에게 직무에 대한 정직함이나 국가와 국민에 대한 헌신을 오로지 기대한 것은 큰 착오인지도 모른다. 그들도 좋은 집에서 호의호식하며 사는 것을 원할 것이고 사람들 위에서 으스대보고도 싶을 것이며, 가능하다면 자식과 후대에까지 부와 영광을 남겨주고 싶을 것이다. 이는 그들이 중요한 일을 맡게 된다면, 그 일의 성공이 자신의 사적인 이익을 직접적으로 높이는 경우와 겹칠 때 더욱 잘 해 낼 확률이 높다는 것을 말해 준다.

출세한 사람들의 또 다른 함정은 권력의 마법성이다. 권력에는 사람들을 취하게 해서 이성을 마비시키는 힘이 있다. 일종의 완장(腕章)의 힘인데, 그것을 찬 순간 조자룡 헌 칼 쓰듯 멋지게 휘둘러보고 싶어진다. 권력의 위력을 확인해보고 싶고 그 힘이 어디까지 미치는지 주위에 보여주고 싶은 것이다.

플라톤의 《국가론》에도 소크라테스와 논쟁을 벌이던 글라우콘이 '기게스의 반지' 전설을 예로 들면서 힘을 가진 자가 빠지기 쉬운 도덕적 취약성을 지적하는 대목이 있다. 선한 목동 기게스는 우연히 지진으로 죽은 거인으로부터 반지 하나를 얻게 되는데, 이것을 끼는 순간 자신의 모습이 보이지 않게 되는 마법의 반지였다. 욕심이 커가던 기게스는 급기야 왕궁으로 들어가 왕비와 간통한 후 아예 왕을 죽이고 왕이 된다. 플라톤은 인간 심성의 나약함과 견제되지 않은 권력을 '기게스의 반지'를 통해 전하고 싶었던 것이다.

어느 심리학자가 '만일 자신이 투명인간이 된다면 무엇부터 하고 싶은가?'라는 설문조사를 했더니, '여탕에 들어가기' '미운 놈 패주기' '공짜 비행기 타고 세계여행 하기' 등 별의별 이야기가 다 나왔으나 착한 일 하겠다는 얘긴 거의 없었다고 한다.

다른 측면에서 공직자의 아킬레스건을 지적한 사람으로 신학자 니부어(R. Niebuhr)가 있다. 그는 《도덕적 인간과 비도덕적 사회》라는 책에서 개인은 동정심도 있고 자신을 희생하면서도 다른 사람을 기꺼이 도우려는 이타심도 있으나, 일단 집단 속에 들어가 구성원이 되면 집단의 이익을 위해 이기적이고도 비도덕적인 성향을 보이게 된다고 한다. 그러므로 사회구조와 제도가 정의롭지 못하다면 개인의 도덕성만으로는 사회의 비도덕적 현상을 해소하는 데 한계가 있다는 것이다.

결국 사람을 믿지 말라는 이야기이다. 부정과 비리를 저지르는 관료나 정치인, 그 개인을 비난하기보다는 사회구조와 제도를 잘 벼려서 악의 유혹에 넘어가지 않도록 정치(精緻)한 시스템을 만들라는 것이다. 견제되지 않는 권력은 운명적으로 부패하기 마련이므로, 그 해답도 여기서 찾을 수밖에 없다. 우리나라의 권력구조에서 견제되지 않는 권력은 무엇인가? 그것을 찾아서 적절한 견제장치를 마련하는 것이다.

예를 들면, 입법기관인 국회의원의 신분과 대우에 관한 입법권은 헌법재판소나 대법원에 줄 만하다. 국회의원에 대해서도 장관 청문회와 맞먹는 수준의 검증제도를 도입하고 판사와 검사, 변호사의 비리에 대한 수사권과 기소권은 경찰이나 국회 소속 독립 기관에 넘기는 것이 어떨까? 제4의 권력으로 부상하고 있는 언론기관을 견제할 권한을 NGO에 맡기는 것도 고려해 봄직하다.

그런데 과연 누가 고양이 목에 방울을 달 수 있을까? 그 막강한 권력의 손가락에서 '기게스의 반지'를 빼내는 일은 깨어 있는 국민과 의식 있는 지성인의 몫이다. 계속해서 발언하고 공론화하며, 여의치 않으면 행동으로 나서야 한다. '잘난 사람은 잘난 대로 살고 못난 사람은 못난 대로 산다'며 우물쭈물하다가는 평생 못난 사람으로 산다.

# 인간은 더러운 강물인가

본능만 있고 생각이 없는 곳엔 가치가 없다.
이기적 욕구만 있고
인간적 사유가 없는 곳엔
아름다움이 없고 향기가 없다.

TV 프로 〈동물의 왕국〉을 보다 보면 동물들의 생태가 우리 인간과 많이 닮아 있음에 놀라곤 한다. 개미나 벌은 인간보다 더 체계적이고 각자 역할에 충실하며 무리 전체를 위해 자기 목숨도 기꺼이 내던지는 높은 수준의 윤리적인 면까지 보여준다. 암컷을 차지하기 위해 피를 튀기며 싸우는 수사자들의 결투를 보며, 사자로 태어나지 않은 것이 천만다행이다 싶은 허약한 사내들도 적지 않으리라.

하지만 〈동물의 왕국〉을 보는 재미는 역시 물불을 가리지 않는 야만성과 한 치 앞을 못 보는 어리석은 행동들을 보며 은근히 비웃어 보는 것이다.

내가 본 것 중 가장 한심한 장면은 스프링 벅의 집단 투신 모습이다. 스프링 벅은 아프리카에 서식하는 산양인데 이들은 적게는 대여섯 마리에서부터 삼사십 마리, 많게는 수백 마리까지 집단으로 생활

한다. 이들은 사자와 같은 맹수들의 침해를 피하기 위해 가급적 무리에서 옆으로 벗어나지 않으면서 신선한 풀을 먹으려고 애를 쓴다. 곁으로 빠지지 않으면서 신선한 풀을 뜯기 위해서는 결국 다른 녀석들보다 한 발이라도 앞서 나가는 수밖에 없다.

처음엔 좋은 풀을 찾아 조금씩 경쟁적으로 걸음이 빨라지다가, 무리가 점점 커지면서 앞으로 나아가는 속도가 차츰 빨라진다. 나중엔 자신이 왜 앞으로 달려야 하는지도 잊어버린 채 무작정 내달리기 시작한다. 결국 정글의 절벽에 이르게 되나 맨 앞의 스프링 벅은 이미 멈출 수가 없다. 뒤따르던 무리들도 마찬가지다. 안쓰러우면서도 참 한심한 것들이었다. "역시 동물은 동물이야." 하며 비웃음이 흘러나왔다.

동물과는 다른 인간에 대한 가장 유명한 정의는 파스칼의 '인간은 생각하는 갈대'일 것이다. "인간은 자연에서 가장 연약한 한 줄기 갈대일 뿐이다. 그러나 그는 생각하는 갈대이다. 그를 박살내기 위해 전 우주가 무장할 필요는 없다. 한 번 뿜은 증기, 한 방울의 물이면 그를 죽이기에 충분하다. 그러나 우주가 그를 박살낸다 해도 인간은 우주보다 더 고귀하다. 인간은 자기가 죽는다는 것을, 그리고 우주가 자기보다 우월하다는 것을 알기 때문이다. 우주는 아무것도 모른다." 파스칼의 《팡세》에 나오는 한 구절이다.

인간이 고귀한 것은 생각하는 존재이기 때문이다. 사람의 존재 의의와 사람다운 역할과 행동, 사람으로서의 가치와 존엄에 대한 사유

(思惟)가 진정 인간이게 한다.

생각 없이 산다는 것은 목적 없이 산다는 것이다. 자기 존재의 의의와 가치를 잊어버린 채 그저 본능대로 산다는 것이고, 동물적으로 산다는 것이다. 동물의 일생은 배고프면 먹고, 졸리면 자고, 발정기에 짝짓기 하고, 종족 보존 본능에 따라 새끼를 먹이고, 외부로부터 위험이 오면 피하는 것이 전부이다. 흔히들 동물은 배가 부를 만큼 먹고 나면 옆에 먹잇감이 있어도 잡지 않는데 반해 인간은 한껏 배가 불러도 사냥을 멈추지 않는다며 인간의 잔인성을 성토하지만 그건 모르는 소리이다.

동물은 자신만 배부르면 아무 생각이 없으나 사람은 내일을 대비하고 식구를 걱정하고 때로는 능력 없는 이웃을 생각하기 때문에, 자신의 배가 불러도 기꺼이 위험한 산길을 마다하지 않는 것이다. 그뿐 아니라 인간에겐 본능보다 더 꺾기 힘든 명예심이 있다. 사자나 호랑이가 최고 사냥꾼이라는 명예를 위해 열심히 달린다는 증거는 없다. 토끼나 사슴이 동료를 구하기 위해 자신의 목숨을 내던졌다는 이야기도 들은 적 없다. 그것들은 그저 자신의 안전과 배부름과 종족 보존이라는 본능적 욕구에 따를 뿐이다.

본능만 있고 생각이 없는 곳엔 가치가 없다. 이기적 욕구만 있고 인간적 사유가 없는 곳엔 아름다움이 없고 향기가 없다. 적나라한 이전투구와 동물적 냄새만 가득할 뿐이다.

"인간은 실로 더러운 강물이다."

생의 철학자 니체가 《자라투스트라는 이렇게 말했다》의 서문에서 한 말이다. 니체는 자라투스트라의 입을 빌려 당시 세상을 지배하던 위선적 종교와 윤리, 인간이 보이지 않는 공허한 논리와 전도된 가치관에 빠져있는 국가와 대중을 비판하면서 인간을 더러운 강물이라 했다. 인간의 탈을 쓴 동물들을 질타한 것이다.

그 시대에도 세월호 침몰과 같은, 사람의 생각과 행동이 있었다고는 도저히 상상할 수 없는 어리석고 참담한 아픔이 있었던가.

니체는 계속 말했다. "인간이 스스로를 더럽히지 않으려면, 모름지기 그 더러운 강물을 삼켜버릴 바다가 되지 않으면 안 된다." 그러고는 바다 같은 사람, '초인(超人)'을 대망했다. 말이 거창하여 초인이지 실은 생각이 있는 사람, 명예를 아는 사람, 욕망과 이성에 대해 초연한 균형을 유지할 수 있는, 진정 인간의 내면을 가진 사람이다.

더러운 강물 같은 인간을 구원할 길은 각자가 스스로 바다 같은 사람이 되는 것이다. 인간이 더러운 강물일 수는 없지 않은가.

# 누가 큰 그릇인가

보편적인 가치관의 안경을 끼고
기울지 않은 각도에서 보아야 하며
특정 계층이나 집단의 이해관계에서
자유로워야 한다.

"나를 남자로 만들어 주지 않겠나!"

줄리어스 시저가 루비콘강을 앞에 두고 불안감에 떨고 있는 부장들과 병사들을 향해 외친 말이다. 그는 무장해제 후 귀국하라는 로마 원로원의 권고를 무시하고, 갈리아 원정을 함께 했던 군사들을 거느린 채 로마로 입성하려는 위험한 결단을 막 내린 참이었다.

무작정 '나를 따르라'도 '저 너머에 금은보화와 진수성찬이 우릴 기다린다'는 지키지 못할 약속을 외친 것도 아니었다. 그저 지금까지 죽음의 위험과 먹고 자는 불편함을 똑같이 나누었듯 행운도 공평하게 나누며 싸워 온 그 정리(情理)로, 이제 로마의 미래를 위한 결단에 함께하여 자신을 멋진 남자로 한번 만들어 달라는 것이었다. 남다른 열정과 비전에 진술하기까지 한 이런 남자라면 기꺼이 자신의 인생을 걸어볼 만하다는 생각이 들지 않을까.

시오노 나나미는 《로마인 이야기》에서 시저를 지도자의 전형으로 묘사하며, 리더의 5가지 덕목을 들고 있다. 지력, 설득력, 육체적 내구력, 자기 제어력, 그리고 지속적인 의지력이 그것이다. 시오노 나나미는 각 덕목마다 충분한 사례를 덧붙이지만 그중에서도 "노여움이란 노해야 할 정도인 상대에게까지 내려가서 폭발시키는 감정이다. 카이사르는 스스로를 낮추어 그런 자와 대등한 자리에 서는 것을 거부했다."며 그의 자제력을 높이 샀다.

그런 시저도 우리의 위대하신 대왕 세종에게는 한참 못 미친다. 눈부신 수많은 업적들, 그중에서도 세계 역사상 가장 위대한 발명인 한글을 창제한 것은 그 자체로도 대단하지만, 온 국민이 자신의 생각을 표현할 수 있게 함으로써 인간다운 삶을 누리게 하려는 지극한 애민정신이 더 빛난다. 누구도 상상할 수 없는 창의적인 생각, 집단적이고 조직적인 반대 세력을 일관된 논리로 설복시킨 집요함, 많은 반대 의견과 다른 주장까지도 기꺼이 껴안고 간 넓은 가슴 등 세종의 걸출함은 성인에 가깝다.


"만약 배를 만들고 싶다면 사람들에게 목재를 가져오라 하거나, 일감을 지시하지 말라. 대신 그들에게 바다를 그리워하게 하라."고 한 말씀은 분위기의 남자 시저조차 탄복할 아름다운 감성의 예지를 보여주지 않는가?

다만 세계인에게 덜 알려진 것이 큰 아쉬움인데, 그것은 세종대왕이 아직 시오노 나나미 같은 작가를 만나지 못했고, 그녀가 많이 참

조했을 《줄리어스 시저》를 쓴 셰익스피어 같은 빼어난 문호의 재주를 빌리지 못한 탓이다.

우리는 예로부터 이런 위대한 사람들을 큰 그릇(大器)에 비유해 왔다. 그릇은 생명의 자양분인 물과 밥과 반찬을 담는 용기임에 비춰볼 때, 사람의 됨됨이를 그릇에 비유함은 그 의미가 자못 크다. 사람이 살아감에 있어 가장 필요한 어떤 자질을 얼마만큼 지니고 있느냐가 그 사람에 대한 중요한 평가 기준이 될 수 있기 때문이다. 범인(凡人)은 제 밥그릇 채울 정도의 소박한 교양과 지식이면 족할 것이나, 나라를 이끌 대인에겐 큰 대야에 담아도 넘칠 만큼의 웅숭깊은 인성을 기대하게 된다.

큰 그릇에는 우선 현실에 대한 정확한 인식과 상황 돌파를 위한 예리한 판단력이 담겨 있어야 한다. 보편적인 가치관의 안경을 끼고 기울지 않은 각도에서 보아야 하며 특정 계층이나 집단의 이해관계에서 자유로워야 한다. 시저가 로마로 진군한 것은 기득권에 안주한 원로원을 혁파하지 않고서는 '팍스 로마나(Pax Romana)'를 실현할 수 없다는 엄정한 상황 인식에서 나온 역사적 결단이었다.

다음으로 사람과 사물에 대한 따뜻한 감성과 미래를 내다보는 차가운 눈을 가져야한다. 감성은 거짓이 없기에 마음으로부터 소통이 가능하며, 많은 통치자의 경우 출발은 좋았으나 나중이 실망스러웠던 것은 내일에 대한 예지력이 부족했기 때문이다. 세종대왕이 한글을 만든 것은 무지에서 벗어날 길 없는 서민에 대한 애끓는 감성의 발로였으며, 국가 천년 번영을 위한 문화적 비전의 실천이었다.

또한 큰 그릇에는 그 용량에 맞는 넓은 포용력이 있어야 한다. 사실 큰 그릇이 큰 인물을 뜻하게 된 연유는 담을 수 있는 품이 깊고 넓은 데서일 것이다. 리더가 가장 빠지기 쉬운 함정이 내 생각과 같은 사람, 나에게 이익이 되는 사람만을 중용하는 것이다. 세종대왕과 시저는 물론이고 링컨, 넬슨 만델라, 춘추시대 최고의 명군 제환공 등 역사상 위인들은 하나같이 반대파를 과감히 기용한 공통점이 있다.

무릇 지도자의 면모는 이러해야 하기에, 노자(老子)는 대기만성(大器晚成)이란 말로 큰 인물은 하루아침에 나오지 않음을 가르쳤다. 하지만 다른 한편으론 유만주(俞晩柱)의 지적, '대기만성이란 말 한마디가 얼마나 많은 못난이들을 함정에 빠뜨렸던고(大器晚成一語, 陷殺多少庸儒)'처럼 헛된 희망을 품게도 한다, 대기만성이란 말에 기대어 너도나도 큰 인물이 될 날이 있을 것이라며 분수 모르고 나서니 말이다.

진정 누가 큰 그릇인가?

요모조모 잘 살펴야 한다. 자웅난변(雌雄難辨)이라, 시커먼 까마귀는 암수 구별이 심히 어려운 법이니까.

# 일모도원(日暮途遠)

오로지 나 혼자 힘으로,
우왕좌왕하다가 낚시에 걸린 물고기 신세만 아니 되길 바라며
살아가야 하는 삶이니
아니 슬플 수 있나…

한 해 중에 꼭 이맘때가 되면 그렇다. 마음이 오래 입은 스웨터처럼 헐거워진다. 실없이 감상적으로 된다. 1월부터 12월까지 애면글면 채근해온 마음을 내려놓는다. 어차피 애를 쓰고 용을 써봐야 며칠 남지 않았는데 무얼 얼마나 할 수 있을까. 금년은 이쯤에서 서서히 마감하자. 벌인 일 중에서 깜박 놓쳤거나 잘못된 것은 없는지 챙기면서 갈무리나 잘 해야지. 이런 생각이 들면서 일 년 내내 바늘 하나 꽂을 데 없이 촘촘하게 얼어붙었던 마음 바탕에, 논바닥 얼음의 숨구멍인 양 가볍게 톡 건드리기만 해도 바스락 소리를 내며 제법 큰 구멍을 내어준다. 그 속으로 지난 세월의 결절(結節)들이 짠한 추회(追懷)와 함께 도드라진다.

이때 떠오르는 상념은 삶의 희열보다 연민이 앞선다. 사람의 본성

은 기쁨보다 슬픔에 더 친화적인가. 역사상 인류를 감동시킨 불후의 연극은 모두 비극이었다. 그러니 사람이 살면서 유난히 잊히지 않는 슬픈 장면 한두 가지쯤 가슴에 안고 있는 것은 어쩔 수 없으리.

그리고 그런 장면은 무슨 하늘이 무너지고 땅이 꺼지는 비통한 사건이 아니라 뜻밖에 평범한 일상의 소품 같은 것이어서 새삼 놀란다. 안톤 슈낙의《우리를 슬프게 하는 것들》이 감동의 명문으로 남아 있는 것도, 서럽게 울고 있는 아이의 모습이나 출세한 옛 친구의 거만해진 모습, 오랫동안 사랑하는 이의 편지가 오지 않을 때나 초행(初行)의 어느 시골 주막에서의 하룻밤 같은, 생활 속의 애틋함이 한동안 잊고 지내온 기억의 빗장을 풀어 헤쳐 놓기 때문이 아니던가.

어린 시절 어느 해질녘, 같이 놀 동무를 찾아 나섰다가 찬바람만 쌩하니 지나는 골목길을 혼자 몇 바퀴 돌다 뒤돌아섰을 때의 그 적막감을 잊을 수 없다. 왜 이 시간에 나 혼자만 이렇게 나와 있을까?

고등학교를 졸업하던 날, 남쪽 항구라 좀처럼 보기 힘든 눈이 하필이면 그날 내렸는지. 눈물인지 눈(雪)물인지 눈물에 어린 교정이 너무 아름다워 참 슬펐다. 나의 가장 아름다운 시절은 그렇게 날리는 눈발 속으로 저물어 갔다.

훌쩍 장년이 되어 오랜만에 찾은 고향, 어느새 해는 져 어두운데 저 아래 산자락에 둘러싸인 오붓한 마을에서 피어오르던 저녁밥 짓는 한 줄기 자색 연기는 왜 반가움이기 전에 진한 슬픔이었나.

나의 기억 속의 슬픈 장면은 외로움이거나 떠남이거나 고향이다. 그리고 그런 장면은 해질녘과 잘 어울린다. '해는 져서 어두운데 찾아오는 사람 없어 밝은 달만 쳐다보니 외롭기 한이 없다. 내 동무 어디 두고 이 홀로 앉아서 이 일 저 일을 생각하니 눈물만 흐른다' 현제명 선생의 〈고향 생각〉이 흥얼거려지면 틀림없이 외롭거나 슬플 때이다. 고향 생각이 나거나 어머니가 그립거나 옛 친구가 보고플 때이다. 나의 마음을 이해해 줄 사람이 아쉽거나 나의 처지를 함께 아파해 줄 사람이 필요할 때이다.

금년에는 헐거워진 마음에 상념은 조금 더 깊이 침잠한다. 개인적 슬픈 장면이 사회적 장면으로 조금 어른스러워진다. 사람의 가치를 사회적 지위로 잰 속물근성이 부끄럽고, 나의 부실함과 무지를 타인에 대한 불평과 까다로운 잣대 들이대기로 모면하려 한 얕은 수도 빤히 보인다. '정의란 약자를 위한 언어다'라면서도, 센 자 앞에서 기꺼이 비굴함을 감수한 못난 모습은 누구 탓으로 돌릴까. 극단과 분노의 시대에 어떤 형태로든 동참하지 못하는 나약함에, 깃털보다 가벼운 존재감에 성긴 한숨이 길어진다.


왜 신을 닮은 인간 세상에 이토록 불의와 미움이 횡행할까? 왜 착한 사람은 못 살고 나쁜 사람이 더 잘 살까? '불의가 그토록 자주 승리한다면, 어떻게 이 세상이 정의와 사랑의 신이 다스리는 세상이라고 할 수 있을까?' 칼라일이 역사상 가장 위대한 문헌의 하나라 극찬한 〈욥기〉의 철학적 질문에 고개가 끄덕여진다. 선함과 부유함은 무관하며, 정의와 승리도 아무런 연결 고리가 없음을 익히 체득하였음에도 애써 인과응보의 낌새라도 찾고 싶은 것은 무력한 자의 애소(哀訴)인가.

이러니 세상이 아니 외롭다 할 수 있나. 오로지 나 혼자 나의 힘으로, 우왕좌왕하다가 낚시에 걸린 물고기 신세만 아니 되길 바라며 살아가야 하는 삶이니 아니 슬플 수 있나. 선하게 사는 것도 의지할 바 못 되고 정직하게 사는 것도 힘이 되지 못하니 그저 한숨이나 지으며 부지런히 갈 수밖에.

갈 길은 먼데 해는 벌써 서산 너머로 지고 있지 않나. 저물어 가는 나그네 길에 함께할 동무조차 없다면 이보다 더 처량할 수 있을까. 동무 찾아 나섰다가 빈 골목만 확인하고 홀로 울먹이며 돌아서던 어린 시절의 그 장면을, 그와 유사한 이웃의 모습을 이 계절에 다시 본다면 차마 못 할 일이다. 서둘러 동창회 송년 모임에라도 가야 할까 보다.

갈 길은 먼데 날이 저물고 있다.

# PART 5

# 슬픔도 노여움도 없이 살아가는 자는
# 조국을 사랑하고 있지 않다

---

솔제니친 《이반 데니소비치의 하루》 중에서

# 폭풍우라도 기다려야 하나

하긴 옹골진 행복과 환희는
거절과 금기 가운데
자라난다는 이치를 깨닫기까지는
좀 더 세월이 필요할 것이다.

우리에게 기다림만큼 아름다운 정서는 없다.

그냥 달려가도 될 텐데, 빨리 오라고 재촉할 수도 있고, 얼마간 기다리다 정 가망이 없으면 슬며시 포기하고 돌아서도 될 텐데 그렇게 하릴없이 누군가를, 그 무엇을 기다리는 마음, 아련한 그리움과 배려가 있는 고운 마음이 아닌가. 기다림에는 간절함이 있으나 욕심이 없으며, 인내는 있어도 맛이 전혀 쓰지 않다.

지난 추석 고향에서 자식을 기다리시던 부모님의 마음은 "바쁠 테니, 오는 길 복잡할 테니, 오지 않아도 된다."고 말씀은 하셨지만, "그래도 효성스러운 내 자식은…" 하시며 아침상 물리기 바쁘게 골목길 저 끝으로 연방 눈길이 머무는 그 모습은, 우리들 가슴이란 화면에서 언제까지나 살아 움직이는 동영상 '기다림'이 아닌가. 그것은 함초롬히 이슬에 젖은 채 예쁜 달이 뜨기를 그윽이 기다리는 달맞이

꽃의 경지를 닮았다. 설움인 듯하지만 아름답고, 애처로운 듯하지만 단아함이 있다.

"얼마나 기다리다 꽃이 됐나 / 달 밝은 밤이 오면 홀로 피어 / 쓸쓸히 쓸쓸히 미소를 띠는 / 그 이름 달맞이꽃"

눈이 불편한 가수 이용복 님은 아주 처량하게 노래했지만 파란 하늘 장막을 배경 삼아 달빛에 고혹된 샛노란 달맞이꽃은 속된 외로움보다 고고함에 가깝다. 그래서인지 우리 전설에는 기다리다 꽃이 된 이야기보다 돌이 된 사연이 많다. 치술령 망부석을 비롯하여 곳곳에 떠나간 임을 기다리다 돌이 된 전설이 있다. 신라 눌지왕 때 충신 박제상은 왜국에 볼모로 잡혀간 왕의 아우를 구출하기 위해 바다를 건넜다. 그는 왕제 미사흔을 내보내고 대신 붙잡힌 신세가 되었다. 박제상의 아내 김 씨는 지아비를 기다리며 어린 두 딸과 함께 매일 동해바다가 내려다보이는 치술령에 올랐다. 김 씨와 두 딸은 기다리고 기다리다 끝내 돌이 되었다.

현대에 와서는 한 시인의 지순한 사랑이 끝내 응답을 얻지 못하자, 차라리 스스로 바위가 되기를 갈구한다.

내 죽으면 한 개 바위가 되리라 / 아예 애련(愛憐)에 물들지 않고 / 희로에 움직이지 않고 / 비와 바람에 깎이는 대로 / 억년 비정(非情)의 함묵(緘默)에 / 안으로 안으로만 채찍질하여 / … 소리 나지 않는 바위가 되리라

청마(青馬) 유치환이 시조 시인 정운(丁芸) 이영도를 극진히 사랑한 이야기는 유명하다. 청마는 3년여 기간 동안 거의 매일 정운에게 연서를 보냈다. 하지만 정운은 20대 초반에 홀로된 청상(青孀)으로 외롭기 그지없는 처지였지만 아내 있는 남자의 사랑을 받아들일 수 없었다. 차마 답신은 하지 못할망정 매일 오던 그 사람의 편지까지 외면할 수 있었으랴.

　오면 민망하고 아니 오면 서글프고 / 행여나 그 음성 귀 기울여 기다리며 / 때로는 종일을 두고 바라기도 하니라

그들의 애틋한 사랑이 오랜 참음 뒤에 겨우 맞은 것은 찻집에서 가진 두세 번의 만남이 고작이었다.

　정작 마주 앉으면 말은 도로 없어지고 / 서로 야윈 가슴 먼 창만 바라다가 / 그래도 일어나서 가면 하염없이 보내니라

안을 수 없는 사랑이래도 그리움조차 없지 않을 터, 그들의 사랑은 이렇듯 속절없는 기다림과 견딤의 여울이었다.
그래도 청마는 행복했다.

　오늘도 나는 에메랄드빛 하늘이 환히 내다뵈는 / 우체국 창가에 앉아서 / 그대에게 편지를 쓰노니 … / 그리운 이여, 그

러면 안녕! / 설령 이것이 이 세상 마지막 인사가 될지라도 /
사랑했으므로 진정 행복하였네라

오늘날 우리 젊은이들에게 답신 없는 연서를 3년 동안 매일 보내
고, 마냥 기다리다 기껏 두세 번 만난 것으로 이렇듯 행복해했던 시
인의 이야기를 들려주면 그들은 어떤 표정일까? 쉽게 만나고 거침
없이 표현하고 행동하는 요즘 젊은이들의 솔직함에 때론 감탄하기
도 하나, 과연 그들의 사랑법이 시인의 그것보다 행복하기나 할까?
하긴 옹골진 행복과 환희는 거절과 금기 가운데 자라난다는 이치를
깨닫기까지는 좀 더 세월이 필요할 것이다. 쉽게 얻은 성취가 인고의
기다림 끝에 얻은 과실에 어찌 비견할까?

가을은, 눈이 부시게 푸르른 하늘은 기다림의 계절이다. 가슴을
설핏 헤치고 드는 바람결이 기다림에 적합하고, 유난히 맑은 가을 달
이 누군가를 기다리기에 딱 좋다. 오매불망 보고 싶은 자식이 아니라
도, 불면의 밤을 지새우게 하는 그리운 임이 아니라도, 그냥 문득 듣
고 싶은 소식이라도, 무엇이든 기다리기에 참 좋은 계절이다. 그러니
기다려 보자.

답답한 세월, '우리에게도 좋은 날이 오겠지' 하고 기다려 보자. 유
난히 무덥던 지난여름, 혼탁해진 하늘과 땅, 맑은 폭풍우라도 시원하
게 몰아쳐 깨끗이 씻길 날을 기다려 보자.

하늘에도 게으른 흰 구름이 돌고 / 땅에서도 고달픈 침묵이
깔아진 / 오 - 이런 날, 이런 때에는 / 이 땅과 내 마음의 우울
을 부술 / 동해에서 폭풍우나 쏟아져라 - 빈다

일제 강점기 이상화 시인의 시가 오늘을 노래하고 있다.

# 약자에 대한 예의가 따뜻한 세상을 만든다

약한 사람은 선해지기 쉽고,
강한 사람은 악해지기 쉽다.
약자는 선하지 않기가 어렵고,
강자는 악의 유혹을 뿌리치기가 어렵다.

세상의 아름다운 사연은 대부분 약자에 대한 사랑 이야기다.

사람마다 기억하는 아름다운 이야기는 다르지만 공통점은 굶주
리거나 병들어 고생하는 사람, 외로운 사람, 힘없고 못난 사람 같은
약자를 위로해주고 배려하는 이야기가 태반이다. 꼭 옳은 일을 위해
고난을 겪는 사람이 아니라도 어려운 처지에 있는 사람을 위해 마음
을 쓰고 자신의 작은 것이라도 내어놓는 이야기는 늘 우리를 감동시
킨다.

작가들이 그려낸 숱한 영웅들의 이야기, 불굴의 신념과 초인적 능
력으로 위대한 업적을 이룩한 거인들의 이야기는 감탄은 있을지언
정 심금을 울리는 감동은 찾기 어렵다. 마음을 정화시키고 눈물을 훔
치게 하는 감동은 주인공의 영웅적 행위에서가 아니라 그가 위험에
빠졌을 때 자신의 안위를 돌보지 않고 몸을 던져 주인공을 구해내는

빛나는 조연의 헌신에서 얻는다.

위대한 서사시 〈일리아드〉에서 영웅 아킬레우스는 우리에게 운명에 맞서는 격한 무용담을 보여주지만, 정작 우레 뒤의 먹구름처럼 우리의 가슴을 먹먹하게 하는 것은 노을이 깃든 트로이의 명장 헥토르의 인간적인 약점이 아니던가. 어린 아들을 안고 젖은 눈으로 호소하는 안드로마케와의 가슴 저린 이별, 왕실의 보존과 시민의 자유를 위해 기꺼이 맞는 장렬한 죽음, 호메로스가 주인공 아킬레우스의 장례가 아니라 헥토르의 장례식으로 대서사시를 마감한 저의가 심오하다.

하다못해 흔한 연애 드라마에서도 애틋한 여운으로 오래오래 폐부에 남는 것은 쉽게 다가서지 못할 것 같은, 구겨진 인생이거나 곤고한 삶 속에 던져진 인물을 사랑할 때이다. 누구나 좋아할 만한 사람을 사랑하는데 감동을 느끼는 사람은 없다. 부유하고 잘나고 센 사람에게 호의를 보이는 것은 비굴이 아닌지 의심해볼 만하다.

감동이란, 감동을 주는 사람이란 흠이 있고 뭔가 부족함이 있는 사람을 한 사람의 온전한 인격체로 존중하는 사람이다. 이것은 힘 있는 자, 여유 있는 자가 누릴 수 있는 특권이며 은혜이다. 신이시여! 이 세상의 저 많은 가난한 사람들을 넉넉히 도울 수 있을 만큼만 저를 부유하게 하소서!

약한 사람은 선해지기 쉽고, 강한 사람은 악해지기 쉽다. 약자는 선하지 않기가 어렵고, 강자는 악의 유혹을 뿌리치기가 어렵다. 약자는 악해지고 싶어도 그럴 힘과 기회가 없기 때문이며, 강자는 망치를 손에 쥐면 무엇이든 내려치고 싶어지듯, 가진 힘을 어느 때든 아무 곳이든 써보고 싶어지기 때문이다.

강자에게 약자를 배려하고 존중하라고 하는 것은 망치에 못 노릇하라고 하는 것만큼이나 난감한 일인지 모른다. 교양과 도덕과 겸양이 두루 겸전해야만 가능한 일이다. 사람의 인품은 자신보다 못한 사람을 어떻게 대하는가로 가늠될 수 있다. 한 사회의 문화 수준도 약자를 배려하고 존중하는 의식 수준이 한 가지 중요한 기준이 될 수 있다.

어느 교수님으로부터 들은 이야기다. 그가 미국에서 어렵게 공부하고 있을 때 앞 차를 들이박는 사고를 냈다. 본인 차는 중고 소형차였으나 상대의 차는 최고급 세단이었다. 앞 차에서 한 신사가 내렸다. 눈앞이 깜깜해지고 있을 때, 신사는 근심어린 표정으로 다친 데는 없느냐고 물었다. 유학생임을 확인하고는 쭈그러진 차를 고쳐 쓸 수 있겠느냐고, 자기 차는 자신이 알아서 처리할 테니 염려하지 않아도 된다고 하더란다. 이후 교수는 자동차 추돌사고 발생 시 자기 차보다 값싸 보이는 차 운전자에게는 절대 책임을 묻지 않는 철칙을 가지게 되었다고 한다.

선의(善意)에는 전염성이 있다. 선의를 입은 사람은 남을 도울 수 있는 위치에 서게 되면 자신도 그렇게 해보고 싶은 마음이 동한다. 멋진 행동임을 알기 때문이다. 선의가 선의를 낳는다.

아무리 고운 꽃도 한 송이로 빛나기는 쉽지 않다. 꽃도 나무도 사람도 여럿이 함께 어울려야 생기도 있고 보기도 좋다. 아름다움은 균형과 비례에 있다고 하나, 미의 완성은 크고 작고, 높고 낮고, 귀하고 평범한 것의 조화, 어울림에 있다. 서로 도와주고 보완하며 이모저모로 감춰주고 감싸 안아주어 아픔이 잊히고 서러움이 녹아내리는 데 아름다운 삶이 있다.

강자의 겸손, 부자의 자선, 승자의 아량은 인간에 대한 예의이다. 인간에 대한 예의가 편만한 사회는 권력자와 그 주변의 악취도, 기업인의 갑질도, 장애인에 대한 편견도, 무모한 폭행도 사라지고 정(情)이 강물처럼 흐르는 사회이다. 강자에 대한 예의는 비굴이기 쉬우나, 약자에 대한 예의는 참사랑이다.

영웅 아킬레우스의 용기보다 더 아름다운 패장 헥토르의 약점이 그 증거다. 약자에 대한 예의가 사람이 살 만한 세상을 만든다.

# 내 속의 악인

황량한 벌판의 한가운데
외롭게 서 있는 자신.
어느 날 갑자기 전혀 딴 사람인 듯
무섭게 변하는 일은 없을까?

"너희 중에 죄 없는 자가 먼저 돌로 쳐라."

성경의 극적인 기록 중 하나인 이 장면에서, 예수님 앞에 끌려 나온 죄인이 왜 하필이면 간음녀였을까? 만일 강도짓을 하다가 잡혀 온 죄인을 두고 예수님이 같은 말씀을 했어도 사람들이 슬금슬금 꽁무니를 뺐을까?

성경은 인간 속에 내재한 죄의 본성 중에서 인간이 스스로 쉽게 인지할 수 있도록, 가장 강력한 본성의 일단인 성적인 죄를 꺼내 든 것은 아닐까? 이를 위해 '마음에 음심만 품어도 간음'한 것이라고 선언하여 훌륭한 복선까지 미리 깔아 둔 것은 아닐까?

악인은 보통의 사람들과는 다른 특별한 존재일 것이라는 오래된 생각에 돌팔매질을 한 사람은 한나 아렌트였다. 그녀는 《예루살렘의 아이히만》에서, 법정에 선 아이히만이 수백만 명의 유태인을 죽음으로 몰아넣으면서도 전혀 양심의 가책을 느끼지 못했다는 증언을 듣고 충격을 받는다. 그녀는 전 재판 과정을 면밀히 지켜본 후, 아이히만이 어디에서 뚝 떨어진 괴물이 아니었음을, 한때는 평범한 우리의 이웃이었음을 알고는 또 한 번 눈을 비빈다. 아렌트는 양심이 인간에게 본연적인 것이 아니라 환경과 사회적 여건에 의해 얼마나 쉽게 변질될 수 있는 것인가를 간파한다. 그러고는 악(惡)이 평범한 모습을 하고 언제 어디서나 우리와 함께 가까이 있을 수 있음을 밝힌다. '악의 평범성'이란 말이 나온 배경이다. 이 책이 나온 뒤 그녀는, 희대의 살인마 아이히만을 우리와 다름없는 평범한 사람과 동일하게 본 데 대해 유태인 사회는 물론 친구들로부터도 엄청난 비난을 감수해야 했다.

아렌트의 주장을 실험으로 보여준 필립 짐바르도 박사의 '스탠퍼드 감옥 실험'은 이미 많이 알려져 있다. 중산층 이상의 평범한 젊은 이들로 하여금 죄수와 간수로 무작위로 나누어 역할극을 하게 했는데, 6일이 지나자 간수는 고문을 서슴지 않는 잔인한 인간으로, 죄수들은 비굴한 인간으로 변해 있더라는 것이다.

철학자 애덤 모턴 교수도 '인간은 왜 잔혹한 행동을 하는가'에 대해 본격적으로 연구한 학자 중 한 사람이다. 그는 '악'이 특별히 존재한다는 관념 자체가 위험하다며 세상 악의 대부분이 오히려 정상적으로 사회생활을 영위하는 사람들의 행동에서 비롯된다는 것을 논증해내고 있다. 한 개인의 행동은 흔히 우리가 짐작하는 것보다 더 많이 상황에 의존한다. 우리가 목격하는 돌출 행동들은 해당 인물들의 별남보다는 그들 각자가 처한 상황의 별남에 기인하는 바가 더 크다는 것이다.

오늘도 세상에는 사람의 짓이라고는 도저히 상상할 수 없는 사이코패스, 연쇄살인범, 성 범죄자, 테러리스트가 연이어 출현하여 몸서리치게 하고 있다. 분명 어제의 그들은 우리와 다를 바 없는 평범한 사람이었을 것이나, 오늘은 전혀 다른 방식으로 생각함에 틀림이 없어 보인다. 그들은 자신의 악한 행동이 피해자가 같은 인간이라는 점을 일부러 외면하는 특수한 고의성 아래에서 이루어진다고 애덤 모턴 교수는 말한다. 한나 아렌트도 아이히만의 인식 없는 잔혹성에 대해 세 가지의 무능성을 언급한 바 있다. 곧 말하기의 무능성, 생각의 무능성, 그리고 타인의 입장에서 생각하기의 무능성이 그것이다.

두 사람의 공통된 결론은 악인은 타고나는 것이 아니라 만들어지는 것이라는 것, 그리고 악행으로의 이행은 타인의 존재 가치에 대한 인식과 공감 의식의 결여에서 찾고 있다. 악을 향한 능동적 의지는 애초에 없다. 다만 악에 대한 인식의 결핍이 있을 뿐이다. 공동체로부터의 배제가 더해지고 인간으로서의 존엄성이 훼손될 때 타인의 존재가치는 점차 희박해지며, 아는 사람에 비해 심히 불공평함을 느낄 때 분노는 부글부글 폭발의 출구를 찾는다.

오늘날의 악은 산적 소굴이나 해적선, 또는 타고난 심술꾼, 계모에 의해 저질러지는 것이 아니다. 깔끔한 차림에 온화한 미소, 때론 예의 바른 이웃의 모습으로 다가온다. 영화 속의 뱀파이어나 소시오패스가 하나같이 멋진 정장에 섹시한 미남인 이유이다. 나도 어느 순간 걷잡을 수 없는 분노와 경멸의 불길에 휩싸여 어쩔 줄 몰라 했던 기억이 있다, 미남이 아니어서 마지막 선은 넘지 않고 겨우 버텨낸 모양이지만.

악에 대해 이해할 수 있다고 해도 그것이 악에 대한 비난을 피해갈 구실은 될 수가 없다. 언제나 악은 응징되어야 하고, 반드시 응징된다는 것을 보여주어야 하고, 그 짓이 얼마나 허망하며 후회막급한 일인지를 뼈저리게 느끼게 해주어야 한다. 그럼에도 불구하고 그것으로 다 끝낼 일이 아니다.

"날 경멸의 눈으로 보면 미친놈으로 보일 거고, 경배의 눈으로 보면 신으로, 그리고 나를 똑바로 쳐다보면 너 자신이 보일 것이다."
미국의 연쇄살인범 찰스 맨슨이 했다는 말, 가당찮은 넋두리로만 치부하기 전에 나 자신을 다시 한 번 보게 한다. 황량한 벌판의 한가운데 외롭게 서 있는 자신, 어느 날 갑자기 전혀 딴 사람인 듯 무섭게 변하는 일은 없을까? 세상이 조금 더 공평하고 조금 더 따뜻한 사회가 된다면 내 속의 악인이 잘 다스려질까, 늘 걱정이다.

# 일자리에 대한 엉뚱한 상상

오늘날 국가의 모든 일자리를 사회의 일부 계층이
특혜를 받거나 과점해서는 안 되는,
국민 전체가 골고루 누려야 할
공공재(公共財)로 보자는 것이다.

　우리의 미래, 한국 청년들이 삶의 의미와 희망을 잃어버린 채 말
복 지난 매미들처럼 애처롭게 울어대고 있다. 또는 주체할 길 없는
분노에 휩싸여 '폴란드 망명정부의 지폐'처럼 이리저리 거리를 방
황하고 있다. 당국은 화급한 청년실업 해소를 위해 무엇을 내놓았는
가?

　스타트업과 창의적 중소기업 지원, 교육과 취업의 미스매치 해소
를 위한 직업훈련 강화, 단기 일자리 제공 등 언 발에 오줌 누기 식
대책이 고작인가? 몇몇 지방자치단체가 내놓은 '청년수당'은 "물고
기 잡는 법을 가르쳐야지 물고기를 그냥 주면 청년들을 망친다."는
비난과 "당장 굶어 죽어가는 사람한테는 일단 고기를 줘야 한다."는
반론으로, 의심스러운 효과에 비해 소리만 요란하다. 비책인 양 정
부가 서두르고 있는 '노동개혁'도 따지고 보면 궁핍한 노동자끼리

의 제로섬 게임이 아니냐는 저항에 맞닥뜨려 갈등이 증오로 내닫고 있다.

이런 논쟁을 보며, 분명해진 것이 있다. 전문가들의 공통된 지적대로 청년실업 문제가 경제 역동성 쇠퇴와 결혼과 출산의 포기, 그리고 인구절벽으로 이어져 국가재난 상황에까지 이르렀다는 것과 종래 당국에서 내놓은 대책이 근로자의 입지에 비해 상위 계층의 고통 분담이나 희생은 구체적으로 논의된 바가 별로 없었다는 것이다. '콩 한 쪽도 서로 나누는 공동체'는 근로자 공동체만이 아니라 국가 전체 공동체여야 하는데도 말이다.

뭔가 특단의 대책이 아니고는 백년하청(百年河淸)이란 생각에, 셰익스피어의 표현을 빌리면, "이렇듯 더럽혀진 하늘은 폭풍우 없이는 깨끗이 씻길 수 없다"는 느낌으로 감히 몇 가지 대책을 상상해 본다.

먼저 새로운 시각에서 '일자리 공개념'을 발안한다. 우리는 토지 소유 편중과 투기 과열, 집값 급등 문제를 근원적으로 해결하기 위해 토지 공개념을 도입한 바 있으며 계속 논의 중에 있다. 한때 사회 갈등과 부조리 문제를 앞에 두고 '정의'에 관한 담론이 한창일 때, 그 해답이 '공공선(公共善)'에 있음에 모두들 공감하기도 했다.

마찬가지로 오늘날 국가의 모든 일자리를 사회의 일부 계층이 특혜를 받거나 과점해서는 안 되는, 국민 전체가 골고루 누려야 할 공공재(公共財)로 보자는 것이다. 구체적인 방안 몇 가지를 들어보자.

첫째, 사회 전반에 '총체적 직업 정년제'를 도입하는 것이다. 현재의 정년제도는 공직과 기업의 관리자급까지만 적용되나, 이를 전체 직업군과 직급에 공히 적용하자는 것이다. 국회의원이나 장·차관 등 고위 공무원, 기업의 임원과 경영자에게도 똑같이 정년을 두는 것이다. 겨우 생계를 유지할 정도의 소득으로, 그나마 노후 걱정에 폭풍우 치는 날의 거미줄 위의 거미처럼 불안한 나날을 보내고 있는 근로자들에겐 칼 같이 적용되는 정년제도가, 돈과 권력을 넉넉히 맛본 그들에게는 왜 제외되어야 하는지 모르겠다. 일률적인 정년제 도입이 어렵다면 연임 제약이라도 엄격하게 채택하여 인사 숨통을 열어 둘 필요가 있다.

다음으로 '평생소득 상한제'를 도입하는 것이다. 국민 개인이 평생에 걸쳐 벌어들일 수 있는 임금소득에 상한선을 두어, 그 소득에 이른 고소득자는 은퇴하게 하는 것이다. 30억, 50억, 아니 처음엔 아예 수백억에서 출발하여 점차 조정해 나가면 저항도 줄일 수 있을 것이다. 은퇴 이후에는 연구나 봉사활동 등에 전념하게 한다면 일거양득이 되지 않을까 싶다. 아파트 분양가 상한제를 생각하면 그리 황당한 생각도 아니다.

세 번째로 재산 상속과 경영권 상속을 실질적으로 분리하는 것이다. 재산 상속 문제는 별론으로 하고, 예를 들어 재벌 2·3세들의 소년 임원 취임과 영구 재임의 실상은 재고해 볼 여지가 있다는 것이다. 민주주의는 정치권력의 세습을 부정하는 것이 핵심 요소 중 하나다. 그런데 오늘날의 권력은 바로 돈이 아닌가. 정치권력의 세습이 안 된다면 자본이 건네는 경영 권력의 세습도 중천에 뜬 보름달 보듯 마냥 올려다보고만 있을 일이 아니다.

한 가지만 더하자면, '소년급제(少年及第)' 제도와 고위 공무원의 낙하산 보직 관례를 혁파할 때가 되었다. 한 번 시험에 벼락출세하는 고시제도는 개발촉진 시대에는 순기능도 없지 않았으나 이제는 정말 쇄신되어야 할 대상이다. 현실에 대한 경험도, 사안에 대한 숙려도, 손과 발의 수고에서 나오는 삶에 대한 겸손도 갖추지 않은 채 관리직에 오르고, 좋은 자리만 골라 이곳저곳으로 옮겨 다니며 마르고 닳도록 옥반가효(玉盤佳肴)를 향유한다. 그들만의 직위 독점, 그들만의 치부 리그이다. 부패하지 않는 게 이상한 일이 아닌가. 인재 등용 방법의 혁신과 함께 퇴임 후 재취업에 대한 제한도 필요하다. 이를테면, 국회의원과 고위 공무원, 법원장·검사장급 이상에서 퇴임한 공직자는 명예직, 봉사직 외 다른 직업을 갖는 것을 제한하는 것이다.

이상은 콩 한 쪽 나눠먹기보다 훨씬 쉬운, 굴러 들어온 호박 나눠먹기가 아닌가. 세상의 대부분 통설(通說)도 처음에는 엉뚱한 상상과 이설(異說)에서 출발했음을 기억해 주시길.

# 여성들의 아름다운 동반자

일편단심 춘향이는 옛이야기일 뿐,
"사랑이 어떻게 변하니…?" 하며
사랑을 애걸하는 사람도
훤칠한 남자 주인공이다.


나는 토지개발 관련 공기업에 근무하면서 택지 매각업무에 관여한 적이 있었다. 하루에도 적지 않은 사람들이 찾아와 토지의 위치와 가격, 사용 조건 등에 대해 상담을 하곤 했는데, 실제 계약 체결까지 가는 경우에 묘한 패턴이 있음을 발견했다.

남자 고객인 경우, 의젓하게 들어와 세밀하게 문의를 하고 법적인 문제까지 꼼꼼히 챙기는 것이 제법 전문가 냄새가 난다. 어느새 직원의 얼굴은 매각의 기대감에 적잖이 상기된다. 하지만 직원이 내민 계약서류를 본 고객은 갑자기 난색을 표하며 일어선다, 다음에 다시 와서 사겠다면서. 후일 다시 와서 계약하는 분이 간혹 있기는 한데, 대개 아내인 듯 엄마인 듯 여성을 동반한다.

다음은 여성 고객이다. 들어올 때는 주뼛주뼛 조심스레 들어오지만 상담에 들어가면 뜻밖에 대담해진다. 선 굵게 중요사항 중심으로 몇 가지 물어보고는, 나머지는 공기업이니 믿겠다며 선뜻 계약하자고 도장을 꺼내든다.

이런 패턴을 발견한 나는 상담직원에게 조언을 했다. 앞으로 여성 고객이나 남녀가 함께 온 고객에게는 성의껏 설명을 하되, 남자 혼자 온 고객에겐 너무 힘을 빼지 말라고.

사회 각 분야에서 여성의 역할과 기여가 날이 갈수록 부각되고 있다. 우리나라를 비롯해 독일, 영국, 노르웨이, 뉴질랜드, 브라질 등 이미 여러 나라의 최고통치자가 여성이었거나 여성이며, 미래의 국가 지도자 후보군에 많은 여성들이 이름을 올리고 있다. 체육 문화 예술계에서 여성들의 활약은 익히 알려진 바이지만 정계와 법조계, 기업 경영 분야 등 종래 남성이 주도하던 분야에까지 여성들의 진출이 두드러지고 있다. 더욱 심상찮은 것은 우리들의 일상생활 속에서 자연스레 뿌리내리고 있는 다양한 여성 주도의 풍속이다.

학교에서 우등생 중엔 여학생이 더 많고, 각종 시험에서도 여성들의 합격률이 남성을 앞지르기 시작했다. 아이들의 교육문제를 비롯한 가정의 대소사는 엄마의 전권이 된 지 오래고, 아버지는 그저 열심히 돈 벌어오는 머슴 내지는 가끔씩 들르는 손님 같은 존재가 되었다.

오랫동안 지켜온 사회제도나 법규에도 큰 변화를 보이고 있다. 아이들 성을 엄마 성으로 따를 수 있게 된 것은 한참 되었고, 아내의 지위를 보호하기 위한 간통죄가 폐지되었는데, 오히려 남성의 지위가 어려워지는 것은 아닌가 염려하는 분위기가 역력한, 딱한 처지의 요즘 남자들이다.

가족들이 함께 보는 TV 드라마나 영화에서 똑똑하고 정의로운 주인공은 대부분 여성이고, 남자들은 거의 허풍선이거나 부도덕하거나 여자가 하자는 대로 하는 비실이들이 많다. 일편단심 춘향이는 옛이야기일 뿐, "사랑이 어떻게 변하니…?" 하며 사랑을 애걸하는 사람도 훤칠한 남자 주인공이다. 허구 속 힘 빠진 남자들의 이미지가 현실 속에서 남자들이 서 있어야 할 자리인 듯 남자들을 쭈뼛거리게 한다.

아직도 사회 여기저기에는 유리천장(Glass Ceiling)이 남아 있어 여성을 옥죄고 있고, 특히 성적인 문제와 관련해서는 아직도 인식이 한참이나 뒤쳐져 있지만, 남성들의 쇠퇴에 비해 여성 주도의 대세가 형성되고 있는 것은 부인할 수 없다.

앤서니 기든스는 《현대사회의 성, 사랑, 에로티시즘》에서 조형적 섹슈얼리티(plastic sexuality)라는 개념을 제시하면서, 오늘날의 성 혁명은 재생산 없는 섹슈얼리티(피임)와 섹슈얼리티 없는 재생산(시험관 아기 의술 등)이 모두 가능해지면서 비롯되었다고 했다. 여성은 임신과 무관한 섹슈얼리티로 인해 본능적으로 성적욕구에 취약한 남성에 비해 보다 자유로워졌으며, 자신의 섬세한 능력을 마음껏 발휘할 수 있게 되었다.

일반적으로는 여성 주도 세상의 도래를 과학과 기술의 발달에서 찾는다. 세상이 발전하면서 하드 파워보다는 소프트 파워가, 이성보다는 감성이, 지배 능력보다는 공감 능력이 유용해지면서 여성의 태생적 강점이 빛을 발하게 되었다는 것이다. 근력을 필요로 하는 노동은 기계와 로봇으로 대체되어 더 이상 남성의 완력과 호전적 파워는 점점 무용지물이 되고 있다.

인류학자 멜빈 코너는 여성이 주도하는 세상이 곧 온다고 단언한다. 그리고 여성이 주도하는 새로운 세계는, 그 역시 완벽한 세계가 될 것으로 보이지는 않지만, 생물학적으로 폭력과 성적 유혹에 취약한 남성 주도의 세상보다 훨씬 행복할 것이라고 전망한다.

이제 남성들에게 진지한 각성의 시절이 왔다. 남성들이 생물학적 약점을 안은 채, 인류의 발전에 보탬이 되지 못하고 과거의 향수에 젖어 안주하며 '꼰대'로 살 것인가, 아니면 남성적 강인함 위에 정서적 빈곤과 공감 능력의 결핍을 적극적으로 보충하여 힘 있는 여성의 아름다운 동반자로서 다시 우뚝 일어설 것인가.

여성이 주도하는 세계에서 행복할 수 있다니, 그것도 아주 좋은 일이겠지만 남녀가 함께 일하고 존중하며 공유하는 공조공생의 세계가 된다면 더욱 아름다운 세상이 되지 않을까?

곱디고운 청라언덕에 비집고 돋아난 가시덤불 같은, 군데군데 남성 주도로 벌어지고 있는 비리와 타락, 그리고 철면피한 언행을 대오

각성하는 데서부터 면모일신함은 어떠할지, 청라언덕에 백합꽃 향기가 가득할 그날까지.

남성들이여, 기꺼이 힘 있는 여성들의 아름다운 동반자가 됨은 어떠한가.

# 역사는 범죄와 어리석음의 기록인가

인류의 두꺼운 역사서에서
전쟁의 기록이 총론이라면,
권력자들 상호간의 권력쟁패와
민중에 대한 억압과 희롱은 각론이다.

역사란 무엇인가? 이에 대한 많은 정의 가운데서도 가장 자극적
인 것은 철학자 볼테르와 《로마제국 쇠망사》로 유명한 기번의 "역사
는 인류의 범죄와 어리석음의 기록"이라는 결론이다.

"역사는 '도전과 응전'의 과정이며 '소수의 창의적 천재들'에 의해
진보한다."라는 토인비의 말도 유명하고, E. H. 카의 "역사란 역사가
와 사실의 지속적인 상호작용의 과정이며 과거와 현재의 끊임없는
대화"라는 구절도, 한때 정의감에 고무된 많은 젊은이들이 환호한
바 컸다. 그러나 머리 한 구석에 지적인 허영심을 조금 채워줄망정
어찌 가슴을 찌르고 들어오는 맛이 없었다.

그러던 것이 "역사는 인류의 범죄와 어리석음의 기록"이라는 글
을 본 순간 한동안 가위 눌려온 역사에 대한 실망의 원인을 본 듯, 카
프카의 말처럼 냉랭한 마음속의 얼음이 예리한 도끼에 찍혀 깨어진

듯 한 가닥 실마리가 풀려나왔다.

내가 배우고 알아온 역사는 참으로 불만스러운 것이었다. 그것은 사람들이 서로 믿고 도우며, 오늘 할 일과 내일 할 일을 예상할 수 있고, 성실히 하루하루를 채워 가면 근심하지 않고 가족을 건사할 수 있으며, 가끔씩 친구들과 아름다움에 대해 환담할 수 있는 삶의 기록이 아니었다.


그것은 전쟁에 이은 전쟁의 잔인한 기록이었고 권력 쟁취와 유지를 위한 음모와 술수의 일기였으며, 권력자의 민중에 대한 착취와 핍박의 드라마였다. 인류의 긴 역사 가운데 백성과 서민의 생명이 존중받고 평안한 생활이 보장받은 기간이 얼마나 될까?

로마제국, 로물루스가 건국한 기원전 753년부터 콘스탄티노플이 오스만튀르크에 함락된 서기 1453년까지 2000년이 넘는 세월 동안 '로마의 영광'을 자랑하지만, 백성들이 전쟁의 위험에 떨지 않고 무난하게 생업에 치중할 수 있었던 기간은 네 황제, 즉 트라야누스 황제부터 마르쿠스 아우렐리우스 황제까지 고작 250년 가운데 얼마 동안이었다. 동양의 대표주자 중국 또한 피와 질곡(桎梏)의 역사였다. 서주 멸망 후 500년간의 춘추전국 시대가 상징하듯이 전쟁으로 점철된 역사라 해도 과언이 아니다. 한나라와 당·송 시대에 그나마 사람이 살 만한 시절이 일부 포함되어 있었다고는 하나, 군주의 영광이 백성의 영광으로 철저히 세뇌된 굴종의 세월이었다.

우리의 역사는 어떠한가? 삼국시대의 잦은 내전, 수·당·몽고의 침략과 임진왜란, 숱한 민란들과 잔인한 진압, 6·25 민족상잔, 최근까지 이어지는 북한의 도발 등 우리 역시 피와 불안의 역사가 대종(大宗)이다.

전쟁의 역사에서 전쟁을 일으킨 자가 생명을 잃은 경우는 드물다. 희생은 언제나 왜 싸워야 하는지도 모른 채 죽어간 백성의 몫이었다. 이보다 큰 범죄가 있을까?

인류의 두꺼운 역사서에서 전쟁의 기록이 총론이라면 권력자들 상호간의 권력 쟁패와 민중에 대한 억압과 희롱은 각론이다. 음모와 술수, 불법과 특혜, 모함과 배신은 권력층의 일상이었다. 학창시절의 국사 시간, 왜 그렇게 사화(士禍)가 많은지 외우느라 머리 아팠던 기억이 생생하다. 권력자는 권력자들끼리, 가진 자는 가진 자들끼리, 더 많이 갖기 위해 작당을 하고 궤변을 늘어놓으며 편취를 일삼았다. 이것이 농단이다. 이보다 큰 범죄가 있을까?

그러나 그들은 어리석은 범죄자들이다. 그들을 지탱하는 기반인 백성이 곤고해지고 불안과 불만이 쌓이면 그들도 곧 무너진다는 것을 왜 모를까? 그런데 모른다. 야욕과 농단의 끝이 파멸이라는 것을, 그 뻔한 진리를 그들은 모른다. 그래서 역사는 반복된다. 반복되어선 안 될 역사가 반복된다. 인류 역사가 '범죄와 어리석음의 기록'이 될 수밖에 없는 이유이다.

지금 우리 역사 속에 또 한 페이지의 범죄와 어리석음의 기록이 추가되고 있다. 하지만 우리는 역사의 주체이지 객체가 아니다. 인간이 이기적이며 욕심 많은 존재라는 약점에도 불구하고, 그래서 중간중간 뒤뚱거리기도 하고 주저앉기도 하지만 조금씩 발전하여 온 것도 사실이다. 우리에겐 세종대왕 같은 애민군주도 있었고, 이순신 장군 같은 살신성인의 위인도 있었다. 간신배들만 득시글대는 나라인 줄 알았는데, 절대권력 문정왕후를 일개 과부가 국정을 농단한다며 목숨 걸고 탄핵하고, 왕이 내린 벼슬을 초개같이 차버린 남명(南溟) 조식 선생 같은 기개도 우리의 역사이다.

우리는 선인들이 피 흘려 싸운 덕분에 감사하게도 민주주의를 살고 있다. 민주주의는 주권이 국민에게 있음은 물론, 권력이 잘못 운영되면 즉시 바로잡을 수 있는 참 멋진 제도이다. 그것은 국민 된 자의 권리이자 의무이다.

"어느 나라이든 가장 중요한 직책은 대통령이나 수상이 아닙니다. 가장 중요한 직책은 '국민'입니다."

버락 오바마 전 미국 대통령이 현직에 있을 때 아테네에서 한 연설의 한 구절이다. 우리가 겪고 있는 고통과 좌절도 우리가 '국민' 된 직책을 제대로 수행하지 못한 잘못이 분명 있는 것이다. 이제라도 '국민'으로서의 직책을 올바로, 그리고 의연히 실천해야 하지 않겠는가.

"슬픔도 노여움도 없이 살아가는 자는 조국을 사랑하고 있지 않다."

솔제니친이 《이반 데니소비치의 하루》에서 한 말을 기억할 일이
다, 우리 역사에서 '범죄와 어리석음의 기록'을 단 한 줄이라도 줄이
기 위하여.

# 제1막에 등장한 총

칼을 쥐어주며
그냥 가지고 놀기만 바라는 것은
인간의 본성에 부합하지 않는다.
칼을 쥐면 자르고 싶고…

인류가 만든 대단한 것 중에서 공기와 물처럼 귀중하면서도 특별히 주목을 받지 못하는 것이 두 가지가 있다. 국가와 회사라는 조직이다.

국가는 '만인에 의한 만인의 투쟁' 상태로부터 사람들이 안전한 삶을 꾸려갈 수 있도록 하기 위해 만든 조직이고, 회사는 기술과 산업이 발전하면서 대규모의 생산 활동을 효율적으로 진흥, 관리하기 위해 만든 조직이다. 인류가 만든 것이니, 국가가 권력자 한두 사람의 것이 아니라는 의미가 되며, 회사 역시 자본가가 마음대로 해도 되는 사적 소유물이 아니라는 뜻이 내포되어 있다.

사람은 원래 권력과 재물에 약하여 가지면 가질수록 더 많이 갖고 싶어 한다. 정치인과 자본가를 상대할 때 잊고 가면 낭패 보기 십상인 유용한 선입견이다.

그런데 참 이상하지 않은가?

국가는 피 흘려 싸워가며 좋은 제도를 여럿 만들고 관례를 쌓고 수준 있는 문화를 이뤄왔는데, 다른 상상력의 걸작인 회사는 아직도 19세기 자본주의 초창기의 허술한 모습인 채 크게 세련된 치장을 보여주지 못하고 있으니 말이다.

회사는, 감옥으로부터 자유의 하늘로 날아오르게 했던 이카로스의 날개처럼, 자본주의를 찬란하게 빛내온 금빛 날개다. 그 날개는 근로자의 땀과 소비자의 희생, 국민들의 협조라는 깃털을 정부의 지원이라는 밀랍으로 붙여 만든 것이다. 영업 행위가 법인 형태를 가질 때 이미 그것은 공적인 성격을 가진다. 그러니 이카로스가 아버지 다이달로스의 경고대로 기고만장(氣高萬丈) 높이 날고자 하는 자만심을 버려야 했듯이, 우리의 자본가들도 회사를 경영함에 있어 그 태생의 의미와 분수를 지켜 왔어야 했다.


아니다. 그건 애초에 현명한 기대가 못 된다. 칼자루를 쥐어주며 그냥 가지고 놀기만 바라는 것은 인간의 본성에 부합하지 않는다. 칼을 쥐면 자르고 싶고 총을 들면 쏘고 싶은 것이 인간이다. 제1막에서 총이 등장하면 반드시 제3막에서 발사된다는 '체호프의 법칙'이 유명한 것도, 체호프가 복선(伏線)의 묘수와 인간 심리의 일면을 그의 희곡에 절묘하게 형상화해 넣었기 때문이다.

자본주와 그의 가족들의 몰지각한 횡포와 불법행위는, 그냥 나무라는 것으로 나아질 일이 아니다. 사람에게 거는 막연한 기대만큼 허무한 것도 없다. 실효성 있는 방법을 찾아야 한다. 그것은 제대로 다를 줄 모르는 자에게는 칼과 총을 건네주지 않는 것이다. 권력을, 필요한 자격을 구비한 자, 엄격한 시험과 심사를 통과한 자, 권력의 원소유자인 국민의 선거를 통해 선출된 자에게 맡기듯이, 회사의 경영권도 그렇게 못 할 이유가 없다.

회사에 법인격을 부여하고 여러 가지 혜택을 줄 때, 그것은 공석인 성격을 띠게 되며, 경영상 준칙이 함께 부과되었다. 소유와 경영의 분리와 내부 견제의 원칙이 그것이다. 국가의 행정부에 해당하는 이사회가 있고 대통령에 해당하는 대표이사가 있으며, 국회의 역할은 주주총회가 맡고, 사법 기능은 감사를 두어 감당하게 했다. 자본가는 주주총회에 참석할 수 있고 이익 배분에 참여하면 족하며, 원칙적으로 경영에는 직접 관여할 수 없다.

이처럼 제도는 회사와 민주국가가 흡사한데 실제 운용이 크게 다른 것은 무슨 까닭일까? 자식이 대를 이어 기업 총수가 되는 것은 물론이며, 2세, 3세들이 아무런 검증도 거치지 않은 채 줄줄이 특채되고 고속 승진하며 약관(弱冠)에 중역에 오르는 것이 어떻게 당연시 되어왔을까?

그것은 국가에 대한 국민의 관계와는 달리, 기업의 경우 일반 국민과 소비자는 너무 멀리 있고, 노동자가 받는 통제와 수혜는 직접적이고 개별적이어서 견제가 쉽지 않기 때문이다. 따라서 회사는 공적인 조직이라는 사회 일반의 인식 공유 위에, 법에서 규정된 그대로, 왜곡 없이 운영되도록 통제하고 감시하는 것이 필요하다. 특히 인사 관리의 경우 공무원 제도에 버금가는 공정함과 엄격성이 적용되어야 한다. 자본가든 그 가족이든 일반인이든 경영에 참여하는 기회와 조건은 동일하여야 한다. 대주주나 그 가족일지라도 채용이나 승진에서 어떠한 특혜도 주어져서는 안 된다. 작금에 일반인의 특혜 채용이 크게 문제되면서, 왜 사주 가족들의 특채는 문제 삼지 않는 건지 이해할 수 없다.

이것만 지켜지면 기업의 합리적 경영은 한층 확보되고, 기업주와 그 가족의 갑질은 자연적으로 사라지게 될 것이다. 그렇게 어려운 방법은 아니지 않은가. 제3막에서 총이 발사되지 않게 하는 가장 좋은 방법은 제1막에서 총을 등장시키지 않는 것이다.

다만, 이 문제가 자본주의의 기본 원리를 해치는 데까지 나아가서는 안 된다, 자칫 빈대 한 마리 잡으려다 초가삼간 태우는 우를 범해서는 안 되기에.

# 인디언 추장의 편지

저 빛나는 솔잎들, 해변의 모래톱,
희뿌연 숲 속의 안개, 노래하는 온갖 벌레들…
우리는 대지의 한 부분이며,
대지는 우리의 한 부분입니다.


인디언 추장 시엘스(Sealth)는 부족의 땅을 미국 정부에 팔라는 요청에 대하여 제14대 대통령 프랭클린 피어스에게 다음과 같은 답신을 보냈다.

지도자께서 우리의 땅을 사고 싶다는 요청에 대해 고려해보겠습니다. 만일 우리가 응하지 않으면 당신들은 총으로 빼앗아가지 않겠습니까? 그런데 당신들은 어떻게 하늘을, 땅의 온기를 사고팔 수 있다고 생각하십니까? 신선한 공기나 반짝이는 물은 우리의 소유가 아닙니다. 저 빛나는 솔잎들, 해변의 모래톱, 희뿌연 숲 속의 안개, 노래하는 온갖 벌레들…. 우리는 대지의 한 부분이며, 대지는 우리의 한 부분입니다. 부탁드립니다. 우리가 땅을 팔더라도 우리가 사랑하듯이 이 땅을 사랑해 주십시오. 새로 태어난 아이가 어머니 심장의 고동을 사랑하듯이 이 땅을 사랑해 주십시오.

꽤 긴 편지인데 대충 요약한 것이다. 이로써 미국 정부의 소유가 된 그 땅에는 시엘스 추장에 대한 감사의 표시로 그의 이름을 붙였다, 시애틀(Seattle)이라고. 〈시애틀의 잠 못 이루는 밤〉에는 이런 애잔한 사연도 있었다.

땅과 관련한 이야기로는 톨스토이가 쓴 〈인간에게 얼마나 많은 땅이 필요한가〉도 유명하다. 파홈은 처음엔 생계를 위해, 차츰 더 잘 살기 위해 더 많은 땅을 사들인다. 그의 땅에 대한 갈망은 광활한 땅을 가진 '바쉬키르'족을 만나게 되고, 촌장으로부터 원하는 만큼의 땅을 주겠다는 행운을 잡는다. 해 뜰 때 출발하여 해 질 때까지 걸어서 제자리로 돌아오면, 그가 걸은 경계 내 토지를 전부 주겠다는 약속이었다. 흥분에 거의 뜬 눈으로 밤을 새운 아침, 그는 걷기 시작한다. 해가 중천으로, 서쪽 하늘로 기울수록 빠르게, 더욱 빠르게…. 눈앞엔 땅이 널려 있기에 숨이 차 가슴이 터질 것 같은 고통에도 걸음을 멈추지 못한다. 제자리로 돌아와 풀썩 쓰러진 파홈, 그의 심장은 더 이상 뛰지 않았다. 결국 파홈이 차지한 땅은 한 몸 묻힐 공간뿐이었다.

사람이 소망하는 것 중에 가장 오래된 것이 땅이다. 사람이 원망해온 것 중에 가장 오래된 것도 땅이다. 생명의 원천이 땅이요, 삶의 터전이 땅이요, 부의 기반이 땅이다. 땅으로 인해 웃었고, 땅 때문에 울었다.

역사는 토지를 어떻게 다루었는가에 따라 흥망성쇠를 달리해 왔다. 토지를 자연이 인류에게 무상으로 준 선물이며 공동의 터전이라는 인식 아래 그 향유를 나누고자 할 때 흥했다. 반면 토지를 부의 원천으로 보아 다투어 소유하고 그 수익을 독점하고자 할 때는 쇠하였다.

과거 숱한 왕조가 멸망했으나 그 원인에는 토지 제도의 문란으로 인한 토지 소유의 편중과 지주들의 횡포라는 공통분모가 있었다. 마땅히 새 왕조가 시행한 첫 번째 민심 수습책은 거의 예외 없이 땅을 고루 나누는 것이었다.

신라와 고려의 쇠망에 권문세가의 무리한 토지 병합과 부패가 있었다면, 새 왕조 고려와 조선의 창업에는 토지개혁을 통한 서민생활의 안정이 있었다. 북한의 김일성이 빠른 기간에 북한 주민의 '어버이 수령'이 될 수 있었던 것도, 남한의 이승만 대통령이 민심을 얻어 허약했던 자유민주정부를 지켜낸 것도, 따지고 보면 주민들로부터 절대적인 환영을 받은 토지개혁 덕분이었다.

많은 경제학자들이 토지 문제에 대해 고민하고 탐구해 온 것은 당연한 일이다. 자본주의와 사회주의라는 두 이념의 핵심에도 토지를 어떻게 보며 어떻게 취급할 것인가에 대한 다른 태도가 담겨 있다. 재미있는 부분은 토지를 일반 상품과 달리 볼 이유가 없다며, 토지 소유권에도 절대적 배타적 권리를 인정하여야 한다고 주장해 온 자본주의를, 마르크스의 예언에도 불구하고 굳건히 지켜낸 것은 토지에 대한 사회주의적인 생각과 제도라는 것이다. 토지에 대한 공적 개념의 확대가 그것이다.

빈부격차 문제와 빈곤의 대물림 논의는 언제 어디서나 뜨거운 감자다. 그리고 그 한가운데는 늘 토지가 버티고 있었다. 헨리 조지는 《진보와 빈곤》에서 사회가 눈부시게 발전함에도 불구하고 극심한 빈곤이 사라지지 않는 원인이 토지제도에 있다며, 토지에서 생기는 불로소득에 오로지 세금을 매겨야 한다고 주장했다. 근래 이 논의에 다시 불을 지핀 사람은 토마 피케티다. 그는 자본수익률이 경제성장률을 계속 앞서는 데에 빈부격차의 원인이 있다고 논증하면서, 바로 그 자본의 가장 큰 알맹이가 토지라고 주장했다. 그의 책 《21세기 자본》은 마르크스의 《자본론》에 견줄 만큼 큰 반향을 불러일으키고 있다.

우리나라의 경우 토지문제는 대부분 주택 정책의 부수적 과제에 머물러 왔다. 그러니 주택 정책만 있고 토지 정책은 보이지 않는다. 얼핏 토지와 주택을 한 뭉치로 인식하기 쉬우나, 엄밀히 말해서 주택은 소비재이지만 토지는 자본재 성격이 강하다. 주택은 수요와 공급에 따라 가격이 등락을 거듭하나 토지는 가격의 하방경직성으로 인해 한번 오르면 잘 내리지 않는다. 무엇보다 공급이 제한되어 있어 공적으로 적절하게 관리되지 않으면 국토 이용의 비효율을 초래하고, 불로소득을 발생시켜 심각한 부의 편중을 부추긴다.

주택 정책에서 토지 정책을 분리해야 한다. 주택은 상품으로 거래의 대상이나, 땅은 삶의 원천으로 철학의 대상이다. 인디언 추장의 편지를 찬찬히 읽어보면 그 속에 맑은 철학이 있음을 알게 될 것이다. 추장의 권고를 잊어버린 시애틀, 언젠가 방문했던 그곳에서 원조 '스타 벅스'의 커피가 유난히 썼던 이유를 알 것 같다.

# 겨울은 원래 춥다

바지에 묻은 묵은 때를 빼려고
방망이질을 열심히 하다 보면
낡은 바지는 해져서 구멍이 날지도 모른다.
스며드는 바람이 추울 것이다.

가을이 슬픈 건 삶이 외롭고 고달프기 때문이다. 역사학의 고전 《중세의 가을》에서 요한 하위징아는 가을이 슬픈 이유를 미학적으로 이야기했지만, 이 겨울이 유난히 춥게 느껴지는 것은 무엇 때문일까?

차라리 지난겨울은 따뜻했다. 믿었던 사람에 대한 실망이, 세상에 대한 분노가 북풍한설로 몰아쳐도 작은 떡잎처럼 떨며 맞잡은 손, 손마다 밝혀든 촛불의 온기가 언 볼을 데워줄 만큼 따뜻했다. 서로에게 기댄 어깨에서 더운 체온을 느낄 때, 그 겨울은 아름다운 꿈으로 피어났다.

이제 사람이 바뀌고 세상은 어제와 달라 이웃의 얼굴에 희망의 실핏줄이 세세히 다시 돌아 생기가 퍼지고, 걱정 가득하던 얼굴에 작은 미소가 그려진다. 이즈음엔 새로운 시절의 복사열에 미지근한 온

기나마 넉넉히 함께 나눔직함에도, 아직 우리는 때 이른 추위에 곁을 내줄 여유가 없다. 따뜻한 겨울을 꿈꿔 온 이에게 당겨온 겨울의 한복판, 이제 겨우 초입인데 추위는 뜻밖에 매섭기만 하다. 역시 사람은 삶을 꿈꿀 때가 절정인가 보다.

사람은 누구나 꿈꾸는 세상이 있다. 욕망의 밑그림 위에 희망의 겉그림을 그리고 그 위에 환상의 색깔을 입혀서 고운 꿈을 꾼다. 사람들 여럿이 꾼 꿈이 현실화되는 과정이 역사의 발전이다. 꿈은 꿈으로 이어지고 실현된 꿈은 또 새로운 꿈을 낳는다.


수렵채취로 살아가던 원시인들이 먹잇감의 불예측성과 생명의 위험에서 벗어나는 꿈을 꾸다가 농업을 발견했다. 문명의 시작인 농업혁명은 남자들이 사냥을 하기 위해 산으로 나간 사이에, 남겨진 여자들이 씨앗을 심어 곡식을 키우고, 잡아온 야생동물들을 우리에 넣어 길들임으로써 가능해졌다고 하니 여자들에게 감사해야 할 일이다. 여자가 길들인 마지막 야생동물이 남자라는 주장에는 일말의 의심이 없지 않지만.

농업 생산량 증가가 인구의 증가를 따라잡기 힘들 것이라는 불안에서, 그리고 보다 쾌적한 의복과 거주에 대한 욕구에서 신기술을 향한 꿈을 꾸어 산업혁명을 이룩했고, 연이어 인터넷 기반의 지식정보혁명과 인공지능과 사물인터넷 기반의 4차 산업혁명으로, 꿈에 꿈을 좇아 숨차게 달려 왔다.

사람의 꿈은 배불리 먹고 따뜻이 입고 편리하게 거주하는 데에 그치지 않는다. 동시에 자신의 노력에 대한 정당한 대우와 차별받지 않는 공정한 평가와 생명의 존엄과 자유로운 삶을 꿈꾸기 시작했다. 이러한 제도적 정신적 가치에 대한 꿈은 물질적 욕구와 달리 다분히 주관적이어서 모든 사람이 같은 콘셉트로 추구하지 못한다. 어느 때는 방향으로 갈등하고, 어디서는 수단 때문에 충돌한다. 중간에 유난히 독특한 캐릭터가 나타나 조심스레 지켜온 평온을 뒤흔들어 놓기라도 하면, 사람들은 갑자기 난폭해지기도 하고, 노려보는 서릿발 같은 눈빛에 세상을 온통 얼어붙게 만들기도 한다. 그건 악몽이다. 악몽은 언제나 탐욕에서 시작된다.

탄탈로스는 목까지 차오른 물을 마시지 못해 목마르고, 머리 바로 위 주렁주렁 매달려 있는 과일들을 따먹을 수 없어서 늘 굶주리지만, 어떤 인간은 방금 생수를 흠뻑 마시고, 진수성찬을 배불리 먹고서도 돌아서기가 무섭게 또 다른 주지육림을 찾아 험준한 길을 헤맨다.


인간의 원죄는 하느님의 명령을 어긴 것이 아니라, 끝없는 욕구와 채워도 채워도 늘 아쉬운 불만의 기질이다. 아담과 이브가 먹은 선악과(善惡果)는 한 가지 부족할 게 없는 낙원에서도 만족할 줄 모르는 인간의 탐욕에 대한 탁월한 은유다. 불교에서는 아귀라는 고약한 괴물로 인간을 비유한다. 아귀는 배가 여의도 국회의사당만 한데도 목구멍은 요구르트 빨대만 해서 아무리 먹어도 허기가 가시지 않는다. 작은 먹잇감이라도 보이면 서로 먹으려 혈안이 된다. '아귀다툼'의 유래다.

"아직도 나는 배가 고프다"는 말이 한때 유행했다. 월드컵 4강 신화의 명감독 히딩크가 말했고, 스티브 잡스가 스탠퍼드 대학 졸업식에서 "언제나 배고픔을 느껴라(Stay hungry)"고 하여 명언이 되었다. 하지만 이 말은 쉽게 입에 올릴 말이 아니다. 그렇지 않아도 욕심꾸러기인 인간을 때 없이 허기진 불만의 세월로 몰아간다. 더 큰 성과와 더 큰 명예와 더 좋은 세상을 향한 격려의 앞날에는 절반의 포장도로에 이어진 울퉁불퉁 자갈길이 기다리고 있다. 이미 벌어진 일이다.

곧 완벽하게 실현될 것 같은 정직하고 정의로운 세상도, 지친 산행에서 하산하는 사람이 던지는 "거의 다 왔어요."처럼 달콤하지만 아직은 멀다. 흰 빨래는 희게 하고, 검은 빨래는 검게 빠는 것이 바른 세상의 길이다. 바지에 묻은 묵은 때를 빼려고 방망이질을 열심히 하다 보면 낡은 바지는 해져서 구멍이 날지도 모른다. 스며드는 바람이 추울 것이다.

달랑 한 장 남은 달력이 겨울바람에 팔랑이는 고엽처럼 안쓰럽기만 한데, 뭉개진 세상을 반듯이 펴는 다림질에 "이만하면 됐다"는 소리는 아직 들리지 않는다. 이 겨울, 아직 가야 할 길이 있다. 춥다. 겨울은 원래 춥다. 그래야 화창한 봄을 맞는다.

# PART 6

## 정직이란 단어는 그토록
## 외로운 글자랍니다

# 정직은 외로운 단어인가

그것은 아빠가
늘 자기 생각에 빠져 있었으며,
어이없게 엄마도 아빠처럼 행복할 것이라고
지레 생각했기 때문이야.

어린 아들이 슬픈 눈빛으로 묻는다.

"엄마는 내가 나쁜 애라 떠난 거죠?"

당황한 아빠가 미안한 표정으로 답한다.

"절대 그렇지 않아. 엄마는 지금도 널 아주 사랑해. 엄마가 떠난 이유는 너 때문이 아니란다. 엄마가 떠난 이유는 아주 오랫동안 아빠가 엄마한테 강요해서야. 아빠가 바라는 아내가 되도록 말이야."

어렵게 시작한 아빠의 고백은 계속된다.

"엄마는 많이 노력했으나 아빠의 요구대로 다 맞춰줄 수 없었고, 그런 심정을 이야기하려 했으나 아빠는 바쁘다는 핑계로 들어주지 않았지. 그것은 아빠가 늘 자기 생각에만 빠져 있었으며, 어이없게 엄마도 아빠처럼 행복할 것이라고 지레 생각했기 때문이야. 그럼에도 엄마는 널 사랑해서 아빠 곁에 있어 주었던 거야. 하지만 더 이상 아빠를 견딜 수 없자 떠나야만 했던 거지."

영화 〈크레이머 대 크레이머〉의 한 장면이다. 지금까지 적지 않은 영화를 보았고 얼마간의 책도 읽어 봤지만, 이 대사만큼 가슴 뭉클한 감동을 준 것은 드물었다. 웅장한 스펙터클도, 예측을 넘어선 반전이 있는 것도 아닌 그저 두 사람의 대사 몇 토막뿐인데도 말이다. 진실한 고백, 자기 과오에 대해 솔직히 인정하는 순전한 마음이 가슴 저리게 전해져 오는 순간이었다. 불후의 걸작을 남긴 위대한 작가들은 하나같이 위대한 고백자였던 이유를 알 것 같다.

사람은 한평생 이런저런 잘못을 저지르며 산다. 별 의미 없는 작은 실수에서부터 두고두고 후회를 남기는 큰 과실까지, 사람에 따라 차이는 있을지언정 한 점 부끄러움 없이 사는 인생은 없다. 안타까운 것은 과오를 늘 곁에 두고 사는 인간에게 자기 잘못을 인정하는 것만큼 힘든 일이 없다는 것이다. 자기 잘못을 밝힌다는 것은 자신의 치부를 드러내는 것이고, 비난과 원망을 각오해야 하기 때문이다.

그러나 사람들은 과오를 스스로 드러내 놓는 사람에게 뜻밖에 관대하다는 것을 잘 알지 못한다. 솔직히 인정하고 진심으로 반성하는 사람에게 돌을 던지는 이는 드물다. 사람들은 남이 실수하는 것을 싫어하지 않으며, 그것을 인정하면 반가워한다. 하지만 궁색하게 감추고 어설픈 변명으로 모면하려고 하면 할수록 멍에는 커지고 올무는 더욱 조여 온다.

밍크와 사향쥐는 덫에 걸리면, 걸린 발목을 입으로 물어 자르고 달아나 생명을 구한다고 한다. 짐승도 그 정도의 자존감(?)이 있기에 모피와 약재로 비싸게 대접받는가 보다. 하물며 사람은? 사람으로서 인격과 품위를 유지하기 위해서라도 조여 오는 올무에서 벗어나는 길은 정직한 고백밖에 없다.

정직이란 그렇게 어려운 게 아니다. 그저 거짓말을 하지 않는 것이다. 사실대로 이야기하는 것이다. 당신이 할 것이라고 말한 것을 하고, 한 것을 했다고 말하는 것이다.

간단한 그것이 힘든가 보다. 하겠다고 말한 것을 하는 것도 힘들지만, 한 것을 했다고 하는 것은 더 어려운 모양이다.


일찍이 공자는 군자의 목표를 덕(德)의 실현에서 구하였고, 가장 바람직한 통치 모습을 덕치(德治)에서 찾았다. 원래 덕(德)이란 글자가 말해주듯 사람(人)의 바른(直) 마음(心)이 요체였다. 군자, 시쳇말로 제대로 된 사람의 말은 진실하고 올곧아 거짓이 없으며, 그의 행위는 불을 보듯 뻔하며 주머니 속의 송곳처럼 숨어 있을 수가 없다.

진(秦)나라 명재상 상앙이 놓은 부국강병의 초석도 나무 한 그루 옮겨 놓는 사람에게 거금을 주겠다는 약속을 지킨 '이목지신(移木之信)'에서 시작했다. 정직함에서 신뢰가 싹트고 신뢰가 있어야 소통과 실천이 따른다. '정직이 최선의 정책이다.(Honesty is the best policy.)'

요즘 군자연(君子然) 하는 이들 중에 눈에 빤히 보이는데도 눈 하나 깜짝 않고 시치미를 떼는 사람들이 있다. 자기 눈에 든 들보이니 자신이 보기가 쉽지는 않겠다 싶다가도, 거울을 눈앞에 들이 밀어도 꿈

쩍도 안 하니 참 딱하다. 아니면 "모든 사람, 또는 거의 모든 사람들이 유죄인 곳에서는 아무도 죄인이 아니다"라는 궤변에 기대고 싶은 것인가? 다들 옹색한 거짓말로 후안무치(厚顔無恥)를 일삼을 때 사실대로 인정하고 솔직히 용서를 구하는 이가 있다면, 아마도 그는 영화 속의 아빠처럼 진한 감동을 줄 수 있을지도 모르는데….

이래서 빌리 조엘이 부른 흘러간 팝송 〈Honesty〉가 여전히 심금을 울리는가 보다.

… 정직이란 단어는 그토록 외로운 글자랍니다(Honesty is such a lonely word) / 모두들 너무 진실하지 못하죠(Everyone is so untrue) / 정직이란 말을 듣기가 너무도 힘들어요(Honesty is hardly ever heard) / 그리고 내가 당신으로부터 가장 필요로 하는 것이기도 하죠(And mostly what I need from you) …

우리는 언제쯤에나 '정직이란 단어는 더 이상 외롭지 않아요'라며 노래할 수 있을까?

# 1000일의 칠면조

위험에 대한 대비는 약간 과한 편이 지혜롭다.
다행히 위험이 아니 오면 작은 손해로 끝나지만,
만일 왔는데 무방비였다면
엄청난 피해를 감수해야 하기 때문이다.

세상은 바다와 같아서 늘 소용돌이가 친다. 어떤 것은 쉽게 넘을 만하고 그것 때문에 바다다운 역동적인 매력을 보여주기도 하나, 잊을 만하면 덮쳐와 공포로 떨게 하는 무서운 파고도 있다. 그때마다 우리는 큰 피해를 입거나 혼란 속에서 허겁지겁 넘기고는 새삼스러운 반성과 다짐으로 잠시 옷깃을 여민다.

우리에게 반성과 다짐의 의미는 무엇일까? 책임 있는 위치에서 자신의 잘못이나 과실로 피해를 입은 사람에게 사과와 위로의 뜻을 전하거나, 다시는 유사한 잘못을 반복하지 않겠다는 각오의 의미를 아우르고 있다. 특히 후자의 의미가 크다. 그런데 안타깝게도 갑자기 닥친 높은 파고 같은 사건 사고에 속절없이 당한다. 돌이켜 보면, 과거의 성수대교와 삼풍백화점 붕괴에서부터 세월호 참사와 천안함 침몰, 메르스와 구제역 확산, 권력자의 타락과 비리, 가진 자의 갑질

횡포, 연이어 터지는 대형 화재와 안전사고들…. 그다음에는 습관처럼 그럴듯한 자책과 새로운 약속이 얼굴 붉힘도 없이 되풀이 된다.

　사람에게는 귀찮은 것은 애써 무시하고 싶은 속성이 있다. 싫은 것, 부담스러운 것, 걱정될 것, 무서운 것 등 친하고 싶지 않은 것은 그냥 모르는 척 넘기고 싶어 한다. 그런 일은 생기지 않을 것이라 생각한다. 설마 그런 일이 생기겠어. 아마도 그럴 리는 없을 거야. 그래도 자꾸 머리를 쳐들면 아예 아닐 거야, 아니야, 하며 불가능한 일인 양 믿어버린다.

　심지어 태어나면 반드시 죽는다는 사실조차 우리는 부정하며 산다. 집안 어른이 돌아가시는 걸 지켜보고, 가까운 친지의 장례식에 참석해서도 자신은 천년만년 살 것처럼 죽음에 무심하다. 아이러니한 것은 인간의 이런 어처구니없는 허점이 인간과 동물의 차이점이라고 한다. 얼마 전 국내에도 소개된 적이 있는 아지트 바르키와 대니 브라워가 쓴 《부정본능》에는, 죽음에 대한 공포를 부정하는 인간의 마음이 있었기 때문에 영원을 지향하는 위대한 문명을 창조해 내었다는 것이다.

　"우리는 사람이 죽을 운명임을 압니다. 하지만 우리는 살아가고, 일하고, 놀고, 앞날을 계획하는 등 불멸의 존재인 것처럼 여깁니다. 이보다 더 놀라운 것이 어디 있겠습니까?"
　하지만 그런 '부정본능'이 불러온 엄청난 화근이 넘친다. 담배가 몸에 해롭다는 걸 알면서도 끊지 못하는 이유, 사고 나기 딱 좋다는 걸 알면서도 시동을 거는 음주운전, 예전에도 문제가 없었으니… 하며 내준 불법 인·허가로 인한 세월호 참사 같은 대형사고들, 설마 그렇게 쉽게 뚫릴까 하며 방심하다 당한 메르스와 구제역 사태 등등….

이러니 '부정본능'이 인류사적 사유의 화두로서는 모르겠으나 인간의 안전과 생활의 발전을 위해서는 극복되어야 할 대상임은 분명하다. 《블랙 스완》을 써 2008년의 월스트리트 금융위기를 예언해 '월스트리트의 현자'로 주목받은 나심 탈레브는, 발생 가능성이 낮고 예측하기 힘들지만 일단 발생하면 엄청난 충격을 가져오는 사건을 '블랙 스완'이라 명명하고 이에 대비한 신선한 논의를 시작했다. 그중 핵심은 최적화를 피하고 잉여를 사랑하는 법을 배우라는 것이다. 부자가 된다고 해서 저절로 행복해지는 것은 아니나 돈을 방석 밑에 감춰두면 '블랙 스완'에 당할 가능성이 훨씬 줄어든다는 이야기다.

'칠면조 나라'의 참사는 더욱 인상적인 교훈이 된다. 이 나라의 구성원인 칠면조들은 1000일 가까이 사람들이 주는 좋은 먹이로 호강을 누린다. 칠면조 나라의 통계국은 칠면조의 행복을 위한 인간들의 배려에 대한 '통계적 유의성이 증가'하고 있다고 발표한다. 그렇게 무사하던 칠면조 세계는 1001일째 되는 날, 추수감사절에 날벼락을 맞는다.

칠면조들이 미리 대비하였다고 뭐가 달라졌으랴마는…. 아니다,

혹 작심하고 단식이라도 했으면, 앙상한 칠면조는 추수감사절을 무사히 넘겼을지도 모른다. 역시 다소 과도할 정도의 대비가 큰 낭패를 피할 수 있다는 주장이다.

쪽배를 타고 태평양으로 나선 듯한 우리네 삶 앞에 언제 또 집채만 한 파고가 다가올지 모른다. 그것은 전쟁의 공포일 수도 있고 경제 침체의 위협일 수도 있으며 우리네 가정사에 들이닥칠 뜻밖의 재난일 수도 있다.

모름지기 위험에 대한 대비는 약간 과한 편이 지혜롭다. 다행히 위험이 아니 오면 작은 손해로 끝나지만, 만일 왔는데 무방비였다면 엄청난 피해를 감수해야 하기 때문이다. 오늘이 어제인 듯 특이한 조짐이 보이지 않을 때, 안전에 익숙해지는 그때를 특히 조심할 일이다.

나심 탈레브는 다른 말로 경고한다.

"변동의 부재를 위험의 부재와 혼동하지 말라"

추수감사절이 코앞인데, 1000일의 칠면조처럼 아무 생각이 없어서야 되겠는가?

# 디오게네스의 우정

민주 시민과 지도자가 지녀야 할 가장 중요한 덕목으로서
진실에 대한 용기,
진실과의 대면을 두려워하지 않는 용기,
그리고 그 진실을 두려움 없이 말할 수 있는 용기를 의미했다.

"죽도록 사랑해!" "영원히 사랑할게!"

연인들이 가장 듣고 싶어 하는 말이다. 숱한 남자들이 이 말로 사랑하는 여인을 쟁취했다. 하지만 전혀 실현 가능성이 없는 거짓말이다. 그저 사랑을 얻기 위한 아부의 수사(修辭)일 뿐이다. 누구나 다 거짓말인 줄 안다. 그럼에도 사랑에 빠진, 사랑에 목마른 연인은 참말로 받아들이고는 감동의 눈물을 흘리기도 한다.

요즘에는 보다 세련된 표현을 쓴다. 엉큼한 눈빛으로 자기 가슴에 손을 올리며 "이 안에 네가 있다."거나 "당신은 내가 멋진 사람이 되기를 원하도록 만들었어."라며 드라마나 영화 속의 대사를 흉내내기도 하나 아부의 언사(言辭)임에는 차이가 없다. 많이 외로운 처지에 있거나 사랑을 애타게 찾고 있을수록 아부의 수사는 진실인 듯 다가오고, 그 효과는 배가된다. 아부를 하는 쪽도 마찬가지다.

211

여기에서 사랑 대신 돈과 권력을 대입하면 어떤 그림이 보일까?

찰스 다윈은 침팬지들이 자유롭게 잘 놀다가도 수컷 우두머리만 나타나면 괜히 머리를 숙이고는 비굴한 자세를 취한다는 것을 발견했다. 우두머리가 해치려 하지 않는데도 지레 비겁한 자세를 보여주었다. 연유를 알고 보니 좋은 보금자리와 싱싱한 바나나, 예쁜 암컷을 보장받기 위해서였다. 실제로 침팬지 세계에서 우두머리 수컷들이 가임 암컷들을 거의 독점하고 있다고 한다. 침팬지들은 자신의 생존과 DNA 전수를 위해 힘센 자에게 몸에 밴 아부를 실천하고 있었던 것이다.

침팬지보다 조금 더 진화한 인간세계에서 더욱 다양한 아부의 모습을 보는 것은 이상할 게 없는지도 모른다. 사람들이 모여서 공동생활을 하고 위계질서가 생겨나면서, 이 세계 역시 좋은 보금자리와 맛난 음식, 훌륭한 배우자를 두고 경쟁을 할 수밖에 없다. 침팬지보다 높은 지능을 가진 인간은 당장의 보금자리와 음식에 만족하지 않고, 미래의 것까지 비축해 놓아야 안심하는 탐욕을 키워왔고, 남의 몫까지 가로채거나 빼앗는 데 유용한 권력을 탐하기 시작했다.

'능력주의'라는 좋은 말이 있다. 오늘날 능력주의를 표방하지 않는 기업이나 정부는 없다. 그러나 제대로 능력주의를 실천하는 데도 없다. 사람의 능력을 객관적으로 공정하게 평가하기가 무척 어렵기 때문이다. 어쩌면 인간의 말랑말랑한 감성이 흔히 그렇듯 빡빡한 이성을 제쳐버리고 그러기를 원하지 않기 때문인지도 모른다. 좋아하는 사람이 능력 있는 사람으로 보이는 우(愚)를 극복하기가 쉽지 않다. 여기에 '아부'가 신묘한 빛을 발한다.

권력자는 자신의 힘을 확인해보고 싶어 한다. 칼을 쥔 사람이 칼을 휘둘러보고 싶어 하듯, 권력을 쥔 사람은 자신의 힘이 어느 정도인지 저잣거리에서 으스대고 싶어 한다. 자기 앞에서 허리를 굽히고 알랑거리며 비루한 웃음을 흘리는 군상들을 보며 회심의 미소를 짓는다.


일찍이 플루타르크는 '자신을 사랑하는 마음'과 '자신에 대한 무지'를 경계하라고 조언했다. 그런 인간은 아첨꾼의 밥이 되기 쉬우며, 이 두 가지가 동시에 어우러질 때 치명적인 상처를 입게 된다고 경고한다. 자신을 정확히 모르는 상태에서 자신을 사랑하게 되면 마음은 여려지고 사고력은 짧아진다는 것이다.

"이렇게 되면 아부꾼들이 더욱 더 다정하게 다가온다. 자신에 대한 사랑에 빠져 있기 때문에 아부꾼이 뭐라고 하든지 무조건 좋게 받아들인다."

한 마디로 속이 빈 보스는 아첨꾼의 손쉬운 표적이 된다. 그는 어떠한 아부라도 흔쾌히 받아들일 준비가 되어 있는 것이다.


마키아벨리도 《군주론》에서 비슷한 가르침을 주고 있다.

"아부의 친구는 자기만족이고, 그 시녀는 자기기만이다. 아부를 아무 생각 없이 받아들인다면 군주는 아부의 먹이가 되고 만다. 궁정에 아부꾼이 가득하다면 위험한 사태가 초래될 수 있다. 분별력이 없는 군주는 아부 때문에 자리를 지키지 못할 수도 있다."

고맙게도 마키아벨리는 이에 대한 처방도 내놓았다. 그것은 디오게네스가 세상에서 가장 아름다운 것이라고 말한 '파르헤시아(Parrhesia)', 곧 '솔직함'이다. 파르헤시아는 고대 아테네에서 민주 시민과 지도자가 지녀야 할 가장 중요한 넉목으로서 진실에 대한 용기, 진실과의 대면을 두려워하지 않는 용기, 그리고 그 진실을 두려움 없이 말할 수 있는 용기를 의미했다. 이로써 아테네의 민주주의는 활짝 꽃을 피울 수 있었다. 지도자이든 시민이든 진실 앞에 용감할 수 있을 때 아부와 농단의 탁한 시류를 끊어낼 수 있다.

디오게네스는 말했다.

"개는 자신에게 피해를 입히는 동물이나 사람만 물 뿐이다. 하지만 나는 친구들을 사정없이 문다. 그래야 그들을 구해줄 수 있기 때문이다."

디오게네스의 극진한 우정이 겁난다. 디오게네스의 우정을 본받은 친구들이 갑자기 나를 구해준답시고 온갖 바른 말로 물어뜯어 온몸을 벌집으로 만들어 놓지는 않을까. 그건 정말 난감한 일이다.

# 그대, 무엇을 생각하는가

짧은 경험과
얼마되지 않는 독서,
제한된 사색으로 정리된 생각을
얼마만큼 신뢰할 수 있을까?

그대는 무엇을 생각하고 있는가? 이 물음에 진솔하게 답해준다면 나는 당신이 무엇을 하려고 하는지 말해주겠다. 요즘 그대가 무슨 생각에 골몰하고 있는지 말해 준다면 나는 당신의 가까운 장래를 그려 보이겠다. 그대는 평소 무슨 생각을 가장 많이 하는가? 여기에 사실 그대로 말해준다면 나는 당신이 어떤 사람인지 자신 있게 이야기하겠다.

얼핏 제법 그럴듯한 능력 같지만 누구나 할 수 있는 일이 아닌가? 사람의 생각이란 그가 지금껏 살아온 경험과 공부하고 받아온 교육과 종교적 믿음이나 신념, 그리고 희망과 꿈 등 전인적 퍼스낼리티와 불가분의 관계에 있기 때문이다. 독립투사는 구국의 일념에 목숨을 아까워하지 않고 기업가는 어떻게 하면 돈을 많이 벌 수 있을까 고심하며, 시인은 오늘도 불후의 한 구절을 좇아 밤을 지새운다.

각기 그들의 머릿속엔 자신이 어떤 인간인지를 설명하는 생각들이 때론 느긋하게 때론 번잡하게 노닌다.

회색빛 고도(古都) 상트페테르부르크의 뒷거리에서 병적인 사색에 젖어 지내던 라스꼴리니코프, 그는 선택된 강자는 인류를 위하여 사회의 도덕률도 딛고 넘어설 수 있다는 생각에 이르고, 결국은 아무런 생산적인 일 없이 고리대금으로 연명하는 노파 같은 존재는 죽어도 상관없다는 생각으로 그녀를 죽임에까지 나아가는 이야기. 도스또예프스키의 명작 《죄와 벌》은 인간의 사고와 행위에 대한 깊은 천착을 극명하게 묘사한다.

우리는 우리의 생각을 어디까지 진전시킬 수 있을까? 자신의 짧은 경험과 얼마 되지 않는 독서, 제한된 사색으로 정리된 생각을 얼마만큼 신뢰할 수 있을까? 그것이 타인의 인생에 중대한 영향을 미친다면, 아니 한 조직이나 한 나라의 미래에 큰 회오리를 몰고 온다면?

한두 사람의 신념에 찬 생각이 인류 역사를 획기적으로 개선시킨 적도 있지만 잘못된 길로 오도하여 엄청난 재앙을 불러온 예도 적지 않음에 구태여 일일이 열거할 필요를 느끼지 않는다.

그렇다면 선과(善果)를 택하고 악과(惡果)를 피할 방법은 무엇인가? 우선 생경한 생각이나 튀는 주장에 대해선 보다 엄정한 검증을 거치는 수밖에 없다. 제약 없는 토론의 광장에서 치열한 논쟁을 거쳐 잘

못된 생각이나 주의 주장을 퇴출시키는 것이다. 경계해야 할 것은 합리적인 근거나 납득할 수 있는 논리가 아닌 다수의 힘으로 밀어 붙이는 것이다. 이럴 경우 해당 발상자는 진리를 위한 거룩한 희생자가 되어 그의 논리를 더욱 견고하게 만들어 주게 된다. 영웅심에 불타는 젊은이들에겐 우상이 될 수도 있다. 흥분을 가라앉히고 객관적인 자료와 빈틈없는 논증에 의한 냉정한 이해가 긴요하다.

다음은 이쪽 생각이 지당하고 저쪽 생각이 아무리 틀렸다 하더라도 사람의 생각은 다를 수 있음을 인정하여 마지막까지 인내심과 선의의 마음으로 우정 있는 설복을 포기하지 말아야 한다. 토론이 거듭되고 논쟁이 격해지면서 대세가 한 편으로 기울기 시작할 때쯤 특히 겸손할 필요가 있다. 이 길이 아님을 깨달은 동행이 한 명 두 명 떠나가고, 외롭게 남아 황량한 들판을 지나는 고독한 투사, 그의 외투를 벗기는 것은 거센 바람이 아니라 따스한 햇살인 것이다.

뒤틀린 지성인 라스꼴리니코프의 죄를 자복하게 한 것도 창녀 소냐의 진실한 사랑과 그를 구원하고자 한 간절한 마음이었다.

"지금 바로 나가서 네거리에 서세요. 그리고 몸을 굽혀 먼저 당신이 더럽힌 땅 위에 키스를 하세요. 그리곤 모두가 듣도록 큰 소리로, '나는 사람을 죽였소'라고 외치세요. 그러면 하느님께서 당신께 새 빛을 부어주실 겁니다."

소냐의 순정한 호소가 라스꼴리니코프를 참회의 길로 인도한 것이다.

우리는 너무나 자주 공존하기 힘든 생각들과 상극의 주장들로 몹시 어지러움을 본다. 한민족으로 오랜 세월 영광과 고난을 함께하면서 좁은 땅덩어리에서 몸 비비며 살아온 나라라고 하기엔 생각의 괴리가 너무 크다. 목소리는 높고 논쟁은 뜨겁지만 좀처럼 감동 어린 설득이나 밝은 타협의 소식은 듣기 힘들다.

생각이 문제다. 나의 생각이 문제이고 그대의 생각이 문제이다. 나의 생각이 내가 살아온 궤적과 쌓아온 지식이 피워낸 꽃이라면 그대의 생각 또한 그럴진대 우리의 생각이 똑같다면 오히려 이상하지 않은가? 우리의 생각이 같은 것을 탓할지언정 서로 다름에 등을 돌릴 일은 아니지 않은가?

다만, '믿음은 바라는 것의 실상이라'(히브리서11:1), 생각이 굳어져 믿음이 되나니 결국 '나는 무엇을 바라는가'에 귀착된다. 자신의 설익은 상상을 드러내기에 앞서 진정 '우리는 어떤 세상을 원하는가'를 따져 봐야 한다. 따져 보면 우리가 그리 멀리 떨어져 있지 않음을 알게 될 것이다. 냉정한 이해와 우정 어린 설복은 그다음의 일이다.

지금 그대는 무슨 생각을 하고 있는가?

# 참말과 거짓이 아닌 말

창의적인 언어를 많이 알고
자주 사용하면 창의적인 사람이 되고,
아름다운 언어에 몰입하는 사람은
감동적인 창작을 내놓기 마련이다.

미안하지만 좀 유식한 척하는 것을 용서해주기 바란다. 동양의 석학 임어당(林語堂)조차 어려워서 3페이지 이상 읽지 못했다고 고백한 칸트를 인용하려고 하기 때문이다.

칸트는 《도덕 형이상학의 기초》에서 인간의 부도덕한 행위의 으뜸으로 거짓말을 꼽았다. 그는 인간으로서 가장 못 할 짓이 거짓말하는 것이라 본 것인데, 그 자신은 거짓말을 피하기 위해 특이한 화법을 구사하기도 했다.

프리드리히 빌헬름 2세는 칸트의 글을 읽고 그리스도를 우습게 여긴다며 그를 불러들여 더 이상 같은 논조의 글을 발표하지 못하게 했다. 이에 칸트는 맹세했다.

"소인은 폐하의 충직한 백성으로서 앞으로 종교에 관해 공개 강의를 일절 삼가고 논문도 쓰지 않겠습니다."

그는 이 말을 할 때 왕이 오래 살지 못하리라는 것을 알고 있었고, 실제로 얼마 안 있어 왕은 죽었다. 그러자 칸트는 종래 자신의 신념대로 다시 강의와 글을 활발하게 발표하기 시작했다. 왕과의 약속은 '폐하의 충직한 백성일 때만' 유효한 것이므로 왕의 죽음과 함께 그는 구속에서 풀려났다고 말하면서. 칸트는 영원히가 아니라 폐하가 살아있는 동안만 표현의 자유를 빼앗기는 것을 받아들이는 것으로 매우 조심스럽게 말을 골랐다고 뒷날 실토했다.

어디서 본 듯, 귀에 익은 이야기가 아닌가. 미국 전 대통령 클린턴이 르윈스키와의 스캔들에 휘말렸을 때 "나는 이 여인과 절대로 부적절한 관계를 가지지 않았다."고 발표하여, 이후 '부적절한 관계'라는 말을 유행(?)시킨 이야기 말이다. 부당한 금전 관계나 나쁜 공생 관계 같은 의미로 알아온 '부적절한 관계'가 이런 경우에도 사용될 수 있구나 하고 감탄한 사람이 나뿐이었을까?

결국엔 추문사건 자체가 아닌 거짓말을 한 것과 사법부 활동을 방해한 책임을 물어 탄핵에 회부되고 법정으로까지 가는 불명예를 겪었다. 그럼에도 불구하고 탄핵은 부결되고 위증죄도 무죄로 판결난 것은 기막힌 변론의 덕분이었다. 클린턴은 솔직하게 '부적절한 관계'를 인정하는 대국민 사과문을 발표하여 국민들의 동정심을 끌어내는 한편, 법적으로는 "자신은 단지 진실을 말하지 않았을 뿐 결코 거짓말을 한 것은 아니다"란 논리로 빠져 나갔다. 그는 미국 역대 대통령들 중에서도 비교적 훌륭했던 대통령으로 남게 되었고 그의 아내는 후일 대통령 후보가 되어 대통령이 될 뻔했다.

이런 것들, 칸트의 변명과 클린턴의 변론은 과연 타당하고 용납될 수 있는 것인가?

우선 떠오르는 생각은 잘난 사람들은 참 어렵게 산다는 것이다. 말 한 마디, 단어 하나를 쓰는 데 이토록 조심스럽다면 이 복잡다단한 삶을 어떻게 꾸려갈 수 있을까?

거짓말은 나쁘다. 칸트가 이야기했듯이 이 명제가 목적이나 결과에 관계없이 그 자체가 선이기 때문에 무조건 지켜야 할 도덕적 명령, 즉 정언명령(定言命令)이라면 그냥 참말만 하면 된다. 자신의 이해관계에 따라 요리조리 빠져나가기 위해 참말이 아닌, 그렇다고 거짓말도 아닌 말을 애써 찾아 써야 하는 사람들은 어떤 사람들인가?

유식한 척하는 김에 좀 더 나가보자. 공자님은 "정치의 요체는 무엇입니까?" 하고 묻는 제자에게 "사물의 이름을 정확하게 쓰는 것이다."라고 답했다. 이때 사물에는 특정된 상황이나 관계도 포함하는 의미이다. 다시 제자가 "어떤 사람이 참으로 좋은 사람입니까?" 하고 묻자, 공자님은 "나는 자색(紫色)을 싫어한다. 자색은 붉은색을 흐리기 때문이다."라고 답하였다. 그저 흰 것은 희다 하고 검은 것은 검다고 분명히 말하는 사람이 참으로 좋은 사람이라는 말씀이다.

사람의 됨됨이는 그가 구사하는 언어로 드러난다. 그가 사용하는 말이 곧 그 사람이다. 고운 말을 하는 사람은 고운 사람이고, 얄미운 말만 하는 사람은 무엇을 해도 얄밉다. 진실한 사람은 참말을 하고 거짓된 사람은 거짓말을 즐긴다.

언어는 단지 사람의 인품을 보여줄 뿐 아니라, 생각의 깊이와 폭을 더하고 그려낸다. 창의적인 언어를 많이 알고 자주 사용하면 창의적인 사람이 되고, 아름다운 언어에 몰입하는 사람은 감동적인 창작을 내놓기 마련이다.

또한 말로써 발설하는 순간 자신을 옭매게 되고 행위를 결정짓는 유력한 도구가 된다. 아마 그래서 잘난 사람들은 말을 그렇게 어렵게 뽑아내는 모양이다.

인구(人口)에 오르내리던 대단한 인물들이 보기 딱한 입장에 서게 되면, "기억이 없다" "잘 모르겠다" 또는 동문서답의 묘한 화법으로 소박한 민심을 헷갈리게 하는 경우를 본다. 거짓말은 하지 않겠다는 충정은 가상하다마는 경우에 따라선 거짓말보다 더 가증스러울 수 있다.

"그런즉 거짓을 버리고 각각 그 이웃과 더불어 참된 것을 말하라. 이는 우리가 서로 지체됨이니라." 사도 바울이 로마 감옥에서 보낸 편지의 한 구절이다.

여전히 고개가 갸웃해진다. 참말과 거짓이 아닌 말은 어떻게 다른가?

# 선한 생각보다 선한 실천을

바른 길을 빤히 옆에 두고 윤리적 성찰 없이
모난 길에서 춤추는 어릿광대 놀음은
고향의 아름다운 추억에 정말 부끄러운 일이다.
생각보다는 선택과 실천이 사람의 인격을 결정한다.

솔직히 나는 자신이 자랑스러울 때보다 실망스러울 때가 더 많다. 나를 잘 아는 사람들은 당연한 걸 가지고 뭘 새삼스럽게 운을 떼냐고 할지 모르지만, 때때로는 스스로를 대견해하는 적도 전혀 없지는 않기에 차제에 분명히 해두고자 하는 말이다.

나는 소년 시절, 봄여름에는 풀 먹이러 소 몰고 산과 들로 나가고, 가을 겨울엔 나무하러 십 리 길 먼 산을 오르내리던 시골 촌놈이었다. 늦은 오후 몇 굽이 산 너머에서 아스라이 들려오는 기차의 기적 소리로 네 시 반임을 알았고, 동네 어귀 신작로를 먼지 뿌옇게 날리며 아침과 저녁, 하루 딱 두 번 진주로 오가는 버스를 보며 하루 일과를 시작하고 마감했다.

어느 날 누군가로부터 서울과 부산에는 전차라는 게 있는데, 그

차는 앞뒤가 없다는 이야기를 들었다. 나는 궁금증과 호기심에 안달이 났다. '도대체 앞뒤가 없다면 어떻게 다닐까?' 드디어 궁금증을 해소할 날이 왔다. 대학에 다니던 큰형이 방학이 되어 집에 온 것이다. 나의 의문에 형은 잠시 씽긋 웃더니, "음, 전차는 말이다, 공처럼 생겼어. 큰 공처럼 생겨서 앞뒤가 없이 잘 굴러다닌단다."

나의 입에서 '아!' 하고 감탄사가 나왔다. 공처럼, 큰 공처럼 생긴 차라니 얼마나 멋지고 재미있는 차인가. 나는 이후 전차를 직접 타서 이리 뒹굴 저리 뒹굴 하며 엄청 재미있게 타 볼 날을 손꼽아 기다렸다.

그러던 촌놈이 이제는 의젓이 서울에서 직장생활을 하며 살고 있으니 때때로 자신이 제법 대견하다는 생각이 들 만도 하지 않은가.

하지만 돌이켜 보면 참으로 많은 어리석음과 부끄러움과 후회와 시행착오의 나날이었다. 생후 3개월 된 송아지의 착한 모습으로, 어느 것 하나 마음먹은 대로 된 것은 없었고, 계획과 다짐이 하염없이 반복되어도 지루하지 않은 고향의 물레방아처럼 아쉬움 한 바가지로 돌고 또 돌았다. 잘나가는 친구의 으스대는 모습을 부러워하며 이웃의 화려한 미혹에 덩달아 꿈을 키웠다.

꿈은 잘 가꾸면 아름답고 향기로운 꽃을 피우지만, 잘못 좇으면 허황된 사냥꾼처럼 어깨에 걸머진 것은 한없이 서글픈 하현달 한 조각이다. 풀과 나무, 들판과 언덕배기에서 자라서 그러한지 상황을 구체적으로 구분하지 못하고 늘 두루뭉술하다. 대충 그러려니, 막연한 기대에 인생을 맡긴 터였다.

사람을 대하거나 일을 앞에 두고도 이성적으로 맺고 끊으며, 제주도 사투리로 '요망지게' 다가가지 못하고 넘치거나 부족한 채 감정에 실려서 이리도 구르고 저리도 구르기 일쑤였다. 차라리 넘치기만 하면 나을지도 모르겠다. 인색한 마음에, 가슴 속에 귀한 것 하나 지니지 못했으면서 뭐가 그리도 놓치기 아까운지 움켜쥐고서는 놓치지 않으려 바동거렸다.

"방탕한 사람이 인색한 사람보다 낫다. 방탕한 사람은 그래도 여러 사람에게 혜택을 주기도 하지만, 인색한 사람은 아무에게도, 심지어는 자기 자신에게도 이익을 주지 못하기 때문이다." 아리스토텔레스가 아들을 가르치기 위해 쓴 《니코마코스 윤리학》에서 한 말이다.

새삼 인색하게 살아 온 나의 지난 삶이 건조하기가 마른 명태보다 더하다. 명태는 시원한 국물이 비할 데가 없지만, 나의 바싹 마른 인생은 시원한 구석이 한 군데도 없지 않은가. 내 평생에 나에게 이익이 되는 일 대신에 남에게 덕이 되는 일을 선택한 적이 몇 번이나 될까? 착한 생각만 하고 바른 주장만 하고 따끔한 비판만, 비난만 했지 스스로 그 길로 나아가지 못했지, 그 길에는 내가 주울 것이 별로 없었으므로.

"의견은 참과 거짓에 의해 판단되지만, 선택은 좋고 나쁨에 의해 판단된다. 우리는 좋고 나쁜 것 중 어느 쪽을 선택함으로써 어떤 품성을 갖는 사람이 되는 것이지, 그에 관한 어떤 의견을 가짐으로써 그렇게 되는 것이 아니다." 내가 의견에서 머물며, 그것이 거짓이 아님에 자족하면서 끝내 자랑스러운 선택으로 나아가지 못한 것은 아리스토텔레스의 가르침을 미처 몰랐기 때문은 아닐 것이다.

전차가 큰 공처럼 생기지 않았다는 것을 알면서부터 나는 나를 키워준 어머니의 가슴처럼 웅숭깊은 자연을 놓아버리고 반듯하지만 각진 모서리를 하염없이 서성거려왔던 것이다. 그 반듯한 길에 흙먼지는 없으나 끝에는 알고 보면 썩은 고기와 허명만 찾아 헤맨 하이에나의 슬픈 울음이 있었음을 나 이제 알겠다.

바른 길을 빤히 옆에 두고 윤리적 성찰 없이 모난 길에서 춤추는 어릿광대 놀음은 고향의 아름다운 추억에 정말 부끄러운 일이다. 생각보다는 선택과 실천이 사람의 인격을 결정한다.

췌언(贅言)으로, 어린이 놀이동산 같은 곳에 큰 공처럼 생긴 차를 운행하면 굉장히 인기가 있을 것 같은데, 틀림없이.

# 11월은 조연(助演)인가

어디쯤엔 이미 고름이 찼을지도 모를
마음의 환부에,
11월은 늦가을 첫서리 같은
예리한 메스를 잡는다.


11월은 조연 같은 달이다.

조연 중에는 독특한 캐릭터와 열연으로 주연 못지않게 주목을 받는 배우도 있건만, 11월은 그런 비중 있는 대우도 받지 못한다. 화려한 단풍의 짧은 10월을 아쉽게 보내고, 한 해의 마무리를 위한 긴박한 하루하루, 설레는 크리스마스에 대한 기대로 서서히 달아오르기 시작하는 12월의 클라이맥스를 앞두고 잠시 숨고르기에 들어간 듯한, 딱히 내세울 게 없는 조연이다.

여기저기서 송년회 약속을 잡자고 한다. 개중에는 꼭 연말에 모임을 갖고 한 해를 정리해야 할 뚜렷한 이유가 없는 주선도 있는데, 이때 나오는 얘기가 12월은 중요한 송년모임이 많을 테니 우리는 그냥 앞당겨 11월에 보자고 한다.

그래, 만만한 11월에 보자. 지난달엔 무슨 무슨 기념일과 야유회,

운동회나 이런저런 축제들로 다 채웠고 다음 달엔 사업상, 인맥 관리상 중요한 약속들이 이어져 시간 맞추기 어려우니 서로 눈치 볼 것 없는 우리는 마음 편하게 11월에 보자.

봄날의 화사한 꽃동산, 오뉴월의 싱그러운 신록과 구시월의 울긋불긋한 단풍, 눈부신 백설의 섣달은 스스로가 주연이지만, 원래 지닌 것 외에는 이렇다 할 연출이 없는 11월은 영락없는 조연이다.

이렇게 은근히 푸대접 받는 11월, 그러나 알고 보면 웅숭깊은 사람같이 볼수록 끌리는 계절이다. 우선 눈을 들어 하늘을 보라. 저 창창한, 깊고 푸른 하늘은 이때를 위해 아껴왔다. 지그시 눈을 맞추면 어느새 눈이 멀고, 아련한 추회(追懷), 그리움이 날개를 단다. 산과 들을 보라. 미련 없이 모든 잎들을 떨구어 내고 둔탁한 등걸과 앙상한 가지, 허허한 벌판을 숙살(肅殺)된 모습 그대로 드러내고 있는 풍경들. 비우고 비워서 한껏 몸을 가볍게 하여 모진 겨울을 거뜬히 넘기고, 다시 오는 봄에 더욱 건강하고 향기로운 새싹을 틔울 날을 준비하는 은인자중(隱忍自重)의 구도자가 11월이다. 선인들은 11월을 창월(暢月)이라고도 불렀는데, 새로이 발동시키지는 않으나 만물을 충실하게 채워주는 달이라는 의미였다. 겉으로는 허허로워 보여도 안으로는 깊이를 재고 있는 모양 좋은 한 그루 나무 같은 달인 것이다.

11월의 나목(裸木)을 본 적 있는가? 조금만 한적한 들길로 나가면 쉽게 만날 수 있는 흔해 빠진 헐벗은 나무들, 그중 한 그루를 골라 지그시 바라보라.

유난히 나목을 많이 그려, 나목의 화가로 유명한 박수근 화백. 그와의 먼 인연을 소재로 쓴 박완서의 명작 《나목》의 한 구절이 절절히 다가올 것이다.

"그러나 지금의 나에겐 그게 고목(枯木)이 아니라 나목(裸木)이었다. 그것은 비슷하면서도 아주 달랐다. 김장철 소스리바람에 떠는 나목, 이제 막 마지막 낙엽을 끝낸 김장철 나목이기에 봄은 아직 멀었건만 그 수심엔 봄에의 향기가 애달프도록 절실하다."

박수근 화백의 '나목'은 그림만큼이나 호젓한 아름다움을 담고 있는, 그의 고향 양구에 있는 '박수근 미술관'에 가면 감상할 수 있다.


그렇지. 우리네 서민들의 1년 행사인 김장도, 이 무심한 11월을 놓치지 않아야 한다. 더 이르면 기껏 해놓은 김치가 너무 일찍 시어져 맛을 잃게 되고, 더 늦추면 싱싱한 배추 구하기도 어렵고 매서운 추위에 김장 울력이 고역이 된다.

무엇보다 우리가 11월에 대해 잊고 있는 것은, 11월이 수술하기 좋은 계절이라는 것이다. 덥지 않아 수술 후 잘 덧나지 않아서 좋고, 많이 춥지 않아 환자가 오랜 병상 생활을 견디기가 쉽기 때문이다. 촌각을 다투는 위급한 상황이 아니면 많은 이들이 이 계절에 수술 일정을 잡는다.

비단 육신의 질병을 고치는 수술만일까?

우리는 이 11월에 더 자주, 더 깊이 내면을 들여다본다. 달랑 한 장 남은 달력이, 이때쯤이면 어김없이 파고드는 사라사테의 〈지고이네르 바이젠〉 선율의 그 애절한 정조가 흥청망청 단풍놀이 나갔던 마음을 불러들이고, 물질과 욕심에 쇠락해진 의식을 잠시 내려놓게 한다. 생각을 내려놓으면 보이지 않던 것이 보이기 시작한다. 세월을 낭비한 죄도 보이고 이웃을 외면한 수심(獸心)도 보이고 자신을 속인 가면도 보인다. 어느새 지치고 멍든, 어디쯤엔 이미 고름이 찼을지도 모를 마음의 환부에, 11월은 늦가을 첫서리 같은 예리한 메스를 잡는다.

만일 지난 시절 길을 잘못 들었다면, 11월은 한 해를 마무리하기 전에 잘못 든 길을 바로잡을 마지막 기회를 준다. 잘못 든 길에서 12월을 맞는 것은, 고속도로에서 출구를 놓쳤을 때의 낭패감처럼 조급증만 더해진다, 길을 잘못 든 사람이 서두르는 법이기에. 그러기에 11월은 느긋하고 건강하게 한 해를 마무리하게 하는 정말 고마운 달이다.

제발, 백설이 난분분(亂紛紛)하기 전에 바른 길을 찾을 수 있기를….

행여 동짓달 기나긴 밤에 사랑하는 임이라도 찾아와 준다면 11월은 하루 저녁에 주연으로 올라설지도 모른다.

11월은 주연 같은 조연이다.

# 고속도로에선 왜 씽씽 달릴 수 있을까

꿈속이
안전한 줄 알지만
상처받을 일 없는 그곳에선
사랑도 받을 수 없어요.

참 엉뚱한 질문이다. 고속으로 달리라고 만든 고속도로에서 왜 씽 씽 달리냐고? 그럼 일반 도로나 시내 도로에선 왜 속도를 줄이고 잔 뜩 주의를 기울여 운전할까? 원활한 소통과 사고의 위험성을 감안 한 교통법규 때문이라고? 그럼 그런 법규는 어떤 기저에서 만들어 졌을까?

그건 고속도로에서는 운전자 상호간 또는 보행자에 대해 신뢰의 원칙이 적용되고 일반 도로나 시내 도로에선 불신의 원칙에 따르기 때문이다.

고속도로 위의 운전자는 서로 차선을 준수하고 규정 속도를 지키 며 일반 보행자가 횡단하는 일이 없을 것이라는 믿음을 갖고 운전을 한다. 법규를 위반해 사고가 발생했을 경우 그 책임은 거의 전적으로 위반자가 지도록 되어 있다. 따라서 각 운전자는 주위에 불필요한 신경을 쓸 필요 없이 신나게 달릴 수 있는 것이다.

이에 반해 일반도로나 시내 도로에선 불신의 원칙이 적용되므로 타 운전자나 보행자가 교통법규를 잘 지키지 않을 수도 있다는 것을 염두에 두고 운전해야 한다. 사고 발생 시 법규 위반자에게 전적으로 책임을 묻기보다 소위 쌍방과실이라 하여 이쪽에도 책임의 일부를 지우는 이유다. 이런 도로에선 당연히 조심조심 감속 운행을 할 수밖에 없다.

국가나 사회도 마찬가지다. 신뢰가 기반이 된 사회는 고속도로처럼 씽씽 달려가는 선진국이나 불신이 지배하는 사회는 후진국을 벗어나기 어렵다.

나는 몇몇 지인들과 함께 한창 세계인의 주목을 끌던 시기의 두바이를 둘러본 적이 있다. 일행 중 한 명이 돛단배 디자인으로 유명한 '버즈 알 아랍' 호텔과 세계 최고층 빌딩인 '부르즈 칼리파'를 비롯해 멋진 건축물들이 줄줄이 세워지고 있는 것을 보면서, 왜 우리나라엔 이런 건축물이 없는지 한탄조로 물었다. 나는 우리나라는 건축가를 믿지 못하고 발주 담당자를 신뢰하지 못해 당분간 어려울 거라 대답했다.

'버즈 알 아랍'이나 '시드니 오페라 하우스', 빌바오의 '구겐하임 미술관', 바르셀로나의 '사그라다 파밀리아 성당' 등 세계 곳곳에서 그 나라의 아이콘으로 광채를 발하고 있는 많은 걸작들은 대부분 통치자나 단체가 발주 책임자의 양식을 믿고 일을 맡겼으며, 또한 그들은 건축가의 역량과 창의성을 십분 존중해 설계를 의뢰하고 작품을 선정한 결과였다.

톰 라이트(Tom Wright)가 설계한 '버즈 알 아랍'은 통치자 쉐이크 모하메드의 주관적(?) 판단에 의한 적극적 지원이 있었기에 세계에서 가장 아름다운 호텔로 이름을 올릴 수 있었다. 이외른 우촌(Jørn Utzon)의 '오페라 하우스'가 당시 설계 기준에 맞지 않았음에도 당선작으로 선정되고 끝내 완공되어 호주의 명물이 된 것도 심사위원과 건축가에 대한 신뢰가 있었기에 가능했다. 프랑크 게리(Frank Gehry)는 자신의 재능에 대한 구겐하임 재단 측의 절대적인 기대에 부응해 한 도시를 살리는 최고의 미술관을 디자인했다.

스페인보다 더 유명해진 '사그라다 파밀리아 성당', 즉 성(聖) 가족 성당 또한 가톨릭 교구가 건축가 안토니 가우디를 전적으로 신뢰한 결과였다. 교구가 건축가 안토니 가우디에게 의뢰한 것은 설계만이 아니었으며, 예산도 준공 기한도 사실상 맡겨진 거나 마찬가지였다. 가우디가 40년을 짓다가 죽었지만, 그의 사후 100년이 다 되어 가는 지금까지 그의 건축 언어와 철학을 이어받은 후배 건축가들에 의해 계속 지어지고 있다.

발주 책임자의 공정성을 의심하고 건축가의 창의성을 돈으로만 계산해 사업을 시행했다면 그런 걸출한 명품은 탄생할 수 없었을 것이다.

스티븐 M. R. 코비는《신뢰의 속도》에서 사람이나 집단에 대한 신뢰 수준이 높을수록 일 처리 속도가 빨라지고 효율과 생산성이 높아져 삶이 윤택해진다는 것을 〈포천〉지 선정 500대 기업에 대한 연구 결과를 기초로 발표했다. 그는 우량 기업의 초고속 성장 원동력을 '신뢰의 속도'로 규정하고, 신뢰가 실증하기 어려운 사회적 덕목일 뿐이라는 인식을 깨고 경제적 성과를 이끌어내는 핵심가치임을 실증해냈다. 프랜시스 후쿠야마도《트러스트(Trust)》에서 사회적 자원으로서의 신뢰가 정치적 안정뿐 아니라 경제적 성장과 발전을 위해서도 21세기 선진 사회의 필수 불가결한 요소임을 설파한 바 있다.

이제 우리를 살펴보자. 경제와 사회 곳곳에서 참담한 불신의 굴레가 이 나라의 발전을 견인해 나갈 기업인과 각 부문 전문가, 교수 등 창의적 인재들을 옥죄고 있다. 갖가지 규제와 중복 감사, 전문가의 양식을 믿지 못하는 기계적 심사 규정, 지나친 계량 위주의 평가기준 등 불신의 틀로 찍어낸 숱한 법령, 규칙, 기준들은 어디에 쓰는 물건인가?

물론 신뢰도 과하면 방심을 불러와 안전에 허점이 발견되고 부실이 조장될 수도 있다. 지나친 믿음이 부정과 비리에의 유혹을 떨쳐버리기 힘들게 할 수도 있다. 약간의 문제점이 있긴 할 것이다. 그런다고 언제까지 불신의 전족(纏足)을 차고 전전긍긍 굼벵이 걸음을 할 순 없지 않은가.

사랑이 그렇듯, 발전과 성장을 위해선 작은 상처는 싸안고 가야 한다.

"꿈속이 안전한 줄 알지만 상처받을 일 없는 그곳에선 사랑도 받을 수 없어요." 영화 〈미스터 플라워〉에서 들은 대사다. 우리도 이젠 사랑의 상처를 두려워하지 않듯 작은 사고에 대한 염려를 벗어던지고 신뢰의 고속도로를 씽씽 달려보자.

# PART 7

## 인간이 이렇게 슬픈데, 주님! 바다가 너무나도 파랗습니다

엔도 슈샤쿠 〈침묵의 비〉의 비문(碑文)에서

# 바다가 너무나도 파랗습니다

내 꿈은 별 탈 없이 일하면서
배불리 빵을 먹고.
지친 몸을 누일
방 한 칸을 갖는 게 전부랍니다.

배가 고팠다, 어린 시절 이맘때면. 꽁꽁 얼어붙었던 개울이 풀리고 불현듯 먼 산에서 산비둘기 울음소리가 들려오기 시작하면 봄노래보다 배가 먼저 고팠다.

동네에서 조금은 산다는 축에 드는 집인데도 나뭇가지에 물이 오르기 시작하는 이맘때가 되면 여지없이 먹거리가 거의 동이 났다. 까만 보리밥조차 하루 세 끼 먹기 힘들어, 점심은 수제비로 때우거나 감자나 고구마 몇 개로 넘기기 일쑤였다. 이때의 안 좋은 기억 때문에 장년이 되기까지 수제비와 감자, 고구마를 내 돈 주고 사먹은 적이 거의 없다.

그래도 그 시절이 견딜 만했던 것은 수제비 한 그릇, 고구마 몇 개라도 이웃과 나눠 먹는 정이 애틋했기 때문이다. 뒷집 곳간이 비어가는 것을 함께 걱정하고 산모퉁이 되지기의 끼니를 십시일반으로 챙겨주는 포근함이 있었기 때문이다.

> 엄마 일 가는 길에 피는 찔레꽃 / 찔레꽃 하얀 잎은 맛도 좋
> 지 / 배고픈 날 가만히 따 먹었다오 / 엄마 엄마 부르며 따
> 먹었다오

날씨가 한창 봄으로 접어들면 배는 더 자주 고파왔고, 때맞추어 새순을 키워내는 찔레를 보면 우리들은 그냥 지나칠 수 없었다. 당시 우리가 먹은 것은 찔레 잎이 아니라 새로 돋아난 연한 새순 줄기였다. 채 여물지 않은 가시를 뜯어내고 껍질을 쭉 벗긴 다음, 연초록 줄기를 입에 물고 잘근잘근 씹으면 단물과 함께 향긋한 내음이 입에 가득 찼다.

그 시절 눈앞에 아롱거리던 하얀 찔레꽃은 파란 하늘을 배경삼은 한 움큼의 설움이었다.

지금도 애잔한 목소리로 부르는 이연실의 〈찔레꽃〉 노래를 들으면 어느새 나는 어린 시절 배고픈 날 따먹던 찔레가 생각나 먹먹해진다. 그리고 그 시절이 못 견디게 그리워진다. 그 어려웠던 시절이 말이다.

세계 10위권의 잘사는 나라 국민이 된 오늘날, 우리나라의 전자제품이, 자동차가, 화장품이, 음악과 드라마가 세계에서 인기를 끌고 있는 이 마당에, 못 먹는 사람보다 너무 많이 먹어 고민하는 사람

이 더 많은 이 호시절에 웬 생뚱맞은 넋두리냐고 나무랄지도 모르 겠다.

그럼, 이건 무슨 딴 나라 이야기인가? 바로 얼마 전 우리의 수도 서울 송파에서 세 모녀가 생활고를 견디지 못해 번개탄을 피워놓고 자살했다는 소식은. 그 사건 이후 일주일 사이에 엄마가 어린아이 와 함께 동반 자살한 비통한 일이 2건이나 더 발생했다. 최근의 언 론보도는 경제협력개발기구(OECD) 국가들 중 한국이 자살률 1위인 데, 가장 큰 이유가 먹고 살기 힘들어서라고 한다. 세 모녀는 목숨을 끊는 순간에도 "죄송합니다. 마지막 집세와 공과금입니다"라는 메 모와 함께 70만 원이 든 봉투를 남겼다. 이웃들에 의하면 세 모녀는 고질병과 싸우면서도 일을 가리지 않고 하면서 열심히 살아왔다고 한다.

비슷한 상황이 130여 년 전 프랑스에서도 있었다. 자본주의가 화 려하게 꽃을 피우던 파리, 상류층의 흥청거림 뒤편에는 하루하루를 연명해야 하는 하층민들의 피와 눈물이 고였다. 그러나 배부른 사람 들 누구도 비참한 그들에게 마음을 주지 않았다. 이때 에밀 졸라는 세계 문학사상 최초의 베스트셀러가 된 소설《목로주점》을 썼다. 고 난 속에서도 꿋꿋하게 살아보려 애쓰는 여인 제르베즈, 자신의 의지 와 노력과는 상관없이 겪게 되는 시련과 우환에 그녀는 알코올 중독 과 가난, 타락 속에서 처참하게 죽어간다.

"내 꿈은 별 탈 없이 일하면서 배불리 빵을 먹고, 지친 몸을 누일

방 한 칸을 갖는 게 전부랍니다. 내 꿈은 정직한 사람들 틈에서 사는 거예요."

제르베즈의 꿈은 이 정도였을 뿐인데….

아이들을 데리고 죽어간 송파의 그 엄마의 소망도 제르베즈의 소망과 크게 다르지 않았을 것이다.

차이점이 있다면, 제르베즈로 상징되는 프랑스 하층민들은 에밀 졸라의 명작이 환기시킨 분위기 조성으로 이후 사회보장제도가 획기적으로 개선된 반면, 우리 이웃들의 애절한 사연은 한때 언론의 한 꼭지로만 넘겨질 뿐 금세 잊히고 만다는 것이다. 아차 하는 순간에 그들의 처지가 나의 모습이 될 수도 있음을 애써 외면하는 심사가 너무 야속하다. 현실이 소설보다 더 비참하고 더 사실적일 수 있다는 데 동의하지만, 역시 사람의 마음을 깨부수어 크게 변화시키는 데는 감동의 회오리를 담은 예술이 더 강력한가 보다.

밤 깊어 까만데 엄마 혼자서 / 하얀 발목 바쁘게 내게 오시네 / 밤마다 보는 꿈은 하얀 엄마 꿈 / 산등성이 너머로 흔들리는 꿈

그러기에 〈찔레꽃〉의 애절한 음조(音調)가 이토록 가슴을 저며 오는 것이 아니겠는가. 이 순간에도 생활고로 죽음을 떠올리는 이웃이 있을 것이라 생각하니, 오고 있는 화사한 봄을 어찌 맞이할까.

문득 극한에 달한 인간의 고통에도 외면하는 신에 대한 탄원서,

《침묵》의 작가 엔도 슈샤쿠의 비문(碑文)이 입술에 맴돈다.

인간이 이렇게 슬픈데, 주님! 바다가 너무나도 파랗습니다.

# 사람은 쉽게 바뀌지 않는다

훌륭한 사람도, 선한 사람도, 정직한 사람도
하루아침에 그리 되지 않는다.
긴 세월을 두고 참된 하루로, 착한 하루로,
거짓 없는 하루로 진득하게 살아온 결과다.


이른 아침, 느닷없는 매미 울음소리에 잠을 깼다.

고향집 뜰 앞 감나무에서 희뿌옇게 밝아오는 봉창 안으로 들려오던 매미 소리에 잠을 설치곤 했던 어린 시절의 정경이 덜 깬 눈꺼풀에 묻어난다. 그 시절 우리들의 유년은 여름이 너무 짧았다. 수풀은 푸르다 못해 검은빛으로 무성했고 옹골찬 포구나무 밤나무 느티나무 상수리나무 가지마다 매미들은 짧은 여름을 억울해 하며 곡조 높여 울었다.

여름날의 가객 매미가 언제부터인가 도시민의 귀를 어지럽히는 소음 유발자로 전락해버린 것은 참 안타까운 일이다. 매미들이 시도 때도 없이 울어대는 바람에 열대야 끝의 짧은 새벽잠마저 빼앗긴 도시민들은 매미가 마냥 고울 수 없는 것이다.

그러나 무더운 여름이 오히려 좋기만 한 매미에게는 염치불구하고 이른 아침부터 나설 만한 이유가 있다. 7년을 땅속에서 인고의 세월을 견뎌왔으나 기껏 한 달이 못 되어 다시 흙으로 돌아가야 하는 운명, 그전에 성혼을 해야 하니 누군들 조급하지 않으랴. 생각하면 할수록 구성진 음조(音調) 속에 감춰진 간곡함에 같이 울어주고 싶다.

매미의 성급함에는 오랜 세월 동안 숨죽이며 체득해 온 숭고한 금도(襟度)가 있다. 사랑을 향한 갈급함에도 자기만의 목소리를 곡절 없이 바꾸거나 얕은 계산으로 이곳저곳 기웃거리지 않는다. 견결한 삶이 배어나는 색깔과 굵기와 높이로 다듬은 목소리로 신성한 경기에 참여한다.

그리스어에 아곤(Agon)이란 말이 있다. 음악이나 미술, 연극, 문학 등 삶을 풍요롭게 하는 분야에서 이루어지는 선의의 경쟁을 뜻한다. 체스와 같은 놀이를 하는 가운데 이루어지는 비적대적 경쟁, 투쟁하고 갈등하는 경쟁이 아니라 서로에게 힘이 되는 경쟁, 너를 밟고 일어서는 경쟁이 아니라 함께 격려하는 상생의 경쟁을 의미한다. 한여름 날 매미들의 숲 속 경연이 바로 아곤이라 할 만하다.

그러니 매미 소리는 울음이 아니라 자신의 매력을 뽐내는 노랫소리가 맞다. 나만 잘났다고 악다구니로 울어대는 것이 아니라 즐거운 콘서트에서 나의 격조와 장기로서 온당하게 선택을 받고자 하는 것이다. 다시 귀를 기울이니 매미 소리가 제법 흥겹다. 어떤 매미의 소리도 튀거나 삐어져 나오는 법이 없다. 서로의 소리에 귀 기울이며 화음을 잘도 맞춘다.

선조들은 일찍이 매미에게 다섯 가지 덕이 있다며 칭송했다. 먼저 문덕(文德)이다. 기품 있는 의복에 의젓한 자태, 풍류마저 즐길 줄 아니 문덕이 있다. 둘은 깨끗한 이슬만 먹고 사니 청덕(淸德)을 지녔으며, 셋은 농부들이 땀 흘려 가꾼 곡식과 채소를 해치지 않는 염치를 아니 염덕(廉德)이 있다. 넷은 뭇 짐승들이 저마다 집이 있으나 매미는 일생 동안 제 집을 짓지 않으니 검덕(儉德)이 있고, 끝으로 때맞추어 왔다가 철 되면 떠날 줄 아니 신덕(信德)을 지녔다 했다. 왕관인 익선관과 관료들의 관모를 매미 날개로 장식한 것이 이와 같은 매미의 덕을 본받으라는 의미가 아니겠는가.

세월이 가고 시절이 바뀌면 자리에 앉은 사람도 바뀐다. 영원히 세상을 호령할 것 같던 이들이 슬몃슬몃 물러나고, 강호의 잠룡들이 어깨를 펴며 정색하고 나선다. 새로이 등장하는 인물들이 더 능력 있고 더 깨끗하기를 기대하건만 이전 사람들과 별반 다르지 않은 이들로 채워져 기대가 실망의 이웃임을 새삼 깨닫는다.

한 사람의 진면목은 지금까지 살아온 족적, 그 자체가 아닌가. 생각과 행동에도 관성이 있으니 생사를 오갈 만한 충격이 아니고는 잘 변하지 않는 것이 사람이다. 그나마 변한다면 안 좋은 쪽이다. 바늘 도둑이 소도둑 되기는 쉬워도 소도둑이 바늘 도둑 되기는 어렵다.

도스토옙스키의 《카라마조프가의 형제들》에 한 욕심쟁이 노파의 이야기가 나온다. 이 노파는 생전에 착한 일을 한 가지도 한 적이 없어 죽어서 불지옥에 던져졌다. 불쌍히 여긴 수호천사는 할머니가 생선에 양파 한 뿌리를 거지에게 준 선행을 찾아내곤 하느님께 구원을 간청했다. 하느님은 그 양파를 할머니한테 내밀어 이를 붙잡고 지옥에서 올라오게 하라고 은혜를 베풀었다. 노파는 천사가 내려준 양파 뿌리를 잡고 조심조심 올라오기 시작했다. 그때 같은 지옥에 있던 죄인들이 할머니의 발을 붙잡고 매달리는 것이 아닌가. 그러자 할머니는 매달리는 죄인들을 힘껏 뿌리치며 말했다. "이건 내 양파야. 너희들 것이 아니야!" 동시에 할머니가 잡고 있던 양파 뿌리가 끊어졌다.

훌륭한 사람도, 선한 사람도, 정직한 사람도 하루아침에 그리 되지 않는다. 긴 세월을 두고 참된 하루로, 착한 하루로, 거짓 없는 하루로 진득하게 살아온 결과다.

여든 살이 되도록, 아내가 가출할 정도로 궁핍한 생활을 해오면서도 불의와 타협하지 않은 강태공을 바라지는 못할망정, 7년 정도의 검박한 생활은 기꺼이 감내하는 매미의 덕을 갖춘 인물의 등장을 기대하는 것이 사치일까?

오늘도 집 없는 매미는 소리 높여 읊조린다, 사람은 쉽게 바뀌지 않는다고.

# 사람은 무엇으로 사는가

피곤한 기색을 애써 감추며 웃음으로 맞아주는 아내와
아무리 찾아봐도 미운 구석이란 없는,
나를 꼭 빼닮은 토끼 같은 자식들을 보는
순간 피곤을 누르는 힘이 솟는다.

사람은 무엇으로 사는가? 생뚱맞은 질문이나 '사람은 왜 사는가?' 보다는 덜 현학적이지 않은가. 사람이 사는 이유를 묻는 것은 철학의 심오한 숙제인 존재론적 질문이거나, 자칫 피 튀기는 살육전도 불사하는 종교적 논쟁의 불씨가 된다.

하지만 '사람은 무엇으로 사는가?'는 평범한 우리도 가끔씩 던져보는 질문이 아니던가. 누구는 돈으로 살고, 누구는 명예로 살고, 또 다른 이는 그냥저냥 못 죽어 살기도 한다.

일에 지치고 사람에 시달려 녹초가 된 몸을 이끌고 늦은 저녁 희뿌연 가로등 아래 귀갓길에서, 한 번쯤 내뱉어본 그 말, "아~ 힘들어, 꼭 이렇게 살아야 하나!" 하지만 그것도 잠시다. 그 역시 고된 하루를 열심히 살아낸, 그러나 피곤한 기색을 애써 감추며 웃음으로 맞아주는 아내와 아무리 찾아봐도 미운 구석이란 없는, 나를 꼭 빼닮은 토끼 같은 자식들을 보는 순간 피곤을 누르는 힘이 솟는다. 그래 내가 이 맛에 살지.

톨스토이가 《사람은 무엇으로 사는가》라는 소설을 쓴 것도 우리들의 일상 속에서 삶을 지탱하게 하는 것은 진정 무엇인가를 함께 생각해보고 싶어서이리라. 어린 쌍둥이를 둔 엄마를 데려오라는 하느님 명령을 도저히 시행할 수 없었던 천사 미하일, 그는 벌을 받아 세상으로 내쳐지고, 세상에서 세 가지 진리를 깨달아야만 다시 하늘로 오를 수 있었다. 미하일은 벌거벗은 채 추위에 떨고 있을 때 가난한 구두장이 시몬의 보살핌을 받고, 곧 죽을 운명인 귀족으로부터는 오래 신을 장화를 주문받는다.

세월이 흐른 어느 날, 한 부인이 소녀 둘을 데리고 와서는 구두를 주문하는데, 그 소녀들은 바로 그 쌍둥이들이었고, 어릴 때 엄마를 잃은 후, 이웃집 부인에 의해 친자식처럼 잘 양육되어 왔음을 알게 된다.

드디어 미하일은 하느님이 낸 세 가지 질문에 답을 찾았다. 첫 번째 질문, "사람의 내부엔 무엇이 있는가?" 그에게 자신의 외투를 벗어 주고 따뜻이 보살펴준 시몬의 마음, '사랑'이 있음을 알았다. 두 번째 질문, "사람에게 허락되지 않는 것은 무엇인가?" 곧 죽을 운명임을 모르고 오래 신을 장화를 주문한 귀족, 사람은 자신에게 정말 필요한 것이 무엇인지를 알지 못한다. 마지막 질문이 "사람은 결국 무엇으로 사는가?"이다. 엄마를 일찍 여읜 아이들도 이웃의 품속에서 잘 자랄 수 있었던 그것, 사람은 바로 '사랑'으로 살아가는 존재였던 것이다.

정말 사람은 '사랑'으로 사는가?

우리는 학교에서, 가정과 사회에서 많은 가르침과 훈련을 받아 왔지만, 사람이 무엇으로 살아야 하는지, 사람이 사람을 사랑하는 것이 무슨 의미인지를 배워본 적이 없다. 학창시절엔 좋은 성적으로, 사회에선 돈으로, 권력으로 남을 이기는 것이 최고라 배웠고, 그것만이 가치 있는 일인 줄 알았다.

돈이 곧 인격이고, 권력이 곧 권위가 된 세상이다. 옛적엔 물질로 은혜를 입었거나 죄를 짓고 선처를 받았을 때, 베푼 이에게 머리를 조아렸다. 그러나 요즘은 그로부터 밥 한 그릇 신세진 것 없고, 법 없이도 잘 살 사람인데도 갑부나 세력가 앞에 서면 괜스레 작아지고 어느새 공손한 자세로 옷깃을 여민다.

비록 그들이 도저히 존경할 수 없는 교활함과 위선 덩어리일지라도, 그들은 영원한 '갑'인 것이다. 그럴수록 그들의 목에는 한껏 힘이 들어가고 목소리엔 거드름이 잔뜩 끼어든다.

이제 돈과 권력은 능력과 인품의 가장 중요한 잣대요, 한평생 추구할 가치요, 사람이 살아가는 목적이 되었다. 이러니 곤궁한 사람이 가족과 함께 기꺼이 죽음을 택하고, 보험금 몇 푼어치를 노려 아내를, 남편을 스스럼없이 죽인다. 가난한 집 아이들이 다니는 학교엔 자기 아이를 보내지 않으며, 얄팍한 권력으로 부하를, 제자를, 종업원을 희롱하고 능멸하면서도 부끄러운 줄 모르는 철면피들이 넘쳐난다. 그들은 그들이 배운 삶의 목적을 위해 살아온 것이니 이상할 것도 없지 않은가?

뉴스마다 드라마마다 들리고 보이는 것이 온통 돈 이야기이고 권력 놀음뿐 아닌가. 이웃끼리 친구끼리 만나도 금세 이야기의 주제는 돈벌이가 된다, 아니면 고관대작으로 출세한 아무개의 운 좋은 이야기거나. 그들이 무슨 생각을 많이 하며, 어떤 가치 있는 일에 관심을 가지고 지내는지는 전혀 주의를 끌지 못한다.

망치를 들고 놀다 보면 주위 물건들이 몽땅 못으로 보인다. 돈, 돈 하며 살다 보니 그들 눈에는 모든 사람이 돈벌이 대상이거나 치부를 위한 수단쯤으로 보이기도 할 것이다. 이런 곳은 사람 사는 동네가 아니다. 사람 사는 세상이면 사람 이야기가 흘러야 한다. 사람끼리 차가운 가슴을 안아 훈기를 지피고, 붉은 볼 마주 비비며 미소를 나누어야 한다. 한 사람, 한 사람이 천하보다 귀한 존재이며, 물질보다 인격이 더 높은 가치임을 어린 시절부터 교육하고 체화시켜야 한다. 우리 서로 어렵더라도 사랑과 헌신, 진실함과 아름다움, 공정함과 예의 같은 메인 디시(main dish)를 충분히 먹은 다음에 돈타령, 출세타령은 디저트로 가볍게 맛보면 어떨까?

사람답게 사는 일이 무엇인지에 대해 더 많이 '이바구'를 하자. 사람은 그 무엇도 아닌 오직 서로 사랑함으로 사는 존재이다.

# 그대, 아직도 분노하는가

증오를 넘어 따뜻한 가슴으로,
패거리의 고함이나 어설픈 감정몰이 대신에
차가운 머리와 진실의 힘으로 진전할 때가 되지 않았나.
이 땅에 분노가 정의인 계절이 다시는 오지 않기를.

한때 분노는 정의였다. 분노하지 않는 젊음은 청춘이 아니었고 분노할 줄 모르는 지성은 비겁함이었다. 분노는 옳고 그름을 구별할 줄 아는 표식이었고 불의를 보고 저항하는 유력한 표현 방식이었다. 분노는 힘없는 자가 내디딜 수 있는 유일한 참여 방법이었고 가진 게 없는 자가 외칠 수 있는 존재 양식이었다.

그 시절은 오직 한 사람만이 판단할 수 있었고 그가 내린 결정만이 유효했고 그가 이끄는 지도만이 인정되었다. 그가 예사롭지 않은 예지력과 리더십으로 굶주림을 운명처럼 알고 살아온 민족을 가난의 질곡에서 건져내고 오늘날 제법 잘사는 나라의 대열에 낄 수 있게 한 불세출의 인물임을 인정한다고 하더라도, 민주주의와 인권이란 또 다른 소중한 가치를 위해 분노하고 투쟁하는 행위는 충분히 가치 있고 다수의 대중으로부터 공감을 얻고 있었다.

당시의 막강한 권력과 권력으로부터 절대적인 지원을 받고 있던 자본에 대한 도전은 보통 사람들로서는 감수하기 힘든 엄청난 핍박과 삶을 송두리째 잃을 수도 있는 거대한 공포와 맞서는 일이었다. 그런 만큼 그 시대의 분노는 정의롭다 못해 위대하기까지 했다. 이러한 위대한 분노자들이 보여준 가열한 투쟁과 죽음을 무릅쓴 저항의 이야기는 감동과 눈물 없이는 들을 수 없는 영웅담으로 전해져 왔다.

비교적 평탄하게 살아온 내가 그의 이름만 들어도 고개를 들지 못하게 하는 고등학교 동기가 있다. 내가 오로지 괜찮은 직장을 구하기 위해 도서관에 처박혀 책과 씨름하고 있을 때, 나보다 형편이 나을 것도 없는 그는 자신보다 못 배우고 더 어려운 이웃을 위해 젊음을 던졌다. 보다 정의롭고 민주적인 세상을 앞당기기 위해, 나날이 야만성을 더해가는 권력과 자본을 향해 용감하게 맞섰다.

그는 결국 민청학련사건 주모자 중 한 명으로 법정에 서야 했다. 검사가 그에게 사형을 구형했을 때 그가 미소를 머금으며 한 최후진술은 지금 들어도 모골이 송연할 정도로 숙연해진다. "영광입니다. 감사합니다. 유신치하에서 생명을 잃고 삶의 길을 빼앗긴 민생들에게 줄 것이 아무것도 없어 걱정하던 차에 이 젊은 목숨을 기꺼이 바칠 기회를 주시니 고마운 마음 이를 데 없습니다. 감사합니다."

그는 혹독한 고문과 오랜 수형생활에서 얻은 병으로 38세의 아까운 나이에 세상을 떠난 의인 '김병곤'이다. 그는 위대한 분노자의 전

형이다.

그의 위대한 분노자로서의 아름다운 모습은 그 후에도 한동안 이어져 이 세상을 좀 더 인간다운 냄새가 나는 사회로 바뀌게 하는 데 기여해 왔다.

그 덕분에 세상은 달라졌고 사회는 많이 성숙해졌다. 아직도 어처구니없이 구리고 한심한 작태들이 여기저기서 불거져 나오지만, 그때처럼 위대한 분노자들이 목숨을 걸고 싸울 만큼 무모한 세상에서는 제법 벗어났다. 온 국민이 편을 갈라 다시는 안 볼 원수처럼 핏발 세우고 서로 삿대질할 만큼 구조적인 부조리가 횡행하는 사회로부터도 거리를 두기 시작했다. 국민의 의식수준이 예전 같지 않고 잘못을 지적하고 공표할 수 있는 언로가 열려 있으며, 공정성에선 아직도 문제점이 없지 않지만 효과적인 구제 방법도 많이 정비되어 있다.

그런데도 여전히 분노하는 것 자체가 용기고, 정의고, 아름다운 모습인가? 아직 가야 할 길이 먼 것은 사실이다. 하지만 우여곡절 끝에 기껏 마련한 쪽박까지 깨트리면서 거리로 나서야 하는 것인지 물어볼 일이다. 대중들을 뜨거운 아스팔트 위로 모시기 전에, 명징한 논리와 진정성 있는 설득과 얼굴에 주름 몇 개 늘어날 각오의 인내심으로 먼저 치열하게 붙어 볼 일이 아닌가.

가관인 것은 과거에는 힘없는 노동자나 덜 배운, 또는 배움 중에 있는 사람들의 전유물이었던 분노의 미덕이 요즘은 기득권층이나 많이 배운 사람들까지 나서서 더욱 혼란스럽게 한다는 것이다. 명예와 긍지로 고유한 기능에 충실해야 할 국가 권력기관이 백주대로에 나서서 배부른 자들을 은근히 선동하고, 객관성과 중립성을 금과옥조로 여겨야 할 주요 언론이 진실을 왜곡하는 일에 감정적으로 나서는 일을 보라. 그들에게 권능의 정당한 수행만으로는 미처 세우지 못한 정의가 남아 있었나? 정론과 직필만으로는 선(善)에 대한 못다 채운 허기가 남아 있었나?

나의 영원한 콤플렉스인 '김병곤'처럼 없는 자, 잃은 자를 위해 죽음조차 감사하는 마음으로 받을 자신이 없으면 분노의 판을 펼치지 마라. 제발 하루하루를 해질녘의 꿀벌들처럼 분주히 살아내느라, 분노하고 싶어도 그럴 겨를이 없는 다수의 소박한 사람들을 괜스레 주눅 들게 하지 마라.

증오를 넘어 따뜻한 가슴으로, 패거리의 고함이나 어설픈 감정몰이 대신에 차가운 머리와 진실의 힘으로 진전할 때가 되지 않았나. 이 땅에 분노가 정의인 계절이 다시는 오지 않기를.

그대, 아직도 분노하는가?

# 단풍에 인생을 푸념하다

나그네는 매일 새로운 인연을 만난다.
새로운 인연은 때로는 반갑고,
때로는 슬프고, 때로는 애틋하다.

화사한 봄꽃보다 더 아름답다는 서리 앉은 단풍의 계절이다. 꽃은 낭만을 부추기나 단풍은 인생을 푸념하게 한다. 흔히 인생을 서양에서는 연극에 비유하고, 동양에서는 나그네 길에 견주어 왔다.

"인생은 … 걸어 다니는 그림자, 한때 무대 위에서 거들먹거리다 잊히는 처량한 배우, 아무런 의미 없는 백치의 이야기 …."

《맥베스》의 명대사가 서양의 인생관을 일별하게 한다면, 이백(李白)의 시 구절은 동양의 인생관을 잘 보여준다.

"천지는 만물이 쉬어가는 여관이요, 세월이란 영원을 흘러가는 과객이라.(夫天地者 萬物之逆旅也, 光陰者 百代之過客也)"

"인생은 나그네 길, 어디서 왔다가 어디로 가는가 …."

흘러간 우리 가요도 우리네 삶이 길에서 시작되고 길에서 맺어지고 풀어짐을 넌지시 일러 준다.

서양 사람들이 연극과 배우로 비유하는 인생은, 연출자의 지시에 따라 잠시 무대 위에 올라 정해진 역할을 마치면 미련 없이 내려와야 하는 덧없는 존재일 뿐임을 강조한다. 그 역할이 마음에 들지 않아도 아쉬워할 필요가 없다, 그것은 한갓 역할일 뿐이므로. 이러한 비유는 일찍이 신(神)이라는 절대자 관념을 만들어 낸 서양의 정서와 잘 맞아떨어진다.

인간은 천지만물과 함께 신이 만든 창조물이고, 그 생성과 번성과 역할이 태어날 때부터 주어진 존재이다. 욕심을 버리고, 오르지 못할 나무는 쳐다보지도 말며, 착하게 주어진 역할을 완수하는 것으로 족하다. 연극 중간에 퇴장하는 배우가 감독을 원망하지 않듯이, 사람은 신이 정해준 자신의 삶에 불만을 가져서는 안 된다.

욕심을 많이 부리면, 자신에게 주어진 역할을 거부하거나 저항하면 파탄이 따른다. 셰익스피어의 4대 비극을 비롯한 대다수의 비극 작품도 따지고 보면 분수 모르고 설친 대가로 불러들인 또 다른 자작극이다. 자기 역할이 아닌 자리를 탐내고, 내 몫이 아닌 재물을 탐내고, 해서는 안 될 사랑을 탐한 결과가 불러온 비극인 것이다. 그러나 그 비극은 이미 운명적으로 정해져 있어 피하려야 피할 수 없는 비극이다.

버어남의 숲이 성으로 쳐들어오지 않는 한, 그리고 여자 몸에서 태어난 자로부터는 결코 멸망하지 않을 것이라는 마녀들의 예언을 믿고 끔찍한 악행에 나선 맥베스, 그러나 맥베스는 멸망한다, 버어남 숲의 나무를 꺾어 위장한 군사들의 침공과 엄마의 배를 가르고 태어난 반군 대장 맥더프로부터. 불멸의 러브 스토리 《로미오와 줄리엣》, 그 스토리 이면에도 이루어질 수 없는 사랑을 하는 자에게 주는 냉엄한 경고가 숨어 있다.

민주주의의 역사가 깊은 유럽 여러 나라에서 아직도 왕가와 귀족 계급이 은근히 존속되고 있는 것이 이해되는 대목이다. 민주주의의 역사보다 훨씬 더 뿌리 깊은 운명관 덕분이다.

한편 동양 사람들에게 인생은 나그네요, 여관이요, 길이다. 나그네는 늘 옮겨 다니는 사람이고, 여관은 하룻밤 묵어가는 임시 거처이며, 길은 길로 끝없이 이어져 있어, 어느 한 가지 안정된 것이 없다.

서양의 인생관을 대표하는 작품으로 구태여 《맥베스》를 꼽는다면, 나그네 길인 동양의 인생관을 잘 묘사한 작품으로는 이효석의 〈메밀꽃 필 무렵〉만 한 것도 없으리라. 우리네 삶을 닮은 시골 장터, 장돌뱅이와 순결한 처녀 사이의 하룻밤의 애틋한 사랑, 그 인연으로 태어난 젊은 장돌뱅이, 그들에게는 주어진 운명의 역할을 거스르는 과욕도 저항도 없다. 비가 내려 잎이 자라고 서리가 내려 단풍이 물들듯, 길에서 맺어지고 이어지는 순리만 있을 뿐이다.

"죽은 듯이 고요함 속에서 짐승 같은 달의 숨소리가 손에 잡힐 듯이 들리며, 콩 포기와 옥수수 잎새가 달에 푸르게 젖었다. 산허리는 온통 메밀밭이어서 피기 시작한 꽃이 소금을 뿌린 듯이 흐뭇한 달빛에 숨이 막힐 지경이다."

이렇게 숨 막히게 아름다운 배경이 있을 뿐이다. 우리 인생에도 배경은 언제나 아름다웠다. 어김없는 세월과 무구한 자연, 그리고 도처에서 나를 기다리고 있는 귀인들, 그 배경 속에서 나그네는 매일 새로운 인연을 만난다. 새로운 인연은 때로는 반갑고, 때로는 슬프고, 때로는 애틋하다.

나선 길에 고달픔이 없으면 나그네가 아니다. 호젓한 가을 객창에 달빛이라도 비치면 두고 온 고향, 가족 생각에 눈물이 어이 아니 맺힐까.

"설움이 산을 넘어도 은혜로이 섬겨 살고 / 정든 이 고운 이 때 없이 돌아눕는 / 세상은 한갓 쓸쓸한 잠자리와 같은 것"

앞길이 보이지 않던 젊은 시절, 제천 송화사에서 만난 경암 스님이 교교한 달빛 아래 산사 뜰을 한 걸음 한 걸음 옮기며 읊으시던 자작 시조다. 그래, 인생은 나그네 길이요, 세상은 한갓 쓸쓸한 잠자리인 것을…, 감흥에 젖어 머리 깎고 중이 되어 볼까 심각하게 고민하기도 했었지. 솔직히 두상만 괜찮게 생겼어도 머릴 깎았을 것이다.

이 세상을 소풍 나온 듯 아름답게 보고 느끼며 거닐다 간 사람도 있었다.

"노을빛 함께 단 둘이서 / 기슭에서 놀다가 구름 손짓하면은 / 나 하늘로 돌아가리라 / 이 세상 소풍 끝나는 날 / 가서 아름다웠다고 말하리라"

천상병 시인, 정작 그는 남이 보기엔 심히 외롭고 구차하게 살았다. 나도 시인처럼 느끼다가 갔으면 좋겠다, 조금만 더 있다가.

오늘 따라 푸념이 많은 것은 순전히 새벽에 본 서리 앉은 단풍 탓이지 싶다.

# 홍시, 울 엄마가 생각난다

친구가 정성으로 보내온
저 청도 반시를
어머님께 올리고 싶지만
이미 계시지 않으니 설움이 솟는다.


올해도 어김없이 김 형(金兄)이 빛깔 곱고 맛도 좋은 청도 반시를 보내왔다. 박스를 열고 주황빛으로 곱게 물든 반시를 보고 있자니 '아! 가을이구나' 하는 생각과 함께 항상 받기만 해온 무안함에 먼저 익은 홍시처럼 얼굴이 붉어진다. 젊은 시절 잠시 함께 근무한 인연으로, 그때도 객지나 다름없던 내게 속 깊은 정을 주었던 고마운 그인데 또 이렇게 소담스러운 반시라니, 그의 마음인 양 두 손으로 감싸 안아본다.

나의 유년의 가을은 익어가는 감나무와 함께했다. 먹을 게 별로 없었던 시절에 우리는 집 안팎에 버티고 선 감나무 몇 그루가 위안이고 희망이었다. 감나무는 동네 아이들에게 거의 일 년 내내 먹거리를 제공했다. 봄에 감꽃이 피면 감나무 밑으로 다투어 달려갔다. 떨어진 감꽃을 주워 기다란 풀줄기에 대롱대롱 꿰어 매달았다. 그것을 햇볕에 잘 말리면 하얀 꽃잎이 흑갈색으로 변하고 꼬들꼬들해지면서 제법 달콤한 맛을 내주었다.

감꽃이 지고 나면 그 허전함을 초복이 오기를 손꼽는 재미로 채운다. 감이 통통하게 살이 올라 제대로 따먹을 수 있을 때까지 기다리는 것은 감질나는 일이었다. 그래서 발견해낸 것이 아직 덜 자란 감을 물 항아리에 닷새 남짓 담가두어 특유의 떫은맛을 사라지게 해 먹는 방법이었다. 걸음마 뗄 때부터 우리는 그렇게 담가 먹을 수 있는 시점이 최소한 초복이 지나야 함을 알고 있었다.

요즘엔 이제 겨우 모양을 갖추기 시작한 여린 감을 먹는 아이는 찾을 수 없지만, 그 시절 우리 남쪽, 감나무가 듬성듬성 정겨운 시골에선 꽤 쏠쏠한 먹거리였다.


가을걷이가 끝나고 들판이 갑자기 허전해 보이기 시작하면, 골목마다 탐스럽게 볼을 붉힌 감들이 주렁주렁 매달린 감나무들이 우리의 눈부터 호강시켜준다. 설악산의 단풍처럼 화려하진 않지만 질투나지 않을 만큼 노랗고, 야하지 않을 만큼 불그레 물든 감나무 이파리의 친근한 색조도 그 못지않은 일품이다.

기와집과 초가집이 어깨를 함께 나누는 정겨운 골목길에, 아이들이 타고 오르기에 딱 알맞은 높이의 나무와 가지들, 너무 넓지도 좁지도 않은 이파리의 선연한 색감, 그 사이사이 부끄러운 듯 살며시 내미는 홍조 띤 감들이, 사이좋은 형제처럼 다투는 기색 없이 오붓이 매달려 있는 모습은 얼마나 다정하고 다감한 그림인가.

　우리가 언제부터 단풍놀이를 기를 쓰고 다녔는지 기억에 없지만 우리 할아버지, 할머니가 구태여 고생하며 가을 나들이를 가지 않은 것은 아침저녁 골목에서, 대청마루에서 넉넉히 가을정취를 즐길 수 있었기 때문이 아닐까.

　새삼스레 우리의 가을은 감나무 정경이 제격이라는 생각이 든다. 늦은 가을 한적한 시골길을 걷다보면 어느 솜씨 좋은 화가가 그려놓은 듯 아련한 감흥을 자아내는 한 폭의 동양화를 만나게 된다. 이파리를 한 잎도 남김없이 떨궈버린 채 서투르지 않을 만큼, 적당히 휘어지고 꼬부라진 앙상한 가지 위에 빨갛게 물든 감들이 둘씩 셋씩 이웃하며 매달려 있는 모습을 보며 가슴을 쓸고 가는 한 가닥 바람기를 느껴보지 않은 이 있을까.

　감나무는 이렇듯 우리네 시골 풍경과 안성맞춤으로 잘 어울리기도 하려니와 특히 곶감과 홍시는 우리 정서에 깊이 뿌리 내려서 우리에겐 이미 단순한 과일의 한 종류가 아니다. 적잖은 전설과 동화 속에 등장하는 곶감과 홍시는 어린 시절 꿈의 한 자락이었고 훈훈한 추억의 소재였다.

　수업을 마치고 산 넘고 개울 건너 달려온 집. 헛헛한 배를 안고 샘물 한 사발 들이키려는데 엄마가 따뜻한 미소로 건네주시던 주황빛 대봉홍시 하나. 하지만 울 엄마는 그해 가을이 가고 겨울이 다 지나도록 제대로 모양을 갖춘 홍시는 맛도 보지 못했다는 것을 철이 든 이후에야 알았지.

"생각이 난다 홍시가 열리면, 울 엄마가 생각이 난다. 자장가 대신 젖가슴을 내주던 울 엄마가 생각이 난다. 눈이 오면 눈 맞을세라. 험한 세상 넘어질세라. 사랑 땜에 울먹일세라. 그리워진다 홍시가 열리면, 울 엄마가 그리워진다."

나훈아의 노래 〈홍시〉가 메마른 가슴에 더운 모래를 흩뿌린다.

"반중(盤中) 조홍(早紅)감이 고와도 보이나다 / 유자(柚子) 아니라도 품엄즉도 하다마는 / 품어 가 반길 이 없을새 글로 설워하노라"

친구가 정성으로 보내온 저 청도 반시를 어머님께 올리고 싶지만 이미 계시지 않으니 설움이 솟는다. 다만, 유자를 홍시보다 낮게 쳐준 박인로(朴仁老)를 애꿎게 탓할 뿐이다. 하필이면 그는 청도와 이웃한 영천이 고향이다.

홍시와 감나무는 우리들의 잊고 있던 서정을 불러내 주는 소슬바람이다. 도시의 가로수로 누구는 한여름의 따가운 햇볕을 가려주는 플라타너스가 제격이라 하고, 누구는 역시 가을의 낭만은 노란 은행잎 줍는 멋이라며 은행나무가 좋다 한다. 그러나 우리의 거리엔 우리의 사연이 서려 있고 우리 서정에 어울리는 풍광을 연출해주는 감나무로 하면 어떨까? 여름엔 짙푸른 이파리로 아스팔트의 열기를 식혀 주고, 가을엔 낭창낭창한 가지 위에 세밀한 화가의 붓질로 점점이 찍어 놓은 주황빛 점들이 절묘한, 그림 같은 풍경을 이 세상 또 어디에서 볼 수 있을까?

서울 종로나 부산 남포동의 밋밋한 거리가 아이들의 웃음소리와 장대로 홍시를 따는 모습으로 채워진다면 우리의 가을이 얼마나 풍요로워질까.

홍시를 보니 울 엄마 생각이 간절하다.

# 유령이 떠돌고 있다

우리가 오늘,
이 땅에 떠도는 '불안'이라는 유령을 축출하지 못하면,
이미 퇴출된 지 오래인 케케묵은 그 유령을
다시, 불러낼지 모른다, 불안하면 일이 터지니까.


하나의 유령이 이 땅을 떠돌고 있다, 불안(不安)이라는 유령이.

서로 믿고 사는 나라 우리나라 좋은 나라, 나의 살던 고향은 꽃피는 산골, 엄마야 누나야 강변 살자, 손에 손 잡고 벽을 넘어서. 가슴이 따뜻해지고 유쾌한 노래를 즐겨 부르던 이 땅에, 올림픽과 월드컵 경기가 개최되고 가장 짧은 기간에 놀라운 경제적 성과와 남부럽잖은 자유와 인권의 향유를 동시에 구가한 이 땅에, 난데없는 유령이 스멀스멀 배회하고 있다, 불안이라는 유령이. 두렵고 불안하다.

어느 한 구석 평온한 곳이 없고 닿는 곳마다 핏발 선 눈빛이 무섭다. 다소곳한 몸짓이나 낮은 목소리는 꿈결인 양 멀고 단말마의 외침 같은 여운 없는 소리만 난무한다. 곳곳에 적들이 쳐놓은 올가미와 속임수가 지천으로 널려 있으니 어디로 나아가며 어떤 말로 마음을 전

할까.

　백주 대낮에 먹잇감이 실수로 걸려들기만 기다리는 거미의 음흉한 미소가 도사리고 있는 이 곳은 진정 어디인가.

　내 편이냐 네 편이냐가 가장 중요한 가치 기준이 되고 판단 기준이 되는 참 묘한 세상이 아닌가. 내 편이 아니면 속 시원히 말하기조차 조심스러운 정말 희한한 세상이 아닌가. 불신의 골은 갈수록 깊어져 본질과 실체는 뒷전이고 곁가지 논란과 상대의 말꼬리 잡기에 급급한 치졸한 유희가 편만(遍滿)한 지금 우리는 어느 시대를 살고 있는가.

　전쟁에도 예의가 있었고 정적에게도 존중이 있었으며 난전 장사에도 신의를 알았던 선조의 미덕은 차치하고라도, 최소한의 인간적 도리마저 망각한 망발이 횡행하는 이 안타까운 모습을 어쩌나.

　독침을 맞고 신음하는 환자를 밀쳐 두고, 독침이 어디서 날아왔으며 누가 쏘았으며 왜 이 사람을 겨냥했느냐를 따지며 날을 지새우고 있는, 불가(佛家)의 비유를 현실로 보여주고 있지 않은가. 환자를 책임지고 살리겠다고 큰소리 치고 앞장선 사람들이 아닌가.

　그들은 겁이 없다. 겁먹을 이유가 없다. 그들은 자신이 어떤 결정을 하고 어떤 말을 하며 무슨 행동을 하더라도 변함없이 굳건히 지지해줄 확고한 '우리 편'이 있다는 것을 태생적으로 알고 있기 때문이다. 내가 정도에서 벗어나도, 순리에서 일탈하여도 그럴 수밖에 없는 충분한 이유가 있었을 것이라며 찰떡같이 믿어 줄 '우리 편'이 있기 때문이다. 우리 편은 일관되게 속삭인다, '계속 밀고 나가!' '절대 양보하지 마!' '우리가 정의야!'라고.

'우리 편' 소리는 듣기에 살갑다. 진실 되고 참되게 들린다. 들으면 들을수록 귀에 쏙쏙 들어온다. 항상 멀리 보고, 크게 보고, 종합적으로 본다. 객관적 사실과 충분한 증거와 빈틈없는 논리에 입각하여 이론(異論)의 여지가 없다. '우리 편' 소리가 그렇다. 그렇다면 네 편은? 거짓이고 선동이며 악이다. 그렇게 생각하고 그렇게 믿는다.

'우리 편'은 어쩌다 앞뒤가 맞지 않거나 거짓이 탄로가 나도, 그것은 지극히 인간적인 일로서 이것을 문제 삼는 것은 아주 옹졸한 짓이거나, 나무만 보고 숲을 보지 못한 소치일 뿐이다. 따라서 '우리 편' 목소리에 반대하는 자는 사상이 불순하거나 교양이 없으며, 편협한 인간일 뿐이다. 그렇게 매도하면 그만이다. 왜냐고? '우리 편'이 아닌 자들은 모두 악이니까.

거기에 과오나 실패에 대한 반성은 없으며 대승적 합의나 미래지향적 창조는 기대하기 어렵다.


그들의 무모함은 순전히 우리들의 책임이다. 그들이 개울에서 고래를 잡았다 해도 피라미 닮은 고래라도 생겨난 듯 믿어 준 우리들 말이다. 그들의 무모함이 쉽게 그칠 리 만무하다. 그래서 더욱 불안하다. 불안이 유령이 되어 주위를 서성이고 있다.

일자리 없어 불안하고 날로 피폐해지는 살림살이에 불안하고, 내

일이면 조금 나아질 것이라는 희망조차 없어 더욱 불안하다. 제대로 된 일자리 대신 몇 개월짜리 임시직으로 세월을 흘려보내며 한숨짓는 청년들에게 '아프니까, 청춘이다'란 위로가 얼마나 공허한지 안다. 갈수록 벌어지는 빈부격차에 시야는 뿌옇게 흐려 오는데, 들려오는 건 가진 자들의 횡포와 권력자들의 패거리 놀음 아닌가. 그들에게 정치와 사업은 뒷골목 건달들의 영역 다툼보다 나을 게 없다. 하물며 도둑들에게도 염치가 있고 덕이 있다. 훔치러 들어갈 때는 제일 먼저 들어가고 나올 때는 맨 나중 나오며, 훔친 물건을 나눌 때는 안에 들어갔던 자나 밖에서 망보던 자가 똑같이 나눠 가지는 정리(情理)를 안다고 했다.

국제정세와 세계경제의 큰손들은 건달처럼 도둑처럼 먹구름으로 휘감아 달려드는데 이 땅의 형님들은 여전히 '우리 편'에 업혀 옹알이만 하고 있다. 어른들의 옹알이는 불안하다. 불안이라는 유령이 떠돌고 있다.

"하나의 유령이 유럽을 떠돌고 있다, 공산주의라는 유령이."

마르크스와 엥겔스의 〈공산당 선언〉의 유명한 첫 문장이다.

우리가 오늘, 이 땅에 떠도는 '불안'이라는 유령을 축출하지 못하면, 이미 퇴출된 지 오래인 케케묵은 그 유령을 다시 불러낼지 모른다, 불안하면 일이 터지니까.

# 하얀 꽃잎처럼 눈이 내린다

내리는 눈은 어디서나 평화롭고,
쌓인 눈은 어디서나 소복소복하니.
가진 것 없는 마음이 포근하다.
부자 된 마음으로 느긋이 즐기라는 하늘의 뜻이다.

날리는 하얀 꽃잎처럼 눈이 내린다.

산에도 들에도, 도시의 화려한 빌딩 위에도 후락한 뒷골목의 블록 담장 위에도 공평하게 내린다. 온 세상을 오직 한 가지 색깔로 덮어 버리는 백설은 어쩌면 겨울의 폭군이다. 폭군이되 분별 있는 왕이다. 하늘의 유별난 심술로 폭설만 뿜어내지 않는다면, 천지가 새하얀데도 구별은 남긴다. 산은 산답게, 강은 강답게, 기와집과 양옥은 각각 그 모습 그대로, 나무는 나무대로 풀은 풀처럼, 더 순화되고 정화된 모습으로 고유의 특성을 섬세하게 드러낸다. 정결한 세상을 선연한 언어로 그려낸다.

이럴 때 누구도 외롭지 않다. 순백의 고운 너울 속에서 조각난 기억은 명작 속의 감동의 스토리로 채색되고, 나의 허전한 눈은 어느

새 순결한 짐승의 눈처럼 순해진다. 내 아는 이, 옛 하숙집 소녀밖에 없으나 눈 오는 날엔 나는 젊은 베르테르가 된다. 혼자 있는 사람은 추억과 함께 설레고 여럿인 사람도 하이얀 시인의 마을의 주민이 된다. 은백의 세상은 문득 한 폭의 수묵화 속의 산촌처럼 정겨운데, 이름을 부르면 금세 반가운 친구가 달려 나올 것 같다. 갖은 잡음에 시달려 온 귀마저 먹먹해지는, 오랜만에 맛보는 침잠의 시간이요, 적멸(寂滅)의 감응이다. 눈은 이 엄혹한 겨울에 하늘이 내리는 신묘한 선물이다.

이럴 때 누구도 가난하지 않다. 내리는 눈은 어디서나 평화롭고, 쌓인 눈은 어디서나 소복소복하니, 가진 것 없는 마음이 포근하다. 이런 날 군밤 몇 알과 시원한 무 한 쪽 썰어 먹으면 더 이상 바랄 게 없지. 개 밥그릇에 고봉으로 담긴 하얀 눈을 보며 이리 뛰고 저리 뛰며 즐거워하는 강아지도 배불러 보이고. 그냥 오늘만이라도 부자 된 마음으로 느긋이 즐기라는 하늘의 뜻이다.

이럴 때 누구도 서럽지 않다. 눈길을 나서면 괜히 웃음이 나온다. 스쳐 지나는 낯선 사람에게 경쾌한 눈인사를 던진다. 세상은 한갓 쓸쓸한 잠자리와 같다던 불우한 친구의 얼굴에서 불콰한 기운과 빛나는 이마를 보게 되는 것도 이런 날이다. 눈 오는 날엔 어느 거리에도 이방인은 없다.

인위(人爲)로 포장된 도시에서 순수와 대면한 적 오래인데, 마침 눈이라도 내리면 정결한 자연에 감싸인 도시는 잠시 맑은 영혼의 안식이 된다. 가뿐히 중력에 맡긴 정직한 몸짓과, 허울 쓴 인간에게 베푸는 세례의 의식을 본다. 창문을 열고 눈 내리는 정경 속으로 들어서면 분분함 가운데 순정한 웅얼거림이 있다. 하늘의 소리인 듯 영혼의 독백인 듯 낮은 목소리가 들려오는데, 무슨 소리인가? 무슨 얘기인가?

낡은 가지조차 화사하게 감싸 안는 백설이 전하는 곡진한 밀어에 먹먹했던 귀가 열린다.


지금까지 나의 언어가 고기와 술로 비린내 나고, 허명과 두려움에 떨어 왔으며 나의 작은 이익을 위해 남의 큰 존엄을 가벼이 여겨 왔음이 얼마나 부끄러운지 알 것 같다. 끓어도 김이 안 나는 매생이국처럼 오래 참아온 그가 울먹이며 고백했을 때, 그 고백이 눈 덮인 장독처럼 선명하건만, 나는 부끄럼도 모르고 부정하며 기껏 옹색한 껍질 속에 몸을 숨기고 화왜 더듬이로 눈치나 살피는 달팽이처럼 서글픈 인생이었구나.


플라톤의 《대화》를 그렇게 읽은 거다.

트라시마코스가 외친 그 말, "힘이 정의다. 정의는 더 강한 자의 이익을 표현하는 것"이라는 말을 진리라고 믿었지. 원래 자연은 선악을 초월하며 모든 인간이 평등하게 태어났다는 말은 맞지 않다고,

불평등하게 태어난 사람들을 모두 평등하게 대우하는 것은 정의가 아니라고 생각했지. "도덕은 강자를 제한하고 저지하려는 약자의 발명품일 뿐, 권력은 인간의 최고의 미덕이자 욕망"이라는 말에도 귀가 솔깃했다. 세상에 평등하게 골고루 내려앉은 백설의 무구함이 만만해 보였던 것이다. 한 바가지의 흙탕물이면, 똘똘 뭉친 이웃들의 바가지를 몇 개만 모으면 반전은 가는 나뭇가지의 눈 털기보다 쉽지. 한 번, 아니면 두세 번 툭 차버리면 조용해질걸.

눈 오는 날의 상념이 어째 서글프다. 김진섭의 명수필 〈백설부〉는 눈을 겨울의 서정시라며 백의로 갈아입은 세상을 성스러운 나라에 비유했는데, 이 겨울 우리는 약한 자의 도덕과 힘센 자의 정의가 어지러운 비루한 세상을 슬픈 눈으로 바라보아야 한다.

《대화》에서 중요한 얘기가 있음을 잊었다. 소크라테스가 부자인 케팔로스에게 부(富)로부터 얻은 가장 큰 축복은 무엇이냐고 물었다. "부자(또는 권력자)로 살면서 얻은 가장 큰 축복은, 덕분에 관대하고 정직하고 정의로울 수 있다."라고, 빌린 것은 반드시 돌려주었던 정직한 상인 케팔로스는 답했다.

눈 오는 날, 어느 힘없는 자의 단상이다. 귀갓길 눈길을 조심해야겠다. 하얀 꽃잎처럼 눈이 내린다.

## 우연과 인연

초판1쇄 인쇄 | 2019년 10월 24일
초판1쇄 발행 | 2019년 10월 31일

지은이 | 권재욱
펴낸이 | 박연
펴낸곳 | 한결미디어

등록 | 2006년 7월 24일(제313-2006-000152호)
주소 | 서울시 마포구 모래내로 83 한올빌딩 6층
전화 | 02-704-3331
팩스 | 02-704-3360
이메일 | okpk@hanmail.net

ISBN  979-11-5916-124-7   03810

ⓒ한결미디어 2019